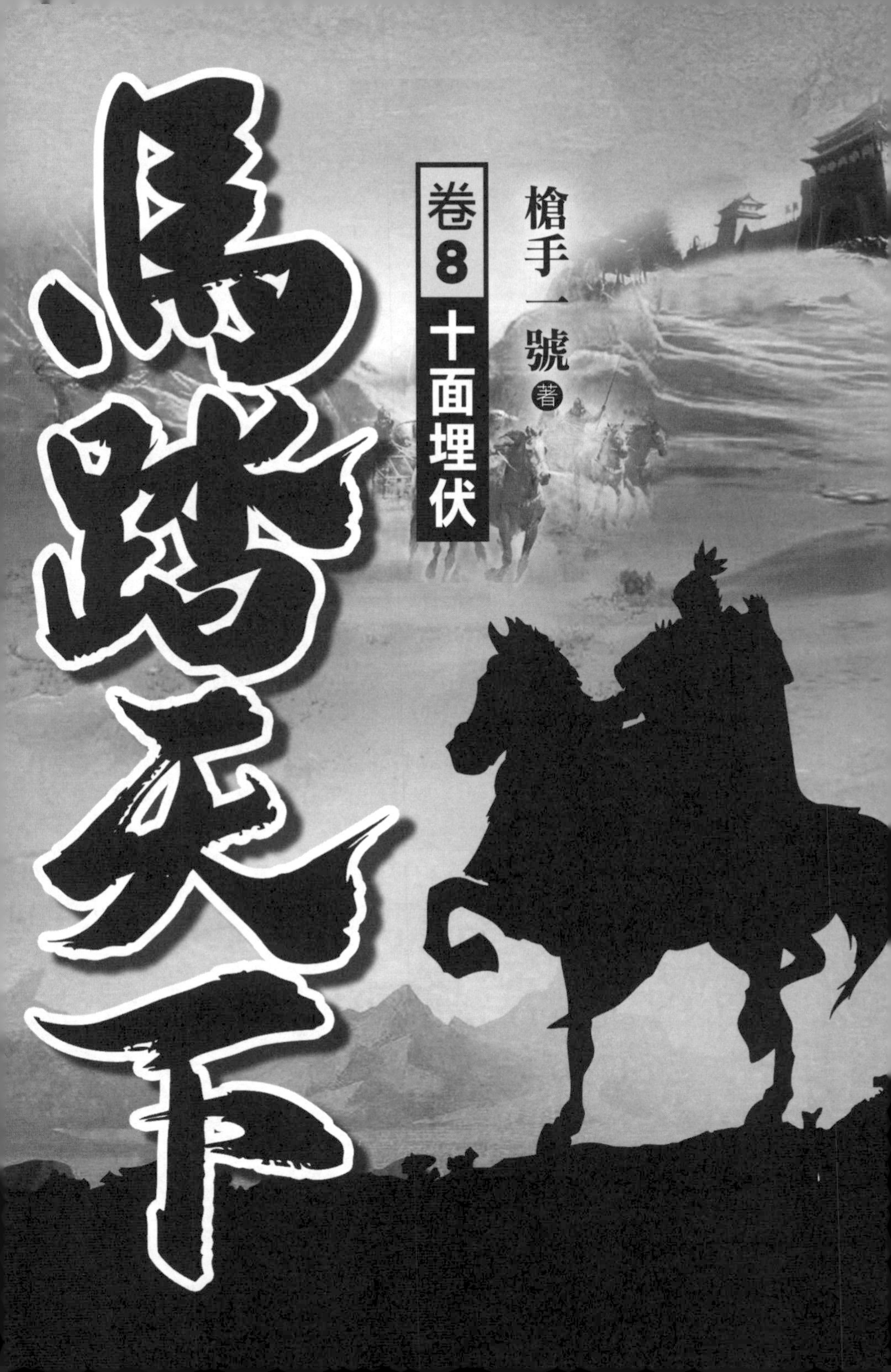
馬踏天下
卷8
十面埋伏
槍手一號 著

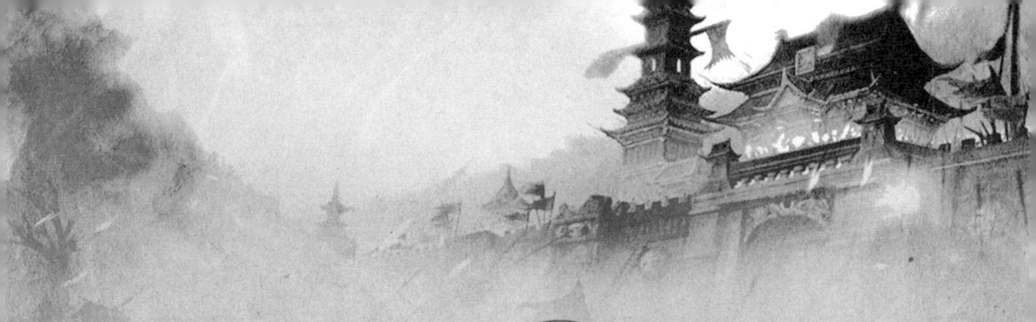

目錄
CONTENTS

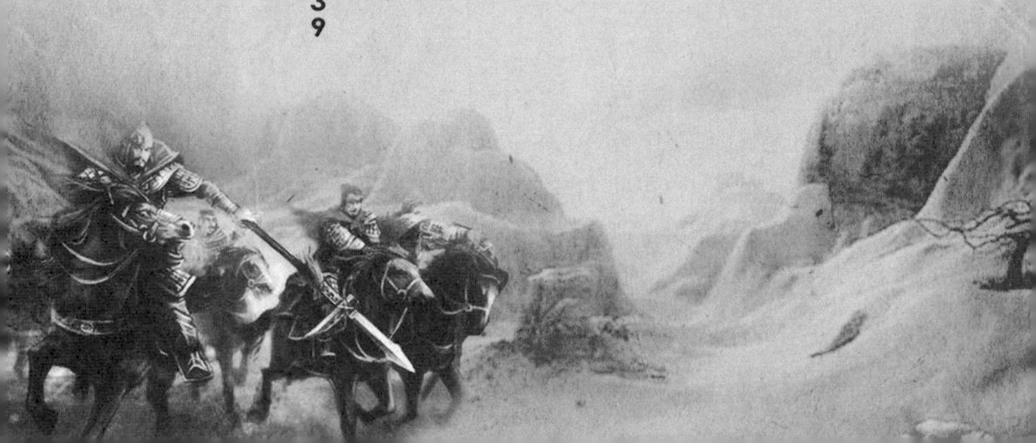

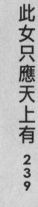

第一章
突襲奇霞關

隨著李鋒一聲令下，五千騎兵催動馬蹄，迅速地向前突擊，數萬隻馬蹄踩在地上，讓地皮都震顫起來。奇霞關立時沸騰起來，警鐘聲聲響起，無數士兵驚惶失措地奔將出來，除了西城門寂靜無聲外，幾座城門同時燈火通明起來。

漆黑的夜裡，寒風呼號，撲面而來如同一柄柄小刀，撕割著裸露在外的肌肉，龐大的奇霞關如同一隻怪獸靜靜地臥在眾人的眼前，一身黑衣的定州統計調司特勤們伏在地上，冰冷穿透衣衫，侵襲著骨肉，為了行動方便，這些人只在外衣內套上了一層薄薄的軟甲，在夜中潛伏了這許久，身子都有些僵了。

城牆之前，是一道寬約丈餘的護城河，想要爬上城去，首先便得在這寒冷徹骨的夜裡從水裡潛過去。

王琦趴在地上，抬頭凝視著城門樓子上掛著的幾盞氣死風燈，城上根本看不到守衛的人影，可能這天氣將人都逼到城門樓子或者藏兵洞裡去了。

側耳傾聽著城內隱約傳來的梆子聲，王琦壓低聲音，對身邊的鍾靜道：「鍾大人，二更了，我們得動手了。」

鍾靜點點頭，指揮道：「我先過去，你們隨後跟上，記住，下水時一定不要弄出聲響來。」

王琦點點頭，手微抬起，做了幾個手勢，伏在他們身後的特勤隊員們齊齊從懷裡摸出一枚小棍，含在嘴裡，怕下水之後被冷水一激，牙關打戰而發出聲響。

鍾靜宛如一條水蛇般在地上扭動前行，姿勢怪異，偏生速度卻又快極，王琦眨眼之間便只看到鍾靜無聲無息地滑到了水中，伸臂輕輕一划，一道水線便迅速地向對岸擴展。

看到鍾靜上了岸，王琦無聲地發出命令，隊員們十人一批，依次游過護城河，貼牆根站好。

鍾靜和王琦對視一眼，鍾靜伸出手指頭點點自己的鼻子，示意自己來，王琦略微猶豫了一下，點頭同意，鍾靜的武功要比他強很多，這麼高的城牆，而且這麼冷的天氣，城牆上滑不溜手，稍不注意就有折戟沉沙的危險。

鍾靜伸手緊緊衣衫，拉了拉綁在腰間的鉤索，悄沒聲地向前摸行了一段，隨即身子一聳，慢慢地向上爬去。數百名特勤屏住呼吸，緊張地看著鍾靜猶如一隻壁虎一寸一寸地慢慢向上爬去。

她整個人貼在牆壁上，全靠手指上的力量。前些時日一直下雪，包牆青磚被雪水浸濕，寒風一吹，凝結成冰，滑不溜手，鍾靜雖然武功極強，仍覺極其辛苦，爬了一半之後，十指酸麻，幾乎要失去知覺。此時，如果有一陣大風吹來，都有可能將她吹將下來。

用腳尖找好落腳點，緊緊蹬住，從腰間拔出一柄鋒利之極的小刀，沿著磚縫慢慢地插進去，直至沒柄，伸手抓住刀柄，這才鬆開另一隻手，稍微休整一下，便又開始向上攀爬，終於在感到自己就快要支撐不住的時候，她的手搭上了垛碟，猛一使勁，整個人翻上城去。

迅速趴伏在地上，蛇形到燈光的死角，警覺地注視著四周，城牆上看不到一個人，看來哨兵們都因為怕冷而躲起來了。鍾靜心裡不由暗嘆，在定州，即使比這還冷的天氣，哨兵們也不敢偷懶躲藏，否則一旦發現，便只有一條路，死。

從腰間解下鉤索，在垛碟上勾牢，輕輕地將繩子放下去。片刻之後，王琦靈巧地沿著勾索攀爬上來，三更時分，百名特勤隊員們都上了城牆，蹲在城牆之上的陰影處。

此前，奇霞關上的城樓構造、藏兵洞等士兵休息場所，早已被統計調查司摸得一清二楚，此時，他們只需要按圖索冀，找到這些人殺死他們，並控制信西城門即可了。

特勤隊員們從腰間拔出匕首，鋒利的匕首被塗上了黑漆，防止反射光線，二百人分成十數個小隊，迅速地撲向自己的目標。

藏兵洞的木門被悄悄地推開，沉睡中的士兵絲毫沒有意識到死神已悄悄光臨到他們的頭上，依舊蒙頭大睡，解開的盔甲胡亂堆在地上，腰刀、長矛豎在牆邊，特勤們各就各位，同時抬起手來，噗哧噗哧之聲幾乎同時響起，連一聲慘叫聲也沒有發出，藏兵洞中的數十名士兵便在睡夢之中駕鶴西歸。

與此同時，西城之上數個藏兵洞中亦在上演著幾乎相同的事情。

鍾靜和王琦兩人則摸向仍然亮著燈光的西城門樓，門洞裡，兩個士兵正袖著手，將長槍抱在懷裡，探頭探腦地不知在向裡看些什麼，還不時發出低低的笑聲。鍾靜和王琦摸到兩人身後，兩名士兵猶自不覺，用力一扳，兩名士兵臉上猶自帶著笑卻已死了。

鍾靜有些好奇，不知道這兩個死鬼在瞧些什麼，湊近窗洞一看，便如同被針刺了一般猛地縮回了頭，貼在牆體上，玉面通紅。

讓正在警戒的王琦也好奇起來，湊過來一看，難怪鍾靜難得地羞澀起來，原來房間裡正上演著一男兩女的好戲。

王琦無聲地怪笑起來，鍾靜恨恨地盯了他一眼，做了個手勢，兩人一手一個，提起兩名士兵的屍體靠近房門。

房門猛地被推開，床上的男子一驚，猛抬頭時，見兩個熟悉的身影出現在門邊，不由笑道：「兩個小子也用不著這般急色，你……」

話還沒有說完，一名士兵身後驀地飛出一道寒光，其速之快，讓那男子絲毫沒有反抗的餘地，便沒入到他的咽喉之中，咯的一聲仰天便倒，與此同時，兩道人影如飛般撲來，在兩個女子的驚叫聲還沒有出口之際，寒光掠過，鮮血濺滿了床鋪。

兩人電光火石般地解決了房中的三人，鍾靜臉上仍是紅霞滿天飛，一個轉身便退了出去，王琦不慌不忙地將桌上的一壺酒拿起來，湊到嘴邊灌了幾口，笑道：「好小子，牡丹花下死，做鬼也風流，爺爺我也算對得起你。」

退出房門，將門關好，兩人來到城牆上時，完成任務的特勤隊員們早已等候在那裡。王琦滿意地點點頭，到目前為止，行動進行的幾近完美無缺，他的手下甚至連鮮血沒有濺一滴到身上。

「布置防守！」王琦下令。現在他們的任務算是完成了一小半，真正艱巨的還在後頭，能夠守到奪關騎兵的到來，那才是勝利。

特勤隊員立刻忙碌起來，一架架的八牛弩、強弩被推了出來，對準方位，絞好弓弦，一捆捆的弩箭堆放在一邊，每名隊員的身邊都放了好幾柄戰刀和長矛。城門也輕輕地被打開，此時，已是萬事俱備，只欠東風了。

王琦瞪大眼睛看著西方，李鋒的五千騎兵將從那個方向襲來。鍾靜靜靜地坐在牆角，擦拭著腰刀，臉色已平靜了下來。

「各就各位！」王琦下令道。

此時，十里開外，分散潛入到這裡，剛剛集合起來的李鋒翼州營已是整裝待發，李鋒對身邊的幾名將領厲聲道：「潛行到五里左右，便立即發動衝鋒，記住，我們要快些，快些，再快些，調查司的兄弟們只能為我們堅持幾炷香的時間。都記住了嗎？」

「讓住了！」幾名將軍同聲答道。

「好，檢查裝備，出發！」

五里，五千騎兵這麼龐大的隊伍再也無法掩飾隊形，隨著李鋒一聲令下，五千騎兵催動馬蹄，迅速地向前突擊，以這種速度只需要兩炷香的時間便可以抵達城下。

不時有士兵因為地形而摔下馬來，但大隊人馬毫不停息，咆哮而來，數萬隻馬蹄踩在地上，讓地皮都震顫起來。

奇霞關立時沸騰起來，警鐘聲聲響起，無數士兵從藏兵洞中驚惶失措地奔將出來，除了西城門寂靜無聲外，另外幾座城門幾乎在同時燈火通明起來。

一名校尉側耳傾聽片刻，臉色大變，大聲道：「飛報將軍，敵襲來自西方，西城門！」一名士兵迅速下城，飛馬而去。

「第三翼，立即隨我支援西城門！」校尉大聲喝道，提起大刀，沿著城牆向西城門飛奔。

聽到奔騰的馬蹄聲，王琦一躍而起，大聲喝道：「時候到了，弟兄們，斬了吊橋的繩索！」

早就守候在吊索旁的兩名士兵手起斧落，吊橋帶著風聲重重地落下，橫亙在護城河上，吊橋之後，城門已是洞開。

「弟兄們，準備戰鬥！」王琦大聲吼道。

鍾靜站了起來，將刀插在腰間，提起一柄強弓，兩指捻起一支利箭，瞇起眼睛，在她的腳下，一字排開了數十支羽箭。

這些天以來，一直心神不寧的李善斌幾乎夜不能寢，輾轉反側之際，只能哀嘆人在江湖，身不由己。

其實**身在朝堂，比之江湖之殘酷更有過之而無不及**，自己輕輕巧巧一個鎖關的命令，便會令遠在千里之外的巴顏喀拉無數人為之喪命。無數大楚好男兒將葬身於草原之上，再難回返故鄉，一想起這些，心裡便如蟲蟻撕咬。

但他卻無力改變，因為**改變這一切，首先要搭上的便是自己的身家性命，人不為己，天誅地滅**。他只能如此地安慰自己。

妻兒已離開數天，孤孤單單的他躺在床上，瞪著眼睛看著燭火跳躍卻無法入睡，是以當城牆上的警鐘鳴響之際，第一時間他便衝出了房門，便看到數名親衛狂奔而來，臉露驚惶之色。

「將軍，敵襲！」

一時間，李善斌尚且沒有反應過來，敵襲，哪來的敵人？但地面的顫抖，以及遠處震天的喊殺聲讓他清晰地分辨出敵人過來的方向，西邊，定州！

霎時，李善斌的腦子裡一片空白，無論他在腦子裡盤旋了無數個定州可能反應的方式，但絕對沒有想到定州的反應是如此的直接，居然是兵臨城下，刀兵相見。

「備馬，去西城！」他下意識地下達命令。

首先發現西城不對的奇霞關值勤校尉馮可，反應不可謂不快，沒有坐等李善斌的命令，直接下令城上所有士兵向西城進發，他自己更是一路狂奔而來。

當離西城門還有數百米時，他看到了令他肝膽俱喪的一幕，吊橋砸落在護城河上，遠處無數的火把正彙聚成一條火龍在飛舞著。

西城已落入敵手！馮可腦子裡立刻得出結論。

「進攻，搶回西城門！」馮可揮刀大吼道，一馬當先向西城門殺來。

西城門樓上，鍾靜穩穩地拉開弓弦，隨著馮可奔跑的身形緩緩移動，利箭發出嗚的一聲響，電閃般飛向馮可。

幾乎是下意識地反應，馮可揮刀上撩，間不容髮之間，將鍾靜勢在必得的一箭砸飛，利箭擦著他的頭盔飛過，將盔上的紅纓射飛，馮可身上汗毛倒豎，猛的抬頭看向城門，眼前三道黑線筆直地向他飛來。

好快的箭！這是他死前最後的意識。腦，胸，腹連中三箭，馮可仰天便倒，身體重重地躺倒在冰涼的城牆上。

「馮校尉死了！」馮可的陣亡引起一陣慌亂，士兵們腳步放緩了下來。

「衝上去，奪回西城門，否則大家都要死！」又一名軍官跳了出來，揮舞著武器指揮士兵衝向西城門，但他也只跑出數步，就被居高臨下的鍾靜直接射殺。

王琦向鍾靜豎起了大拇指，回頭大聲道：

「弟兄們，看到了嗎，支持一炷香的時間，奇霞關就是我們的了，完成這次任務，回定州我王琦請你們喝酒，逛樓子。」

隊員們轟地笑了起來，雖然大戰當前，但他們卻分外輕鬆，一炷香，憑他們先前的準備，難度並不大。

「八牛弩，給我往人群最密的地方射！」王琦令道。

嗡的一聲，八牛弩粗如兒臂的弩箭帶著呼嘯射出，頓時在人群中開出一條血胡同。

此時，城上城下有大批的守軍趕到，王琦看了一眼城門樓上的鍾靜，知道有她在上面鎮守，城上應當沒有問題，他便急匆匆地奔向城門，那裡才是關鍵所在。

李善斌趕到西城門時，這裡已僵持了一小會兒了，聽著越來越近的馬蹄聲，看著洞開的西城門以及落下的吊橋，李善斌臉色鐵青，時機稍縱即逝，稍有遲疑，今日便是城破身死的下場。

「騎兵，給我衝過去。」他怒吼道。

他帶來的為數不多的騎兵都是他的親兵，聽到自家將軍的怒吼，沒有絲毫遲疑，騎兵們催動馬匹向前猛撲過去。弩箭呼嘯而至，一匹匹馬栽倒在地，有的直接撞在街壘上，後面的特勤隊員們不得不閃避躲讓，箭雨立時稀疏下來。

李善斌摔鞍下馬，一挺手裡的長槍嘶聲喊道：「生死存亡便在這一刻，隨我衝過去。」一馬當先便殺了過去。

一隊隊的步卒挺起長矛，蜂湧而上。

後面的士兵更是忙著將死馬拖到街邊，開出一條臨時通道。

鐵槍揮舞，迎上來的特勤隊員們紛紛倒下，李善斌一步殺一人，步步逼近城門，一百五十名特勤隊員們丟掉了手中的長弓，拔出鋼刀，大吼著迎了上來，一炷香，他們只需要堅持住一炷香時間，而現在，時間已過去一半，回過頭去，他們已能透過城門看到正迅速接近的火龍。

王琦迎上了李善斌，作為行動署的署長，王琦的個人勇武沒話說，鋼刀揮舞，與李善斌殺作一團，在這個人擠人的殺場上，他的鋼刀比李善斌的長槍更能發揮效力。

有王琦頂住李善斌，特勤隊員們壓力大減，刀光飛舞之下，與多出他們數倍的奇霞關守軍打得不相上下。

如果在寬敞的戰場上，這些隊員們或許發揮不出太大的作用，在正規軍的攻擊之下，他們很快就會失敗，但現在整個西城門亂成一團，奇霞關守軍根本無法擺出作戰隊形，只能根據地形地勢與敵人展開混戰，這便讓單兵實力強得多的定州特勤隊員們占盡了優勢。

但不得不說，對手太多，蟻多咬死虎，城樓上，鍾靜看到城下的情況不妙，立即掉轉箭頭，嗖嗖連聲，前排的奇霞關士兵紛紛栽倒。

李善斌心急如焚，眼見無法占得上風，狂怒的他拋掉手裡的長槍，劈手奪過身邊一名士兵的戰刀，如瘋虎般地砍向王琦，將王琦逼得步步後退。

鍾靜上弦開弓，嗖的一聲，一箭射向李善斌。

也是李善斌命不該絕，恰好此時王琦一刀劈來，他一縮脖子，那箭便將他的頭盔嘩的一聲射走，他本人卻連一根皮毛也沒有傷著，但受這一驚嚇，手上一緩，王琦便迅速抓住了這一難得的機會，稍稍扳回劣勢。

鍾靜呸了一聲，伸手再去摸箭，卻摸了一個空，低頭看時，先前排在地上的數十支箭已一支不剩，鍾靜長嘯一聲，右手持刀，左手持匕，如燕子一般自城樓上掠下，順著臺階殺將下去。

當她奔下臺階時，臺階上數十名奇霞關士兵都已倒在血泊之中，她身上也是血跡斑斑，分不清到底是誰的鮮血。

李善斌連環猛劈，將王琦逼得步步後退，正在左右支絀的時候，一柄長刀驀地自旁側伸來，噹的一聲擋住了李善斌的猛擊，將李善斌的攻勢完全接了過去。

「王琦，我來，你去擋住其他人！」鍾靜道。

「鍾大人小心！」王琦躍到一邊，一刀反劈，將身邊偷襲的一名士兵砍翻，這才喘了口氣，看著披頭散髮的李善斌，不由倒吸了口冷氣，俗話說**愣的怕橫**

的，橫的怕不要命的，還真不假。

李善斌與鍾靜交手數合，心就完全沉了下去，對手雖然是個女人，但功夫之高，實在罕見，就算自己是兩敗俱傷的打法，對方仍是遊刃有餘地擋了下來。

耳邊的喊殺聲如雷般響起，無數的火把將西城門映亮，馬蹄聲已近在咫尺，李善斌看著數步之遙的西城門，卻猶如天涯般遙遠，來不及了！他在心裡大叫道，再不走，自己就會死在這裡了。

心念一定，虛晃一刀，李善斌轉身便走，他這一回頭，伴在他身周的親衛們便一齊隨著他跑路了。

「殺啊！」城外，李鋒挺槍躍馬，英姿勃發，一馬當先衝過吊橋，搶進了西城門。

奇霞關失守。

李善斌惶惶如喪家之犬，率了百多名親兵奪路而去，棄守奇霞關，逕自南投，在他的身後，關內尚餘的數千守軍失去了指揮，亂作一團，有的振奮精神，投入抵禦作戰；有的棄了刀槍，脫了軍服，束手就擒，更有甚者卻是趁機作亂，竄入百姓家中燒殺搶掠，肆意為惡，偏生此時統計調查司外情署的人員也在城中四處縱火，製造混亂，承平已久的奇霞關陷入浩劫之中，四處哭聲震天。

入城的李鋒無暇顧及於此，率領騎兵進城之後，立即按照事先擬定的方略，分兵各處，控制城中各處要害，接管城防，佔領衙門，倉庫及主要幹道，李鋒自己則率領主力直逼城中兵營，將大批士兵堵在軍營中。

群龍無首的奇霞關士兵驚恐地看著越聚越多的騎兵，不知如何是好。幾名領兵校尉聚集在一起，臨時組成了一個指揮機構，商討該如何面對眼前的危機，其實不外乎兩條路，投降或者戰死。指望這單薄的營門和木柵欄擋住如狼似虎的定州騎兵，還不如指望母豬上樹來得更有希望一些。

李鋒手上此時尚有可用的機動兵力約二千餘人，控制城防和各重要機構用去了一半的兵力，還有數百名騎兵跟著統計調查司的王琦去追逃跑的李善斌，此時在他對面的軍營裡，尚聚有二千多名奇霞關守軍，如果這些士兵夠勇氣奮起一戰的話，一時之間，李鋒還真沒有把握拿下他們。

其實這是李鋒高估了奇霞關守軍，也看低了自己翼州營騎兵的戰力，從這一件事上也可以看出李鋒與李清兩兄弟在性格上的差異，溫室中長大的李鋒雖然在這幾年中長進頗大，但遇事總是更多地考慮到困難之處，而久經風霜的李清則只考慮到能得到多少利益，只要利益足夠大，那麼付出一定的犧牲也在所不惜。

好在李鋒並沒有考慮多久，事情便出乎他意料之外的解決了，因為奇霞關守軍一致決定投降。一名叫樂清的振武校尉代表營內士兵前來求見李鋒，表明他們的意願。

透過互報家門，樂清已知道眼前的這位定州騎兵將領便是定州大帥李清的胞弟。

「李將軍，扣留定州糧草全是我家李將軍的主意，我們並不知情，而且定州與我並州一向井水不犯河水，我們對在邊境上浴血奮戰，保家衛國的定州軍也是一向欽佩有加的，事已至此，多說無益，我們並州軍不願與你們兵戈相見，因此我們決定停止抵抗，以免雙方無謂的流血，為了表示誠意，我們願意放下武器，並服從貴軍的監管，直到定州與並州的高層對此事做出了斷。我們只有一個要求，那就是要求貴軍保證我軍士兵的安全，尊重我軍士兵的尊嚴，不得掠奪我軍士兵的財產。」

樂清這番話說得極是漂亮，雖然是投降，但在他嘴裡說出來，卻是十分冠冕堂皇，而且儼然一副大義凜然，為兩家著想的樣子。

李鋒有些想笑，心道這樂清倒也算是一個人物，不過事情能這樣解決也很好，翼州營的任務只是奪取奇霞關，並不是要殺死多少奇霞關的士兵，他們能放下武器那是最好，至於後續的事，那就不是他能管得了的了，用不了幾天，馮國將率磐石營接管奇霞關，這些麻煩的事情就交給他好了。

李鋒翻身下馬，抱拳道：「樂校尉深明大義，李鋒感佩莫名，李善斌莫名扣押我定州物資，意圖使我軍在草原上被蠻子所敗，此人定是蠻族奸細無疑，我軍攻打奇霞關也是無奈之舉，軍中不可一日無糧，想必樂校尉也是知道的，現在被李善斌無故扣了我軍數十萬斤糧食，我家大帥大為震怒，此舉已大大影響了我軍對蠻族的戰爭，所以不得不行雷霆之舉，對於貴軍，我軍實在是沒有惡意的。樂校尉所說幾條，我李鋒一力承擔。但有一點，還在奇霞關抵抗我軍的貴方士兵不在保證之列。」

樂清深深鞠躬，「多謝李將軍。我這便回營將李將軍的善意傳達給士兵，然後便可以請李將軍入營接管了。」

「樂校尉請！」李鋒微笑著伸手一讓。

半個時辰後，軍營內的守軍放下武器，一排排地站好，目視著定州騎兵入營。

奇霞關被破之後，李善斌急急奔逃，李鋒顧不得去追他，但有一個人卻死死地盯上了他，這個人便是統計調查司行動署的王琦。

城門口一戰，王琦的一百餘名特勤隊員喪生在李善斌及其親兵手下的多達數十人，每死一個隊員都讓王琦心疼不已，這些人都是行動署精銳中的精銳，在清風司長的大力支持下，這幾年也只訓練出了這兩百餘人，這一戰便去了大半，如何不讓王琦氣急敗壞，不知回去怎麼向清風司長交代才好，不拿下李善斌，王琦怎麼甘心?!

眼見李善斌溜了，王琦忙向李鋒討了五百驃騎，直追李善斌而去，反正奇霞關大局已定，已沒他什麼事了。

李鋒見他急如星火地向自己討兵，還以為是有什麼重大任務，不作他想，立即派了五百名騎兵給他。直到見到鍾靜，才知事情梗概，不由大是跌足，這裡可是並州啊，要是並州其他地方的軍隊聞訊來援，自己這五百騎兵可就要肉包子打狗了。但王琦早已去得遠了，李鋒無法可施，也只能暗地裡求神佛保佑王琦快快追上李善斌，並將他捉回來。

李善斌並沒有能逃出多遠，他和親兵胯下的戰馬著實不能與翼州營在定州配屬的戰馬相比，只逃了不到一個時辰，身後的追兵便追了上來。

王琦恨極了李善斌，一進入射程，便引弓射箭，他身後的翼州營騎兵也紛紛拔箭便射，一個是在馬上返身回擊，另一個則是順勢發箭，此消彼長之下，高下立判，李善斌的親兵一個接著一個地翻身落馬，人數愈來愈少。更加讓李善斌難受的是，奇霞關後，一馬平川，竟是連個躲避的地方也沒有。

又過了一個時辰，王琦終於將李善斌包圍了起來。李善斌臉若死灰，想不到今日竟然死在此地，胯下戰馬一停下來，立即口吐白沫，兩腿一軟逕自倒地，要不是他身手矯健，這一下便會被摔下馬來。

李善斌手執長槍，和親兵圍成一個圓圈，背靠著背，卻沒有投降的意思，心知扣留定州糧食，已將李清得罪死了，就算投降，也沒有好下場，還不如戰死，能成全一個軍人的榮譽。

「將軍，怎麼辦？」一名親衛緊張地手有些發抖，他們只餘下數十人，而對手卻有數百，而且皆是騎兵，這一戰根本沒有任何懸念，只要對方一個衝鋒，自己這些人便統統玩完。

「你們可以投降！」李善斌道：「但我決不受此辱，唯有戰死而已，願意走的人放下刀槍，自行離去，我想對方不會為難放下刀槍的你們的。」

親兵們一陣沉默，卻沒有一個人離開這個圈子，李善斌眼裡露出欣慰之色，「弟兄們，多謝你們，是我害了你們。」

「願與將軍共生死！」親兵們大聲道。

看到這些瀕臨絕境的士兵，翼州營騎兵們眼中都露出欽佩之色，知道必死而不畏死，這些敵人也是值得尊敬的。

嗖的一聲，王琦一箭射出，利箭插在李善斌身前腳下，「李匹夫，早知今日，悔不當初吧，你殺了我那麼多好兄弟，現在想想爺爺會怎麼殺死你吧！」

李善斌大怒，「要戰便戰，何必辱人，李某堂堂男子漢大丈夫，豈能由你如此侮辱！」

「我呸！」王琦吐了口唾沫，「狗娘養的，你還堂堂男子漢大丈夫，老子在草原上打生打死，和蠻子們殺得血流成河，你在背後下絆子，捅刀子，你他娘的還算是大楚人嗎？你這種人也敢稱大丈夫，那天下男子真要羞死了。」

李善斌不由語塞，長槍一擺，「何必多言，來吧，李某等著你！」

王琦冷笑，手裡弓箭一揚，一聲令下：「弟兄們，引弓，上箭，將這些狗東西射成刺蝟，給我們死難的弟兄報仇。」

數百柄長弓同時舉起，利箭上弦，瞄準了中央那圍成一圈的士兵。

李善斌慘然一笑，「弟兄們，我愧對你們，來世我還和你們做兄弟！」

李善斌丟掉長槍，閉上眼睛，在數百柄強弓的射擊之下，連一面盾牌都沒有的他們，任何的抵抗都是多餘的。他伸出手，摟住身邊的兩名親衛，「弟兄們，一路有伴，別走丟了！」

兩名親衛苦笑一下，也丟掉了手中的武器，摟住一側的同伴，道：「一路有伴，別走丟了！」頃刻間，這句話從隊頭傳到了隊尾。

此情此景，讓心中滿是仇恨的王琦也不由動容，猶豫了一下，但一想起剛剛倒在自己身前的戰友，心腸立刻又硬了起來。

「預備！」他大聲道。

身後突然響起急驟的馬蹄聲，一個清脆但極具穿透力的聲音傳了過來，「住手，箭下留人！」

王琦霍然回頭，飛馬而來的正是鍾靜。

鍾靜飛奔到跟前，胯下戰馬不住地喘著粗氣，顯然也是累壞了，厲聲道：「住手！都將箭放下來！」

王琦一聽此言，怒道：「鍾大人，為什麼？」

「這是定州十萬火急傳來的命令，你想抗命嗎？」

「是哪個龜孫子下的命令？鍾大人，你不知道我們有多少弟兄死在這個人手下嗎？」王琦暴跳如雷。

鍾靜臉色一寒，道：「王琦，你要造反嗎？這是尚參軍簽署的命令，清風司長連署！你敢罵小姐，不想活了你！」

王琦臉色大變，「司長她怎麼可能連署這個混帳命令？這……」

這了半天，終究不敢違抗清風的命令，只好怏怏地道：「收箭！」

看到王琦這個態度，鍾靜不由佩服起尚海波來，如果他的這份命令沒有小姐的連署，王琦也許真敢違抗他的命令，幹掉李善斌的，有了小姐的連署，王琦再怎麼恨李善斌，也只能服從命令。

「到底是為什麼？」王琦走到鍾靜身邊，低聲問道，心裡總是有些不甘，煮熟的鴨子居然拍拍翅膀飛走了。

「小姐和尚軍師連袂到了奇霞關，我也不清楚這是為什麼，只知道尚軍師聽說你帶兵追來，便著急地徵得小姐的同意，讓我飛馬趕來阻止，這一路狂奔可讓我累得夠嗆，你帶兵回去吧！有什麼問題去問小姐，相信小姐會給你一個滿意地答覆的。」

王琦恨恨地瞅了眼李善斌，大聲道：「我們走！」撥轉馬頭，五百騎兵排成整齊的隊形，縱馬離去。

在地獄門口轉了一圈的李善斌此時猶在夢中，不明白為什麼對手突然放過了自己，難道他們狂追自己幾個時辰，就是為了嚇唬自己一下？不知不覺，身上已是汗淋淋的。

「多謝小姐相救！」李善斌抱拳對著鍾靜一揖，而他身周的親兵們，卻沒有他這份養氣功夫，從生到死走了一圈，此時皆是兩腿發軟，坐倒在地，猶自以為身在夢中。

鍾靜冷冷地道：「不必謝我，如依我本意，便讓王琦一陣亂箭射死了你才解氣，只不過這是定州的命令，我依令而行罷了。」

李善斌熱臉貼了一個冷屁股，怔了半晌，點點頭道：「都一樣，如此我欠定州一個活命之恩，如果我還能活下去的話，以後我一定會還這份人情，李善斌說到做到，絕不食言。」

鍾靜冷笑道：「李將軍，你還是想想怎麼逃過吳則成對你的追殺吧，想要報定州給你的活命恩情，也要你活著才行。」

言畢打馬而去，再也懶得瞧對方一眼。

「我沒用，司長，我將二百個特勤隊員折損了大半，請司長處罰，可司長，為什麼要放過李善斌那賊子，我們一大半兄弟都是死在他的手裡！」王琦瞧見清風，不管尚海波也在場，噗通一聲跪倒在清風的面前，便伏地哭號著。

一路急行而來的清風臉色有些蒼白，眼中神色卻很興奮，**拿下奇霞關，就等於替大帥打開了進軍中原的門戶，這對定州的戰略意義，與當初奪取上林里幾乎同等重要。**

李鋒率隊出發後數天，她與尚海波生怕李鋒在佔領奇霞關之後不能穩定局勢，便急急地率著磐石營一個翼的隊伍，連袂趕到。

看到王琦悲憤不已，清風嫣然一笑，走到王琦面前，親手將他扶起來道：「王琦，起來，你做得很好，非但無罪，而且立了大功，此次奪取奇霞關，你與二百名特勤隊員當居首功，對嗎，尚先生？」

尚海波撫著鬍鬚，欣然點頭，彷彿這一刻，他與清風之間的隔閡絲毫不存在一般，「清風司長說得不錯，當居首功。」

「可是為什麼要放過李賊，他已是甕中之鱉了。」王琦臉上掛著淚水，和著汗水流下來，將他的臉變成了一張大花臉。

清風微微一笑，很耐心地對這位功臣道：「王琦，**殺他很簡單，但留他一命，價值卻更大**，你明白嗎？」

「我不明白。」王琦梗著脖子道。

清風知道，手下這員心腹愛將搞行動是一把好手，但對政治卻是一竅不通，便耐心地面授機宜道：「我們拿下奇霞關，是為了永久地佔領它，但如何名正言順地佔領呢？要知道，奇霞關可是並州屬地，我們攻打大楚屬臣，實在是大大地不合法紀啊。」

王琦道：「可是李賊無故扣押我軍糧草，是他們先挑起事端的。」

「話是這樣說，但你也知道，李善斌是誰的人？」

「是寧王的人！」王琦咬牙切齒地道。

「是啊，李善斌是寧王的人，但奇霞關卻是並州吳則成的，我們如果殺了李善斌，吳則成大可以說這是李善斌受了寧王的蠱惑與定州為難，他實在是不知的，這樣死無對證，他如果向我們討還奇霞關，並願意賠償我們的一切損失，我們怎麼辦？他甚至可以動員皇宮裡的那位向定州下聖旨，我們又要怎麼辦？畢竟現在還不是與他徹底翻臉的時候，雖然大家都知道是怎麼一回事，但面子上卻還要和和氣氣的！所以，放了李善斌，我們大可以栽贓給吳則成。」

「如果吳則成抓住到了李善斌，並將他送給我們，以此請罪呢？」王琦問。

清風笑道：「我認為吳則成抓不到他，鍾子期何許人也，一旦聽到奇霞關落入我們手中，必然想法設法將此人救走，然後李善斌出面宣稱是受了吳則成的命令行事，事情敗露又想殺他滅口，嘿嘿，這個贓就結結實實地栽到了吳則成的身上，我們就可以名正言順地霸佔著奇霞關，想必寧王也非常樂意我們占領奇霞關，威脅蕭氏的。」

尚海波笑呵呵地道：「寧王想通過糧食削弱我們，見此計無效，反而促使我們佔領了奇霞關，一定會忙著來找我們結盟的，而蕭氏也知道，我們清楚李善斌扣糧是出自寧王授意，認為我們一定會仇視寧王，必然會找我們結盟對付寧王，如果是這樣的話，他說不定還會默許我們霸著奇霞關，哈哈哈，**左右逢源，對我定州大大有利。**」

王琦被這一番話給攪糊塗了，摸著腦袋道：「司長，尚參軍，你們這一說好像也有道理，只是有一點我不明白，我們與蕭家好像仇深的很，蕭氏豈肯與我們結盟，而且我們占著奇霞關，對他們可是實實在在的威脅啊！」

尚海波笑道：「**沒有永遠的敵人，也沒有永遠的朋友，只有永遠的利益，眼下蕭氏的頭號大敵不是我們，而是寧王**，別說我們當年只是驅逐了蕭遠山，便是殺了他蕭家的娘老子，在巨大的利益面前，蕭家也只能打落牙齒往肚子裡吞，還是會找我們結盟的。」

王琦似懂非懂，怔了半晌，忽然憤憤不平地道：「司長，軍師，你們說得是有道理，但聽起來怎麼好像寧王和蕭家都有些瞧不起我們，認為我們就只能與他們結盟一般，難道我們比他們差嗎，我倒認為我們比他們強多了。」

清風與尚海波對視一眼，同時大笑起來，清風伸出手指點了點王琦，道：「你啊，我看快趕上唐虎那個夯貨了，瞧不瞧得起我們有什麼要緊，瞧不起我們更好，總有讓他們哭的時候，好了好了，你下去收拾一下，堂堂一員大將當堂哭鼻子，真是折我調查司的面子。」

王琦抽了一下鼻子，不好意思地向兩人施了禮，轉身離去。

「一員勇將兼之有情有義，難得！」尚海波評價道。

數天之後，剛剛離開並州不久的鍾子期接到了秘密情報，沉默半晌後，吩咐手下帶著李善斌的妻兒仍然向寧州出發，而他則急急地返回並州，並急召許思宇趕到並州，他要找到李善斌並將他帶走。

第二章
生死關頭

諸其阿冷笑連連，「聽聞大楚大災之年，也曾有過易子而食之舉，幾位將軍何故做此訝然之狀！我草原一族面臨生死關頭，守不住巴顏喀拉，便是亡國滅族之禍，別說是吃人，便是再慘烈十倍百倍之事，我等也一樣做了。」

巴顏喀拉攻防戰已進行了一月有餘，城外綿延數里的縱深防線已被定州軍像剝大蔥一般一層一層地削去，各處要塞、據點紛紛失守，定州軍已推進到了離巴顏喀拉一里有餘的地方，再向前一些，定州軍的遠端攻擊武器便將直接威脅到巴顏喀拉城牆了。

蠻族雖然與李清戰鬥了數年，但巴雅爾還從來沒有親自與定州軍當面對敵過，這一次他總算領教了定州軍裝備的精良以及武器的犀利，站在高高的城牆上，看著遠處定州軍攻打巴顏喀拉周邊防線，**眼見那如飛蝗般的弩箭，如暴雨般的石彈，由鐵甲裝備起來的黑色士兵狂潮，巴雅爾黯然失色**，雖然早知失敗已成定局，但親眼見到對手的強大，心裡仍是沮喪不已。

與外面敵人的狂攻不止相比，巴顏喀拉城內的局勢也日益惡化，主要便是糧食存量馬上面臨問題，當初巴雅爾沒有想到局勢會在短短的時間內惡化到如此地步，以致於數十萬人被困巴顏喀拉城，雖然曾搶運了一批物資進城，但相對於巨大的人口基數，無異於杯水車薪。

從被困開始，巴顏喀拉便開始採用集中分配制，每日只給士兵提供足夠的食物，非作戰人員只能勉強度日；至於城內的奴隸，每天能有一點吊命的食物就不錯了。

不少蠻部貴族都建議殺掉這數萬奴隸，這樣每天還可以節省一些配給，但作為最高統治者的巴雅爾不得不考慮這樣做的後果，殺人很簡單，然而一旦將這數萬奴隸殺死，城破後就得承受定州軍的報復怒火。但這數萬奴隸的確是巴顏喀拉城的巨大負擔，總得想個法子解決。

現在巴雅爾唯一的希望就是中原儘快大亂，而自己能堅守得更久，只要守到李清不得不轉身面對中原局勢的時候，自己就有更多的本錢與他展開談判，畢竟對於大楚這些軍閥來說，草原就如雞肋一般，食之無味，棄之可惜，只要自己像一隻刺蝟一樣扎得李清疼了，而且讓他感到攻下巴顏喀拉無望，而返身回去參與到逐鹿中原的戰事中去，草原就贏得了一線生機，有了這一線生機，巴雅爾相信以草原人的堅忍，數十年後，又將出現一個強大的草原民族。

無奈巴雅爾猜錯了李清的心思，現今的李清對自己有很清楚的認識，中原亂象剛起，各路豪強數十年甚至上百年的積累，現在正是他們最強大的時候，剛剛崛起的定州在各方面比起這些豪強大大不如，此時，他絕不會貿然摻合進去，**草原是李清爭霸中原的一枚重要棋子**，**李清絕不會捨棄**，更何況，不解決掉草原，讓自己的後背上有著這麼一顆釘子，李清也不會感到舒服。

他會選擇一個對定州最合適的時間，參與這一場重定大楚江山的遊戲中去，在這之前，他要做的，就是**讓自己一步一步變得更加強大**。

前些日子從定州傳來的情報讓李清焦灼不安，沒有人比他更清楚定州的家底了，定州四大倉的糧食如果不及時補充，維持現有軍隊的供應一個月之後就會見底，而一個月就要打下巴顏喀拉，難度不是一般的小。

他在焦灼不安中，艱難地度過每一天，定州軍中，除了過山風、呂大臨、王啟年和唐虎四人知道此事外，其餘的人都被蒙在鼓裡。

李清在唐虎的護衛下巡視著軍營，重點是輜重營。

軍中的投石機和弩機，每天都要損失不少，全靠輜重營維修，而且到了巴顏喀拉，他們還多了一項工作，草原上石料難尋，能找到的石頭都被運來打磨成了石彈，現在附近數十里內基本已難尋到大量的石料了。

輜重營只好另闢蹊徑，在營內築起數座火窖，取土燒製陶彈。

燒得結實的陶彈在滿懷疑慮的軍隊第一次試用後，被各營將軍們大加讚賞，這些陶彈相當堅硬，不僅能被當做石彈攻擊，而且落地之後，往往因為巨大的衝擊力而炸開，四散迸飛的陶片對敵人所造成的殺傷力相當之大。

輜重營指揮任如清陪著李清巡視輜重營，李清撿起一枚燒好的陶彈，伸指彈了彈，聽著那清越的聲音，不禁大樂，想不到任如清居然能想出這一招來，果然是事事留心皆學問。

看任如清那麼不修邊幅，一副邋遢樣，五品官服穿在身上也被揉得皺皺巴巴，不由笑道：「任大人，雖然你實心任事，甚得我心，但這儀容仍是要注意的，你可是我定州五品大員，整個定州能做到五品之上的官員屈指可數，你這模樣，要不是穿著這身官服，別人都要以為你只是一個普通的匠師了。」

任如清卻怡然笑道：「大帥，如清官做得再大，那也是大帥的抬舉，在如清心中，自己永遠是一個匠師，作為匠師，如果我只注意官威官儀，不親自到一線去親自動手，那便失去了本性，便不能為大帥做事了。不過大帥既然說了，以後如清一定注意。」

李清伸手拍拍任如清的肩膀，道：「說得好，倒是我迷失了，你說得不錯，我可以很容易找到一個五品官，卻極難尋到像你這樣一位大匠！任大人，你不必改變，依照你的本心便好。許多人做官久了，就改變了原有的性格，你能保持一顆赤子之心，我很欣慰。」

任如清抱拳一揖，「多謝大帥誇讚，如清一定為大帥做出更厲害的兵器，為大帥蕩平天下盡一分力量。」

李清隨意在營裡走著，一邊問任如清，「可有什麼困難需要我解決的？」

任如清猶豫了一下，道：「大帥，別的倒沒什麼，就是人手不足，如果可能，我需要大批人手來製造陶彈和做一些雜事，現在輜重營將一個人當兩個人使仍是不夠，匠師們都累得很，時日一長，我擔心他們扛不住，大帥不知，每日各營的將軍們派人來領取武器，如果給的慢了，或者給的不足，那些將軍們可會指著我鼻子罵的，我的桌案已經被將軍們拍碎好幾張了。」

李清聽了哈哈大笑，「將軍們立功心切，任大人不要怪他們，回頭我會訓斥他們，怎麼能對任大人如此無禮，放心，他們一定會向你道歉的。」

「倒歉倒不必，將軍們的心思我能理解，他們在前線流血流汗，如果不能保證他們的武器供應，向我出出氣也在情理之中，倒是我很愧疚啊！」

李清點點頭，任如清會這樣想，固然是因為他胸懷寬廣，實則也因他的自卑心理之故，畢竟一個匠師做到五品高官，這也只是在定州而已，大楚其他地方，匠師的地位還是很低的，很多將軍的官品還沒有任如清高，居然也向他拍桌子，說明他們從心底就沒有將任如清放在眼裡，這個風氣必須扼阻。

他正想著心事，一名親衛急奔而來，「大帥，定州送來緊急軍情。」

李清霍地抬起頭，一定是那件事，來不及多想，拔腿便走。

從信使手裡接過那厚厚的卷宗袋時，饒是李清見慣了大風大浪，如今早已喜怒不形於色，此時心中仍是有些砰砰亂跳。

從信使的臉上看到的是歡喜的神色，讓李清心神大定，看著手裡的卷宗袋，除了火漆封印外，封口處居然還蓋著三枚大印，尚海波的軍府印，清風的統計調查司印，路一路的州府印，可見定州三巨頭對這份卷宗的重視。

撕開封口，抽出厚厚的文件，李清越看臉上喜色越濃，奇襲佔領奇霞關，可以說為以後定州進兵中原打開了門戶，只要自己願意，隨時可以兵出奇霞關，威脅大楚腹地，奇霞關後，一展平原，沃野千里，正適合騎兵出擊，奇霞關握在手中，便如同一把利刃頂在蕭浩然的胸腹之上，只怕從此以後，他睡覺也要睜隻眼睛盯著這裡。

即便已經決定在大楚動亂前期不準備插手，安心發展內政，但自己卻可以以奇霞關為據點，要脅那些想要大展鴻圖的勢力，比如蕭浩然，比如寧王，不斷地抽取他們的血液來養肥自己，當自己養得夠肥、他們打得夠累之時，便是定州出兵的時刻，而定州不出兵則已，一旦出兵，必然如同犁庭掃穴一般，橫掃天下。

李清砰的一拳擊在案上，大喜道：「太好了，來人，請呂將軍、過將軍、王將軍到我大帳議事。」

片刻之後，呂大臨與王啟年連袂而至，人在西城的過山風則要一段時間才能前來。

李清笑著將手裡的卷宗遞給呂大臨和王啟年，兩人匆匆流覽一遍，都是大喜過望，前一段時間的擔憂頓時不翼而飛，不僅後勤無憂，定州先前制定的戰略將能繼續實施，更可喜的是奪得奇霞關對於定州的戰略意義。

這兩人都是統兵重將，知曉定州整體的戰略布署，對於平定蠻族後定州軍的動向在腦子裡有著無數的謀劃，但因為奇霞關的存在，可謂困難重重，現在總算守得雲開見月明，一切都豁然開朗了。

呂大臨深深地對李清一揖，「末將恭喜大帥！」

李清兩手扶起呂大臨，道：「同喜！同喜！」兩人對視一眼，會心一笑。

呂大臨這一揖，代表他徹底地向李清表示忠心，並願為李清效犬馬之勞，李清的動作則是表示正式接納呂大臨。

作為定州本土系的代表人物，呂大臨最大的心願便是擊敗蠻族，對於爭霸天下並不如何熱心，但隨著李清入主定州，對蠻族征戰節節順利，勝利已是近在眼前，而看似強大的大楚朝廷，卻是發生巨變，皇權衰落，中原將進入軍閥世家混戰時代，誰能重定山河，誰就是天下新的主人。

開國功臣的誘惑是巨大的，如果李清成功，那若干年後，呂家也必將成為新一代的門閥世家，呂家將在自己手中興起。多番考量之後，呂大臨最終決定要參與這個遊戲，今天他向李清表達了自己效忠的決心，果然立即便得到了李清熱情的回應。

帳外傳來急驟的馬蹄聲，緊跟著便是沉重的腳步聲傳來，帳門打開，過山風魁梧的身形出現在眾人眼前。

聽到帳內的笑聲，過山風知道困擾定州軍的麻煩一定是解決了。

「大帥，糧食問題解決了？」看著眾人的神色，過山風不禁問道。

李清微笑不語。

呂大臨笑道：「不止，過將軍，你聰明過人，且猜上一猜，如能猜中，我請你喝酒。」

王啟年附議道：「你若猜中，這頓酒也算我一份，我與呂將軍一同請你。」

過山風一雙牛眼在帳內三人臉上轉了幾轉，「你二人給我挖坑麼，如我猜不中，這酒肯定是要我請了？」

「當然！」呂王兩人異口同聲。「可敢賭？」

過山風大笑，「賭我不怕，但那酸酸的馬奶酒我可不愛喝，如我猜中，我要喝咱們定州釀製的烈酒。」

「成交！」呂王兩人立刻答應。

過山風低著頭，倒背著雙手，在帳內走來走去，自言自語道：「糧食問題肯定是解決了，但還有什麼事比解決這個問題更讓你們興奮呢？」對付蠻族只要有足夠的糧食便不成問題，能讓他們如此高興的，一定是與定州後期的戰略相關，對了，肯定是奇霞關！

「這件事八成與奇霞關有關！」過山風歪著頭打量著呂王兩人，眼角卻偷偷地掃了一眼李清。

呂大臨正襟危坐，不露聲色，李清一臉微笑，端茶自品，王啟年臉上的肌肉卻不由自主地抽動了一下，這個細小的動作讓過山風逮了個正著。

果然是奇霞關！過山風眼中露出不可思議的神色，轉臉看向李清，「大帥，我們拿下了奇霞關？」

李清還沒有答話，王啟年已是一躍而起：「老過，你怎麼一猜就著？哇，我不該跟你打賭的，我一共只有不到五斤酒啊！」

李清大笑，過山風聰明過人，不僅是武功，連政治謀略也是一等一，較之王啟年等人更有前途，此事若是讓王啟年來猜，他絕猜不出來。

「末將恭賀大帥！」過山風一臉燦然。

「這頓酒我請了！」李清笑道：「鬍子，不要心疼那幾斤酒，你還是自己留著偷偷解饞吧！」

幾人都是大笑起來。

大笑聲中，唐虎掀簾而入，看到幾人歡喜的神色，不由一怔，王啟年拍著唐虎的背，道：「虎子，大帥要請我們喝酒！」

唐虎大喜，嘴巴都快咧到腦後，「這敢情好，我這酒蟲快餓死了。」

李清笑道：「虎子，有什麼事麼？」

唐虎哦了一聲，這才想起要說的事：「大帥，剛剛前邊傳來消息，蠻族派來使者，要求面見大帥。」

「蠻族使者，見我？」李清疑惑地道。

「莫非他們眼見打不過，準備投降了？」王啟年瞪大眼睛道。

李清搖搖頭，「不可能，眼下巴雅爾還有困獸猶鬥之力，不到最後關頭，他是絕不會投降的，唐虎，通知他們放行，我看看他們想打什麼主意？」

巴雅爾派出的使者，依然是諾其阿。

「諾將軍今日所來何事？可是巴雅爾大汗自知必敗無疑，派你來商討投降事宜了？」李清調侃道。

諾其阿傲然立於帳中，道：「李大帥此言差矣，鹿死誰手尚未可知，何來投降一說，我軍正枕戈待旦，等著李帥前來交鋒呢！」

李清點點頭，「甚好，用不了多久時間，我就可以再一次見識諾將軍的勇武了！既然不是投降，請問諾將軍所來何事？」

「我奉皇帝陛下之命，前來與李大帥商討我巴顏喀拉城中數萬奴隸的出路問題！」諾其阿微笑道：「我族大部分貴族都要求殺掉這些奴隸，但我家皇帝有好生之德，不願屠殺手無寸鐵的奴隸，因此願意給大帥的這些同袍一條生路，允許大帥您贖回這些奴隸！」

「贖回？」李清的眼睛眯了起來。

「對，贖回！」諾其阿揚起頭：「我家皇帝陛下說了，你我兩家兵戎相見，本不欲讓這些奴隸歸來增長李大帥的實力，殺掉對我們更有利，但上天有好生之德，我等不願向這些手無寸鐵的人舉起屠刀，卻也不能白白地放回，因此按照草原的規矩，你們可以贖回這些奴隸！」

李清高坐在大案後，雙手據案，上身前俯，兩眼盯著站在自己面前侃侃而談的諾其阿，眼中的怒火卻愈來愈濃，直看到諾其阿心中發毛，聲音不自覺地越來越低。

「不願向手無寸敵的人舉起屠刀？」李清先是冷笑，接著笑聲越來越大，「諾將軍，你說這話當真是可笑之極，你們蠻族數百年來無數次地進軍定州，又有哪一次沒有向手無寸敵的定州人舉起過屠刀，你們所過之處，殺人擄掠，焚燒房屋，這一次居然發起了善心，只怕不是不願殺，而是不敢殺吧！兩軍交戰，雙方生死各安天命，沒有什麼好抱怨的，但你等若敢屠殺我無辜百姓，巴顏喀拉城破之日，我必十倍還之，你殺我一名百姓，我便殺你十人，到時城中血流漂杵，爾等後悔莫及！」

李清拍案而起，怒髮衝冠。

為李清氣勢所攝，諾其阿又羞又愧，嘴唇哆嗦，臉色發紫，半晌才道：「若論濫殺，李大帥便沒有做過麼？當年安骨部落一戰，數萬老弱婦孺倒在李大帥的刀槍弓弩之下，這些人又有何辜？李大帥的正義安存？」

聽到諾其阿直斥李清，過山風霍地站起，長刀出鞘，跨上兩步，嗆的一聲將刀架在諾其阿的脖子上，怒道：「賊子好生無禮，爾等殺我定州百姓，數百年來何只百萬，我等殺你幾人便不行麼？難道你殺我百姓便是理所當然，我殺你之人便是毫無正義麼？敢對大帥無禮，我活劈了你！」

諾其阿凜然不動，只是高昂著頭，盯著李清。

李清默然無語，擺擺手讓過山風退下。

當年迫於無奈，任由尚海波下令屠殺數萬安骨部落的老弱婦孺，對這一場屠殺，李清內心深處一直難以釋懷。他緩緩地道：「自古以來，**國戰無正義**，你我兩家廝殺數百年，仇恨已浸到了骨子裡，爭論這些毫無意義，好吧，贖回也不是不可，巴雅爾開價幾何，你且說來。」

聽到李清終於答應贖回，諾其阿鬆了一口氣，「一個奴隸十斤糧食，巴顏喀拉城內如今尚存十萬奴隸，李大帥只需出糧食一百萬斤，便可以領回這些人。」

「十斤糧食？」李清詫異地回看著對方。

呂大臨霍地站起，抗聲道：「巴雅爾好大的胃口，也不怕撐壞了他？如此不靠譜的贖回條件，想也別想！」

諾其阿卻是搖頭道：「呂將軍此言差矣，以往一個奴隸價值幾何，久居定州，深諳我草原規矩的呂將軍想必清楚得很，這個價格已與白送無異，我家皇帝陛下是很有誠心做成這筆交易的，這才開出一個低廉的價格，呂將軍如何還說這條件太高？」

「此一時也彼一時。」呂大臨直言道：「此時十萬奴隸在巴顏喀拉城中已成了燙手山芋，殺，你們不敢；讓他們活著，每日又要消耗你們不少的糧食，讓你們本就可憐的一點物資更加窘迫，如此情況下，我們便是每人只出一斤糧食，我也覺得太高了。」

「豈有此理！」諾其阿大怒，厲聲道：「李大帥，既然你們毫無誠意，那麼這樁生意便就此作罷，這十萬奴隸便留在城中吧，等到我們巴顏喀拉糧食吃完，我們便將這些奴隸殺來煮了吃，十萬人總也有百來萬斤肉食，足夠我們吃上好一段時間了。」

此話一出，帳內各人都齊齊倒吸一口涼氣，雖然大楚人一直稱乎對方為蠻族，但其實草原在與中原數百上千年的交往中，深受大楚文化的侵蝕，與早年已是大有不同，吃人一事可說聞所未聞。

「你，你們簡直就是禽獸！居然要吃人。」王啟年拍案而起。

諾其阿冷笑連連，「聽聞大楚大災之年，也曾有過易子而食之舉，幾位將軍何故做此訝然之狀！我草原一族面臨生死關頭，守不住巴顏喀拉，便是亡國滅族之禍，別說是吃人，便是再慘烈十倍百倍之事，我等也一樣做了。」

城中為數眾多的奴隸，一直是李清的一個心結，不要說蠻族吃人，便是打到巴顏喀拉城下時，巴雅爾只需將奴隸們押上城牆充作肉盾，自己也要投鼠忌器，看一看前面鐵豹子等人戰場認親的場面，只怕這十萬奴隸裡面，便有不少是自己戰士的親人。

保護好自己戰士的親人，也是他這個當統帥的責任，更是讓士兵歸心的一個極好方法，所以這十萬奴隸是一定要救出來的。看來，巴顏喀拉也快要山窮水盡了，否則巴雅爾絕不會做此自曝其短之舉。

「好了，諾其阿，你也不用誇誇其談，你回去告訴巴雅爾，我定州雖然不缺糧，但糧食千里迢迢運來，損耗也是極大，並沒有很多多餘的糧食，但是為了我城中同胞，我還是願意擠出一部分來贖回他們，但一個奴隸五斤糧食，是我能出的最高價格，如果願意，我們便交換，如果不願意，那麼我們只能為這些死難的同胞報仇血恨了。」

諾其阿還沒有答話，過山風已轟地站了起來抗議道：「大帥，我反對。向對方提供糧食，讓這些蠻子吃得飽飽的來殺我們的戰士麼?大帥請三思。」

王啟年也道：「大帥請三思！我認為，我們一點糧食也不能給他們，我看他們也沒有膽子殺這些奴隸。」

「那你們便試試看！」諾其阿變臉道。

李清敏銳地抓住了諾其阿眼中飄過的一絲慌亂，心中更有底氣了，對過山風與王啟年道：「二位將軍，你們麾下將士是我定州人，城中那些百姓也是我定州人，手心手背都是肉，我們豈能厚此薄彼?!我相信便是你們的士兵也願意拼死上陣殺敵，以自己的生命來換取自己同胞的安全。一直以來，我們不就是這樣做的麼?不必多言了，我意已決，諾其阿，你們同意麼?」

諾其阿道：「大帥所提價格，我無權決定，需回城請示皇帝陛下。」

李清擺手道：「好，那你就快去快回，今天我軍不攻城了，我就在帳中等你的消息，這一來一去之間，也用不了一個時辰。」

看著諾其阿的背影，李清笑對過山風道：「過將軍反應倒是快得很，有了你的配合，想必巴雅爾是不敢與我們討價還價了。」

過山風笑道：「大帥胸中自有成算，過山風略助一臂之力罷了。」

李清身後的唐虎訝然道：「過將軍，你剛剛不是還在拼命反對大帥的意見麼，怎麼這會兒便成了幫助大帥了，這是什麼意思?」

帳內幾員大將都是笑而不語，將唐虎急得抓耳撓腮。

其實說穿了很簡單，諾其阿見到李清麾下大將一致反對，回去自然會對巴雅爾說，巴雅爾聽聞，必然擔心價格太高，讓本就猶豫不決的李清在大將們的反對下一狠心便放棄這一交易，那麼這十萬奴隸可就真的砸在自己手中了。如此一來，十萬奴隸換取五十萬斤糧食，也算小有收穫，至少巴顏喀拉可以支撐更長的時間了。

果不其然，一個時辰後，返回的諾其阿同意了這個條件，三天後，每一天定州軍交給蠻族五萬斤糧食，換回一萬奴隸，十天為限。

「擊鼓，聚將！」李清吩咐唐虎，「三位，是時候讓將軍們知道我們的整體戰略了。」

中軍帳外，數十面牛皮大鼓同時擂響，遠遠的傳到各營中，這是聚將鼓。不到半個時辰，定州軍各營主將齊聚於李清大帳。

李清目光從眾人臉上一一掃過，呂大臨，過山風，王啟年，姜奎，關興龍，姜黑牛，魏鑫，熊德武……，眾將眼中都閃現著興奮的神色。

「各位將軍，下面，你們聽到的將是我們**定州奪取巴顏喀拉的最後方略**！」李清緩緩地道。

巴顏喀拉城下，出現了可能是人類自有戰爭以來最為奇怪的一幕，每天凌晨至午時，從定州軍營裡，浩浩蕩蕩的糧車出發前往巴顏喀拉，從城裡則走出大批衣裳襤褸的奴隸，雙方和平地在戰場上交換。

室韋鐵尼格非常不理解李清的作法，氣噗噗地對過山風道：「過將軍，李大帥這是瘋了麼？巴雅爾現在最缺的就是糧食，而李大帥為了區區一些奴隸，居然用這麼多的糧食去交換，巴雅爾有了這些糧食，如虎添翼，我們的戰士又要多流多少鮮血才能擊敗他啊！」

這些天以來，鐵尼格每天的損失都很大，眼看著自家兒郎成片地倒在前進的道路上，鐵尼格就覺得李清一定是瘋了。

過山風瞟了一眼鐵尼格，「大帥深謀遠慮，豈是我等能夠揣測的，再說了，我定州出兵草原，目的之一就是要解救我們這些正在受苦受難的同胞，豈能放任我們的同胞受人虐待而坐視不理，區區一點糧食算什麼，便是再大的代價，我們定州也願意付出。」

鐵尼格搖搖頭，他從小所受的教育，讓他實在難以理解這些定州人的想法。看過山風板著面孔，明顯十分不高興自己對於李大帥的指責，鐵尼格便也閉嘴不言。

其實這些日子以來，鐵尼格心中的不滿愈來愈盛，他認為自己在這裡沒有得到足夠的尊重，作為盟友，李清所有的作戰方略應該先與自己通氣，並取得自己的認可，要知道，圍困巴顏喀拉的大軍，室韋人占了幾乎一半，但李清從來到巴顏喀拉之後，只來拜會自己一次，然後所有的作戰計畫都是通過過山風轉達給自己，這讓他有些憤怒。

我又不是你的下屬，他在心裡道，現在李清的做法，明顯是將自己視作下屬，而且地位還不如過山風。

這讓他大為不滿，只是室韋人作戰一向沒有後勤供應，都是打到哪裡，搶到哪裡，以戰供戰，現在草原上搶無可搶，自己的後勤補給全靠定州軍供給，消耗的箭矢也要定州軍補充，命脈被捏在別人手中，他也只能忍氣吞聲。

等到打下巴顏喀拉，自己就可以縱軍搶掠了，巴顏喀拉是蠻族都城，想必富得流油，到時自己便不用再倚仗定州軍了。

鐵尼格想著自己的心事，**殊不知過山風此時看他的目光，如同看一隻砧板上的死魚，因為對草原和室韋人，李清早已制定了全盤計畫，正在一步一步的實施之中。**

對於李清以糧換奴的作法，過山風是佩服得五體投地，縱觀整個大楚與蠻族的戰爭史，**還沒有哪位大楚統帥能在最為激烈的戰時，用寶貴的軍糧來換取奴隸的性命的**，這便是大帥與眾不同之處，也是大帥最令人心折的地方。

「鐵尼格王子！」

過山風偏過頭，看著鐵尼格，指著前面的兩座小山。

這兩座小山完全是蠻族用挖出的大量泥土堆砌而成，一左一右，卻又互相連接，宛如老虎的獠牙，在定州軍的作戰沙盤上，這兩座山被稱為「虎牙山」。

「我們兩軍各自負責一座小山，打了三天了，我移山師已數次攻上山頂，但因為你室韋軍攻擊另一側不力，致使我軍不得不放棄快要到手的陣地被迫撤回，我希望今天的攻擊你們能再勇猛一點，一鼓作氣拿下虎牙山，大帥明令我們十天之後要到巴顏喀拉城下，如果不能迅速攻克這個攔路虎，我們便不可能完成大帥的命令。如果因此拖了整個戰事的後退，王子，我們兩人可都不好交代。」

鐵尼格回擊道：「過將軍，這些天你也看到了，不是我軍不盡力，而是我們室韋人都是騎兵，這座小山上，路障，拒馬溝，鹿角，各種障礙數不勝數，極不利騎兵攻擊，我軍在這座山上已死了上千人，你還要我怎麼向李大帥交代？如果說實在要交代，那也是你的事，你別忘了，我只是你們的友軍，並不是李大帥的下屬，我沒有必要向他交代。」

過山風冷笑一聲，「鐵尼格王子，**想要得到足夠的利益，便需要付出足夠的代價**，我想，如果你不在這場戰事中付出足夠的貢獻的話，戰後利益分配，你說話的聲音也不響吧？不要強調什麼原因，你不要忘了，你們室韋人是我們武裝的，我們定州軍不欠你們什麼，從蔥嶺關外一路打來，一路上碰上的險關要隘，哪一個不是我們打下來的！不利騎兵攻擊，那騎兵就下馬，作為步兵攻擊！午後我軍將準時攻擊左側虎牙要塞，我希望到時候能夠看到你們室韋軍隊準備好。」

過山風說完，一鞭子抽打在馬股上，揚長而去，此時，他已不需要對鐵尼格再客氣什麼了。

看著過山風囂張的背影，鐵尼格氣得說不出話來。

午時三刻，正是一個人氣血最盛的時刻，過山風麾下大將熊德武的海陵營準時展開了對左側虎牙要塞的攻擊。

與此同時，室韋人也開始了對右側要塞的狂攻，受了過山風刺激的鐵尼格，這回像是發狂一般，投入了上萬兵力，所有人都下馬作為步兵，一時間，虎牙山上，喊殺聲驚天動地。

西城開始攻擊的時候，東城出同樣開始出擊，與西城相比，東城的攻擊群集在呂大臨的統一調配之下，蠻族防禦的最高指揮官伯顏左右支絀，在定州軍壓倒性的優勢火力面前，陣地一塊接著一塊的丟失。

前方在作戰，李清卻沒有去前線觀戰，此時，他正在中軍大帳中接待自定州來的一位特殊的人，這個人便是在定遠之戰中被俘的蠻族藍部首領——肅順。

肅順被俘後，在李清的關照之下，身體上並沒有受到什麼苦楚，甚至於他的待遇較之一般的定州官員將領和官員還要好，至少定州將領官員們求之不得的烈酒對肅順是無條件供應的。

苦悶的肅順每日也只能借酒澆愁，部落覆滅的悲傷和前程未測的惶恐，時時折磨著他，被俘數月，像是老了好幾歲。

「肅順首領，在定州過得一向還好吧？」

李清笑容可掬，示意唐虎上茶。唐虎不情願地端上茶杯，那茶杯裡理所當然地只漂了寥寥可數的幾片茶葉。

肅順苦笑著拱拱手，一名俘虜，即便過得算好，又能好到哪裡去?!

「多承大帥關照，肅順過得很好，也還要感謝大帥對我藍部被俘部眾的寬容，沒有取他們的性命。」

李清哈哈一笑，「這是理所當然之事，肅順首領，用不了多久，他們都會成為我治下子民，我豈會虧待他們。」

肅順一陣默然，幾年前，他萬萬想不到蠻族與定州的戰爭會是以這種方式結束，他是打仗的老手，心知草原大勢已去，覆滅只是在旦夕之間，草原一族生存了上千年，竟是喪失在他們這一代人手中。

肅順臉色灰白如紙，「李大帥，你將我押來巴顏喀拉，可是想讓我去為你勸降麼？」

「勸降？」李清不置可否地笑了一下，「如果肅順首領願意的話，李清倒是求之不得。」

肅順搖搖頭，「巴雅爾心高氣傲，寧可戰死也不會投降，李大帥這個算盤卻是打錯了。」

「肅順首領，巴雅爾心高氣傲不假，卻也是個極為理智之人，我們且拭目以待吧，用不了幾天，我們兵鋒便會直逼巴顏喀拉主城，這幾天，你便先在我營裡安心地住下來，到時候，我會讓你去見巴雅爾的，至於是不是勸降，嘿嘿，到時自知！」

李清端茶送客，唐虎將肅順帶出大帳，交給看守他的衛兵，轉身對守候在大帳外的茗煙道：「茗煙司長，大帥有請！」

「多謝唐將軍！」茗煙斂裙向唐虎一禮。

她可不是清風，一向對唐虎直呼虎子，甚至有時候還罵他是夯貨，如今的唐虎在定州地位可是相當的特殊。

「茗煙，辛苦了！」李清招呼茗煙坐下，看著眼前這個明眸亮齒，嬌俏可人的女子，心裡忽地好笑起來，自己手下兩大特務機構，首領居然都是女子！除了兩人能力的確特別突出之外，也有可能是自己潛意識在作怪，特務機構一向在人們的印象中是陰森森的神秘感覺，放個美女在裡面，可以沖淡一點這種氣氛吧。

「怎麼這一次是你親自押送肅順過來呢？」李清問。

茗煙微微欠身道：「茗煙此來，押送肅順只是順道為之，實則是另有要事要向大帥稟報。」

「哦？」李清道：「尚先生特地要你來的？」茗煙的軍情調查司隸屬於尚海波的軍府，是以李清有此一問。

「是！」茗煙道。「一是有關中原局勢和我們佔領奇霞關後的相關事宜。其二則是軍情調查司內部事宜。」

「嗯，你先說第一件事！」李清喝了口茶，既然是尚海波派茗煙親自過來，事情自然是很重要。

「如今已經確認，南方寧王要起兵造反了，時間很可能是在五月前後，如今南方叛亂三州在經過一段時間的平靜之後，蓋州、青州戰火再起，呂小波、張偉大軍席捲兩州，兩州的朝廷軍隊已被一掃而空，地方勢力被連根拔起，這兩州如今已集結了近十萬叛軍。」茗煙道。

定州早就懷疑呂小波與張偉已投靠寧王，現在指揮叛軍的，很可能便是寧王手下的軍官，年前，這幾個州莫名其妙地陷入了平靜，現在突然爆發，進一步坐實了這一點。

「軍情調查司和統計調查司的調查相互印證下，已確認在呂小波與張偉手下彙集了大量寧王軍中的基層軍官，另外，實際指揮這支軍隊作戰的是寧王麾下大將左游生。」茗煙道。

「圖窮匕現，寧王連最基本的掩飾都懶得做了，那意味著他的確要馬上動手了。那興州的屈勇傑呢？」李清問。

茗煙搖搖頭，「屈勇傑到達南方後，當時勉強聚集了約五萬軍隊，後來他退入興州，以興州府城為中心，汰弱留精，保留了一支約三萬人的精銳，但也只能勉強維持興州的局勢不惡化而已。現在，寧王軍隊並沒有向興州方向集結，屈勇傑也沒有向這兩州進軍的打算，態度曖昧，尚先生擔心屈勇傑亦會倒向寧王，畢竟屈勇傑與天啟皇帝關係親密，天啟死得不明不白，屈勇傑心中肯定有所懷疑，寧王打著清君側，誅佞臣，為先皇復仇的旗號，對屈勇傑非常具有吸引力。如果屈勇傑的興州徹底倒向寧王，則寧王控制的地盤便將擁有四州之地，這四州都是富饒之地，只消用心經營數年，便可供養數十萬精銳軍隊用度。尚先生對此憂心忡忡。」

李清點點頭，「尚先生的擔心是有道理的，寧王數十年經營積聚，厚積而薄發，爆發力的確十分驚人。」

「現在寧王與朝廷都在竭力拉攏屈勇傑，就在我出發的前幾天，屈勇傑已被封侯，而且承諾屈勇傑可以將軍隊擴展至五萬至十萬人，所需軍費全部由朝廷負擔，蕭浩然可是下了大本錢！」茗煙道。

李清評論道：「只需穩住屈勇傑，興州便可以牽制住寧王近十萬人的兵力，蕭浩然當然要下大本錢，而且他承諾讓屈勇傑擴軍，看似好意，讓屈勇傑可以迅速崛起成新一代的豪強勢力，但著實也沒有安好心啊！軍隊花錢，那可是如流水一般，屈勇傑大規模擴軍，所需軍資不是現在被打得稀爛的興州能負擔的，寧王也不可能花大錢養一支他不能完全掌控的軍隊，那屈勇傑要維持這支軍隊的戰鬥力，便只能依靠蕭氏，用一點銀子便能造成如此好的效果，蕭浩然果然老辣無比！」

李清讚嘆不已，深為蕭浩然的老謀深算而折服。

茗煙稱道：「大帥果然厲害，尚先生當時也是這麼說，他說這麼一來，蕭氏暫時可以穩住屈勇傑，但以後怎麼樣可就難說了，畢竟興州一旦恢復過來，養一支十萬人的軍隊還是綽綽有餘的。」

「東方和北方呢？」李清問道。

「北方呂氏集團卻在打著東方曾氏集團的主意，呂氏的軍事實力要強過曾氏，但曾氏水師卻極其強大，以東方境內大河縱橫的地理條件，這兩家一旦開打，短時間內可能不會分出勝負！」茗煙憂道。

李清臉上露出苦笑，「**亂世將至，群魔亂舞啊！**寧王對中原腹地磨刀霍霍，呂氏卻又覬覦東方的財富，想要將其納入囊中，大戰一起，當真是生靈塗炭啊！」

茗煙有些詫異地看了眼李清，在她的印象中，像李清這樣的人是絕對不會憐惜百姓的，戰場反而是他們獲取最大利益的最有效捷徑。眼下定州的所作所為，無不是為了以後進軍中原作準備，怎麼大帥居然有如此的反應。

李清將茗煙的反應看在眼裡，知道她內心的想法，微微一笑，道：「茗煙，我作戰，形式上或許與這些人並無不同，但在本質上卻有極大的不同，我打仗是為了子孫後代不再打仗，我想做的是一統天下，謀百姓之幸福，開萬世之太平。」

茗煙身子一震，盈盈而起，向李清一禮，「茗煙誤解大帥了，還請大帥諒解茗煙的無禮。」

李清大笑，「我心自知，人生在世，但求問心無愧而已，只怕在世人眼中，我與他們並無不同，但一時的誤解又有什麼關係呢？或許我的所作所為要到我死後才能蓋棺論定呢，茗煙何罪之有，罷了，我們不討論這個問題了，你且說說我們占了奇霞關之後，那吳則成是不是氣急敗壞了？」

茗煙抿嘴一笑，「大帥猜得真準，不但吳則成氣急敗壞，連蕭浩然也是大驚失色，從洛陽到並州，一個月的路程，吳則成硬是在半個月內星夜兼程趕了回來，一回來便義正辭嚴地與我定州交涉，要求我們退出奇霞關。但用軍師的話來說，吃到嘴裡的肉，焉有吐出來的道理。路知州這段時間便一直在同他們打嘴巴官司，反正是公說公有理，婆說婆有理，奇霞關在我們手中，他們能奈我何！」

「哦！」李清感興趣地道：「吳則成在軍事上沒有做什麼動作嗎？」

「他在離奇霞關最近的長豐縣調集了數萬並州軍，威脅我們，如不退出奇霞關，則要武力奪取，可我們在佔領奇霞關後，便將磐石營全部調到了這裡，李鋒將軍的翼州營也留下了一半騎兵，近一萬人的兵力守衛奇霞關，以奇霞關的險峻和並州軍的孱弱，敢開戰才怪，也只是叫得厲害罷了！」

「蕭浩然呢？」

「蕭浩然如今全部的精力都集中在準備應對寧王的大舉進攻的事情上，哪裡有餘暇管這件事，只是向我們發來了一份公文，說得不疼不癢，尚軍師都懶得回應。」

李清大笑，奪取奇霞關的時機把握得極好，現在恐怕除了吳則成，其餘的各方勢力都無暇應對，也許寧王正希望如此呢。

想到此處，李清忽地心中一沉，寧王在策劃此事的時候，是否已想到了這個結局呢？如果真是這樣，那寧王的心機未免太可怕了。

「哦，還有一件事，那李善斌在並州被吳則成部下逮住後，還沒來得及押送到吳則成面前，便被鍾子期救走了，而李善斌脫身之後，便公開發表言論，稱自己所作所為完全是受吳則成的指使，如今事情不諧，便想殺他滅口，氣得吳則成是一佛升天，二佛入地。」

「這回吳則成可是黃泥巴掉進褲檔裡，不是屎也是屎了！」李清順口道。

茗煙臉微微一紅，李清這才意識到自己在女孩子面前，這話說得太粗俗了。

「對了，你不是還有一件關於軍情司的事嗎？是什麼？」李清趕緊岔開話題。

第三章
飛鷹部隊

這五百人不像定州軍士士兵那樣身著制式盔甲，只穿著普通的軍服，與一般士兵的軍服不同的是，他們的臂膀上戴著一個袖標，一隻雄鷹展翅翱翔，雄鷹下繡著一面盾牌，盾牌後露出半截鋒利的匕首，代表著他們的名字——飛鷹部隊。

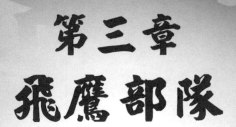

茗煙點點頭，「是的，是關於軍情司組建特種作戰部隊的事！」

「特種作戰部隊？」李清詫異地道。

「大帥應當記得當年王琰統領的特種大隊吧？」茗煙道。

「當然記得！」李清臉色有些沉痛起來，「當年清風花了大力氣組建的一支部隊，在白登山之役時，為了救我出圍，這支千人部隊幾乎損失殆盡，連王琰也傷重被俘，此役過後，殘存的特戰隊員便被編入重組後的常勝營，我怎麼能忘記他們！」

「對不起，大帥，我不應當提起這件事！」茗煙看到勾起了李清不愉快的回憶，忙欠身道歉。

李清擺擺手，「無妨，這件事也一直提醒著我，**千萬不要小視天下英雄，如有大意，必然是折戟沉沙的下場**，巴雅爾是要被我們打敗了，但我不得不承認，此人是個雄才大略的豪傑人物，回望中原，蕭浩然、寧王、鍾子期，還有北方呂氏、東方曾氏，無一不是心機深沉，謀劃久遠之輩，只有如履薄冰，步步小心，才能避免悲劇重演。」

「大帥心胸寬廣，以史為鑑，志在天下，實是我等屬下之福！」茗煙適時地奉承了幾句。

李清笑道：「這倒不是我心胸如何寬廣，而是如果我們不想失敗的話，就必須正視天下英雄，嗯，你說你們組建特種作戰部隊的事情，有了眉目嗎？」

「那一戰，王琰的特種大隊給尚先生留下了極深的印象，軍情司成立之後，尚先生便指示我，在構建軍情司網路的同時，也要抓緊組建這樣的一支行動部隊，所以我一直在軍中挑選隊員，也在民間秘密招募，年前，便完成了這支編制五百人的作戰部隊，隊員們在雞鳴澤大山內的一處秘密營地進行訓練，目前已形成初步戰力。」

「尚先生的保密工作倒是做得很好，我居然一點風聲也沒有聽到。」李清淡淡地說道。

茗煙從這句話裡聽出了李清濃濃的不滿意味，心下一慌，這種秘密組建部隊的事，最高統帥絲毫不知情，實在是犯了上位者的大忌，自己也曾數次提醒過尚海波，但尚先生不以為然，坦蕩蕩地道：「我心可昭日月，暫時不告訴大帥，實在是不願意讓清風知曉。」

茗煙自然知道，尚先生這是怕清風向大帥吹枕頭風，這支特種部隊的組建與統計調查司的行動署在功能上是重疊的，而且行動署組建很久，卓有成效，這是新建的軍情司特種部隊不能比擬的。

「尚先生說，現階段不願意讓清風司長知道。」茗煙吶吶地道。

說實話，她對清風也沒有什麼好感，清風的能力的確讓人沒話說，但為人過於強勢，總給人咄咄逼人之感，加之與大帥的特殊關係，在定州已形成了與尚先生、路一鳴三強鼎立之勢，而且，加上清風與軍方許多重要將領都有不錯的關係，這讓尚海波一直憂心忡忡，想法設法限制清風權力的擴張，便成了尚海波的一塊心病。

李清面上平靜如常，心裡卻蒙上了一層陰影，尚海波的忠心他不懷疑，但手下重臣之間互相的猜忌竟到如此地步，讓他隱隱有些不安。

一個利益集團中，權力人物之間的互相傾軋不足為怪，要是鐵板一塊反而倒不正常，也會讓上位者不安，鐵板一塊的部下是最難駕馭的，有時候會讓統治者不得不順從他們的意思，只要自己駕馭得當，能讓他們對外時形成合力，反而會形成前進的動力，怕就怕互相拆臺。

自己將軍情司從統計調查司剝離，就是為了限制清風權力的急劇擴張，打破定州的權力平衡，但現在看來，尚海波的權力已隱隱壓過了清風，像組建特種部隊這件事，清風居然一點風聲也沒有聽到，說明尚海波能力之大，居然瞞過了清風的統計調查司和自己的耳目，這就有些可怕了。

「你繼續說！」李清若無其事地對茗煙道。

茗煙雖然善於察言觀色，但李清兩世為人，在血與火之中又歷練了數年，又豈是茗煙能看透的，她見李清並沒有生氣，便繼續侃侃說道：

「特種部隊在雞鳴澤大山中建立秘密營地，主要是訓練隊員的基本素質和山地作戰和巷戰，這一次統計調查司行動署在奇霞關作戰中的卓越表現，讓尚先生更堅定了這個想法，這一次命我將全部隊員帶到巴顏喀拉，一是向大帥稟報此事，二是想讓隊員們在戰場上真刀實槍歷練一番，見見血。大帥不是說過，沒有上過戰場的士兵絕不可能成為最出色的士兵麼？所以這一次便是讓他們來見見血。尚先生說，巴顏喀拉之戰後，恐怕幾年內定州不會再有什麼大戰，因此這是最好的機會了，等這些隊員返回定州後，尚先生準備再將他們派往鄧鵬的水師，讓他們習練水戰，將這些隊員訓練成全能的戰士，以備日後大用。」

「嗯，我知道了，你們遠來辛苦，先休息一下吧！」李清對茗煙道：「至於那些特戰隊員，會有仗讓他們打的。」

「是，大帥，茗煙告退！」茗煙退出了大帳。

李清思索片刻，對唐虎道：「虎子，傳總軍法官覃守博來見我。」

覃守博，舉人出身，是第一批投奔李清的讀書人，為人方正，做事一絲不苟，做任何事情都是鐵面無私，身為定州軍總軍法官，吃他虧的人可不少，便是定州軍的一批重將，見到他都不由自主地退避三舍。正是他的這種處世風格，讓李清對他分外看重。

覃守博走進李清的大帳時，褲腿上還沾滿了點點泥漿，顯然是正在軍營巡視時被傳令兵找到的。

「大帥！」覃守博施禮道。

「守博，你在總軍法官這個位子上做得很好，很用心，有你在，我軍軍紀森嚴，不論大將還是小兵，提起你，都是聞之色變啊！」李清笑道。

覃守博道：「不敢當大人誇獎，守博只是實心用事耳，至於那些怕我的人，只怕是他們違反了軍紀，如果不犯軍紀，怕我何來？」

李清哈哈大笑，語氣忽地一轉，詢問道：「守博，我想給你換個位置，你意下如何？」

覃守博一愣，但緊接著便道：「大帥，不管在什麼地方，守博都能認真做事，並且做好，絕不負大帥所託。」

李清點點頭，「這一點我深信不疑，不過這一次我準備讓你擔任的職務可比你做總軍法官要複雜得多，軍法官只需鐵面無私，照章辦事即可，而現在你要去的地方，事務繁雜，辛苦無比，而且對於定州軍更是重要無比，你有信心像你做軍法官這樣稱職麼？」

覃守博稍一猶豫，臉色便又堅毅起來，堅定地道：「只要大帥信任，再困難，守博也有信心做好，給大帥交一份滿意的答卷。」

李清道：「我知道你有能力做好，我只希望你到了那個位置上，還能保持你一貫的做事風格，不為任何外事所左右，你能做到麼？」

覃守博大聲道：「除了大帥，沒有任何人能左右我！」

「好！」李清讚道：「巴顏喀拉大戰結束後，我決心成立定州軍後勤司，獨立於軍府之外，直接向我負責，像任如雲的匠師營，許小刀的鐵礦，鐵廠等，都將劃歸定州軍後勤司，而州府那邊劃撥供應給軍隊的所有物資都將先行交付給後勤司，再由你統一調配。覃守博，我將定州軍的咽喉都交付給了你，你扛得起這個擔子麼？」

李清面色嚴肅，最後一句話已是聲色俱厲，幾於質問。

覃守博單膝跪地，以手撫胸，「大帥，守博鞠躬盡瘁，死而後已，只要有一口氣在，定為大帥將這咽喉命門保護得牢牢的。」

「好，好，我信得過你，你起來吧，這件事暫時不要對外講，但你現在就要做些準備工作了，任如雲現在便在軍中，你也可以與他先行接觸一下，他的嘴巴是很緊的。」

「是！」

「另外，你下去之後，為我推薦一位新的總軍法官吧！」李清笑道。

西城虎牙雙要塞在過山風與鐵尼格兩人狂攻數天之後，終於被打了下來，登上左側要塞頂，凝望著不遠處的巴顏喀拉主城，過山風心裡一陣欣喜，前面再無險要陣地，憑著定州軍的精良裝備，在大帥規定的時間內推進到巴顏喀拉城主城下不會有任何問題了。

回望著要塞裡受傷被俘的近千名蠻族士兵，他們眼中閃爍著仇恨、憤怒、驚恐，各種神色不一而足，反剪著雙手，串糖葫蘆一般，一排排蹲在地上。

「對你們而言，戰爭已經結束！」過山風安撫戰俘道：「等到我們擊敗你們的皇帝，平定草原之後，或許你們還可以回到你們的故鄉，重新做回一個牧民！所以，你們不用擔心我會殺了你們。」

過山風的話讓俘虜們的情緒稍微穩定了一些，順從地依照著指令，準備走下虎牙左要塞。

恰在此時，虎牙右塞忽地冒起沖天的火光，股股濃煙扶搖直上，過山風大吃一驚，右塞不是已被鐵尼格打下來了麼？怎麼忽然起火了？

火光之中，一陣悲壯的戰歌順著風聲傳來。

「蔚藍的天空，火紅的太陽，潔白的綿羊，青青的牧場，揚起馬鞭，擁著我心愛的姑娘馳騁在我的故鄉；火光熊熊燃起，利箭空中飛揚，凶狠的敵人侵入我的家鄉，燒毀了我的牧場，奪走了我的牛羊，我跨上戰馬，告別心愛的姑娘，緊握刀槍走上戰場，千里草原做戰場，風吹草低現刀槍，牧鞭警惕著吃人的野獸，套馬桿等候著凶狠的豺狼，揮舞馬刀斬斷敵人的頭顱，引弓搭箭將他們徹底埋葬……」歌聲愈來愈低，最後幾乎低不可聞。千餘名戰俘聽到這歌聲，忽地騷動起來，押解的士兵大為緊張，立即衝上前去，明晃晃的刀槍逼近，鞭子毫不客氣地抽打在幾個最為躁動的俘虜身上，彈壓著情緒激動的他們。

過山風緊皺眉頭，看著火光沖天的右塞，一名移山營士兵如飛般奔來，在過山風耳邊低聲道：「過將軍，室韋人將上千名俘虜關在要塞裡，活生生地將他們燒死了。」

「愚蠢！」過山風低罵了一句，眼下大局已定，勝利可期，殺俘有何意義？這不是激起剩餘敵人同仇敵愾之心，為自己以後的作戰添麻煩麼？**不怕神一樣的**

對手，就怕豬一樣的隊友，過山風一陣心煩意亂。

一陣風吹來，風中帶著濃濃的烤肉味，過山風不由一陣噁心。

回到營地，意外地發現茗煙正在等著自己，不禁奇道：「茗煙司長，你是大忙人，無事不登三寶殿，今天來找過某，有什麼事麼？」

茗煙輕笑道：「瞧過將軍說的，難道沒事就不能找過將軍敘敘舊麼？倒似茗煙是個無情無義的人一般。我在西線與過將軍合作良久，甚得將軍照顧，心中很是感激，今日是來向將軍道謝的。」

茗煙是何許人也，歡場上的老手，談笑間豔光四射，令過山風眼前一亮，要不是心志堅定，心神便會為之所奪。

「茗煙姑娘說笑了，你能來我這陋地，我是歡迎至極，不說別的，單只秀色可餐一事，便令過某大大歡喜了！」過山風開起了玩笑。

茗煙雖久歷歡場，卻一直守身如玉，被過山風一取笑，有些不好意思起來，隨即正色道：「過將軍，不瞞你說，我這次來巴顏喀拉，是經大帥批准，帶來一批戰士，準備放在你西線歷練一番。」

「戰士？」過山風疑惑地道。

「不錯，這批人人數雖然不多，但戰鬥力相當強悍，是我們軍情司特別組建的。過將軍，我可有言在先，這些人你不能讓他們衝鋒陷陣，那不是他們的強項，他們的長處在於奇襲，適合在出其不意之中行出人意料之事。」茗煙特別強調道。

「特種大隊？」過山風恍然大悟。

「將軍反應敏銳，茗煙佩服。」茗煙點頭道。

「軍情司也組建了自己的特種部隊嗎？」過山風問道，一直以來，他都以為只有統計調查司擁有這種用於特別作戰的部隊編制。

茗煙一笑，卻不作答，站了起來，「過將軍，他們已到了你的營外，怎麼樣，去看看吧？」

過山風便不再深究，聰明的他自然知道其中包含的意思，**這是軍情司與調查司在互別苗頭呢！**

特種部隊戰鬥力之強悍，他是知道的，只看清風只憑兩百名特戰隊員便輕而易舉地奪下奇霞關，便可知這些人的厲害，軍情司既然想與調查司在這方面較量一番，那這些人自然是不差的，手下能擁有這樣一批人，作為主將，自然是歡迎之至。

五百名特種部隊成員筆挺地站在軍營之外，茗煙與過山風相談約有一兩個時辰了，這些士兵仍如同標槍一般挺立在原地，宛如雕塑，讓軍營裡的士兵大為好奇，不時有人藉故從營門前走過，只為了瞄一眼這支奇怪的部隊。

這五百人不像定州軍士士兵那樣身著制式盔甲，只穿著一套普通的軍服，與一般士兵的軍服不同的是，他們的臂膀上戴著一個袖標，一隻雄鷹展翅翱翔，雄鷹下繡著一面盾牌，盾牌後露出半截鋒利的匕首，代表著他們的名字——飛鷹部隊。

面對移山師士兵的指指點點，飛鷹所有成員連眼皮也沒有眨一下，完全無視對方。

走出營門的過山風只瞄了一眼，便毫不猶豫地對茗煙道：「這批人我要了，什麼時候還給你？」

茗煙道：「戰事結束時，過將軍，這批人可是我費了許多心血才訓練出來的，我希望你還給我的時候，能儘量為我保存人手。」

過山風遲疑道：「我只能向你保證在正確的時間，正確的地方，正確地使用他們，但不能保證將他們一個不少的還給你，兵凶戰危，連我自己也說不定什麼時候便會被一支冷箭取了命去，又如何能做這個擔保？」

「有過將軍這句話就夠了！」茗煙道。伸手一招，一人小步跑到茗煙面前，啪地立正，行了一個軍禮。

「這是飛鷹隊長孫澤宇，定州軍振武校尉。」茗煙對過山風道，又轉而對孫澤宇道：「孫校尉，從今天起，你將直接聽命於過將軍。不得有違，聽清楚了麼？」

「明白！」孫澤宇大聲道，右移一步，向過山風行了個軍禮，「飛鷹孫澤宇，向過將軍報到。」

過山風點點頭，下令道：「姜黑牛，你過來，為孫校尉的軍隊另立一營。」

定州軍步步逼近巴顏喀拉主城，此時，在草原深處，一支軍隊繞行數百里，正秘密地向著和林格爾進發。這支兩萬人的騎兵部隊，竟是投靠定州軍的紅部富森軍隊。

「我說妹夫，你神神秘秘的要我出兵到和林格爾，到底是什麼意思，不，應當是李大帥到底是什麼意思？」富森一路上無數次地逼問呂大兵，卻一直沒有得到答案。

呂大兵瞥了眼富森，淡淡地道：「富森首領，現在你應當算是定州軍的一員統兵大將了，但依我看來，你還要學習定州軍的軍紀，我們定州軍軍紀森嚴，不該問的就絕對不要問，到時候總會讓你明白的。」

富森惱怒地道：「連我也不能知道嗎，還是李大帥不信任我？難道我的投名狀交的不夠爽快？我說妹夫，好歹你和我妹子連娃娃就快要生出來了，我妹妹對你很好吧，你連『大哥』也不願意叫一聲，『富森首領』叫得我們都生分了，我們現在可是一家人呢！」

呂大兵嘿了一聲，「**戰場之上，軍隊之中，只有上下級，沒有親情！**當年我在我大哥麾下，犯了錯，照樣板子將屁股打得稀爛，再說了，不讓你知道並不是不信任你，之前李大帥開闢第二戰場，連我大哥、王啟年將軍等人也是一點風聲都沒有聽到。實話告訴你吧，到底要做什麼，我也不清楚，等到了和林格爾，自然會有人將命令下達給你我。」

富森不由默然，雖然投靠了李清，但如果是讓自己去打草原同族的話，他還真狠不下這心來，當年出賣肅順，自己紅部也沒有親自參於戰鬥。**到和林格爾去到底是幹什麼呢？富森的心裡不由忐忑起來。**

大楚昭慶元年二月底，中原已是春暖時節，草原上雖然積雪化去，但依舊寒風凜冽，站在高處看去，一眼的荒涼枯黃之中，一頂頂白色、青色的各色帳篷繞著雄偉的巴顏喀拉城圍成了一個圓圈。

兩者之間，寸草不生，四處都是泛起的泥漿，暗紅的血跡遍布各處，殘兵斷戈俯仰皆是，插在戰場上破亂的旗幟隨風飄蕩，一片蕭瑟，令人望之嘆息。

十天前，綿延數里的巴顏喀拉外圍防線被定州與室韋聯軍掃蕩一空，大軍直逼巴顏喀拉主城。本以為要迎來一場殘酷的城池攻防大戰的蠻軍，驚訝地發現定州軍完全沒有攻城的意圖，而是圍著巴顏喀拉城開始土木作業。

巴顏喀拉城繞城一周，被蠻族自己挖出了深約十米，寬近二十米的濠溝，巴顏喀拉附近沒有河流，這條濠溝底部插滿了鋒利的竹槍木矛，以此來替代護城河的作用，現在，定州軍在這條壕溝約百步遠的地方開始修築胸牆，只用了十天時間，一道環繞巴顏喀拉城的胸牆便告完工，然而定州軍絲毫沒有罷手的意思，又開始修起第二道胸牆。

此時，巴雅爾終於明白了李清的意思，**李清是想要困死自己**！原本他擬定的靜候中原局勢大亂，迫使李清抽身回國的戰略完全破產，李清根本不在乎中原的任何變化，而是一門心思地先要將自己置於死地。

現在反而是巴顏喀拉城拖不起了，城內糧食越來越緊張，雖然用十萬奴隸從李清那裡換來了五十萬斤糧食，但平攤到城內的族人身上，每個人也只有一斤有餘。現在城內便是貴族、部落首領每頓都只能喝一點稀粥，也只有一線的士兵還能保證一天有一頓乾飯以保持體力，即便最後殺死所有的戰馬牲畜，又能維持多少時間呢？

最多還有一個月的時間，巴顏喀拉城便將彈盡糧絕，陷入死地，巴雅爾陷入了絕望之中。

而在城外，雖然李清的後勤補給要從千里之外的定州運來，但顯然定州有著極其豐厚的後勤貯備，每日站在城上，都可看見絡驛不絕的車隊浩浩蕩蕩地從東方而來，駛入李清的大營之中。

從定州軍開始修建第二道胸牆的時候，巴顏喀拉城便開始主動出擊，但早有預料的定州軍嚴陣以待，蠻軍付出巨大的代價，也只不過搗毀了數百米長的胸牆，而這一點距離，定州兵用不了一天變可以恢復如初，看到如迷宮一般的胸牆越來越長，所有的蠻族都沉默了。

「突圍吧！」伯顏對巴雅爾道：「集合所有的精銳，我們保護陛下出去，只要陛下還活著，我們草原就還有希望。」

巴雅爾苦笑，「突圍？伯顏，我的狼奔全軍覆滅，只剩下了幾千人，龍嘯歷經損失，如今還有三萬人，你的兩旗如今便是竭盡全力，最多也只能湊出兩萬人吧，其他各部，滿打滿算，我們能湊齊十萬人便了不起了，可外面正等著我們自投羅網的定州軍，隨便哪個方向都有十數萬人，他們裝備精良，士氣高昂，伯顏，我們能突得出去嗎？」

伯顏正待說話，巴雅爾抬手阻止了他，接著道：「退一萬步講，我們即便能突圍出去，又還能剩多少人，將這滿城的婦孺老人孩子全都扔給李清麼？沒了這些族人，我們突圍出去又有何用？惶惶如喪家之犬，整日地躲避李清滿草原的追殺麼？所以，我寧願在這裡戰死。」

「可是李清不會給我們光榮戰死的權利，他會將我們活活餓死在城裡。」伯顏憤憤地道。

「伯顏，我有預感，如果我們不走，或許會為族人搏出一條生路，但是，如果我們走了，那我草原一族便真的要喪家滅國了。」巴雅爾若有所思地道。

伯顏莫名其妙地看著巴雅爾，不明白他在說些什麼。

看巴雅爾疲憊地閉上眼睛，他無聲地施了一禮，轉身出了大殿，去城內巡視，如今整個蠻族困難無比，城內治內也開始混亂起來，時不時就會爆發一些部落間的械鬥，卻只是為了一點點微不足道的事情。

城外，定州軍營。

被晾了很久的肅順，終於被李清請到了他的中軍大帳，看到自己的部族陷入絕境，覆亡已在旦夕，肅順的頭髮幾乎全白，眼睛紅腫，臉上的皺紋也加深了幾分。

帳內沒有別人，只有李清與他的貼身護衛唐虎。

「肅順首領，今天請你來，是想告訴你，我會在今天放走你，你可以回到巴顏喀拉城去。」

李清笑瞇瞇地看著肅順。但在對方的眼裡，**這笑容裡有說不出的奸詐，明知對方有陰謀，自己卻偏生猜不出來。**

「李大帥有什麼事要肅順去辦，只管明言。」肅順如今是死豬不怕開水燙，直言道：「不過，如果你是要我去勸降的話，我可以直接告訴你，不可能！巴雅爾是不可能投降的。」

李清不動聲色道：「你覺得以如今的形勢，我有必要勸巴雅爾投降麼？最多一個月，巴顏喀拉城會連老鼠也找不出來一隻，一粒糧食也不會剩下，不用我打，巴顏喀拉便會成為一座死城，不想死的人除了主動向我投降，我想不出他們還有第二條路走。」

肅順冷笑：「狗急了還跳牆呢，李大帥見過老鷹捉兔子麼，實力雖然懸殊，但有時候死的卻是老鷹，雖然機率不大，卻也不是沒有成功的時候。」

李清大笑，「多謝肅順首領提醒，放心，我不會犯那隻老鷹的錯誤。好吧，我放你走，你願不願意回去？」

「當然願意！」肅順霍地站了起來，「城內還有我部數萬族人，能與他們死在一起，是我的心願。」

李清道：「如此甚好，那麼我想拜託肅順首領一件事。」

「李大帥請講，只要能做，我便會為你辦到。」

「不難不難！」李清笑道：「只需你為我帶一句話給巴雅爾，明天正午，在我軍與巴顏喀拉城之間會豎起一頂帳篷，我只帶一名護衛，在那裡等著他，如果他願意與我談上一談，明天便請他大駕光臨。記住，**機會只有一次**，過了明天，可就再沒有這個機會了。」

「你這是什麼意思？」肅順有些不明白李清的用意。

「巴雅爾會明白的，你只需把話帶到，至於他來不來，就取決於他了。告訴巴雅爾，我會在那裡等他一個時辰，逾時不候。」

「虎子，代我送客，你親自送肅順首領出大營，讓他返回巴顏喀拉城。」李清大聲令道。

肅順孤零零單騎出了定州軍大營，策馬走了老遠，回過頭去，仍不相信自己就這樣輕鬆地被放走，沒有砍了自己的腦袋，沒有要任何的贖金，也許在李清的眼裡，自己現在只有作為一個信使的價值了吧！

他有些悲哀地搖搖頭，曾幾何時，自己也是風光無比，高高在上的人物，如今卻淪落到如此地步，真是時也命也，虎落平陽被犬欺，拔毛鳳凰不如雞啊。

策馬緩緩通過戰場，到了寬大的壕溝前，城上早有人發現了這個單騎獨自而來的人，寒光閃爍，有箭支遙遙對準了他。

「我是藍部肅順，打開城門！」肅順高聲叫道。

聽到肅順自報家門，城上一名將領模樣的人站了起來，打量半晌，又縮了回去，不久，城上人頭攢動，一個熟悉的身影出現在肅順的面前。

「伯顏，我是肅順！」

城上，伯顏又驚又喜，「肅順，你還活著！」一迭聲地吩咐道：「快打開城門。」

吊橋落下，城門打開，肅順策馬而入。

「肅順兄弟，我們一直沒有你的消息，以為你已經遇難了，天可憐見，你還活著！」巴雅爾握著肅順的手，感慨地道。

肅順眼中閃著淚花，與眼前這人，自己算是和他鬥了一輩子的心眼，但如今卻是難兄難弟一對了。

「皇帝陛下，李清讓我帶個口信給你，明天午時，在戰場中央會豎起一頂大帳，他只帶一名護衛在那裡等著你，他想與你談談我草原一族的未來。」肅順如實稟報。

「什麼？」伯顏一驚，旋即怒道：「李清真是不安好心，想要誘殺皇帝陛下，如此愚蠢的計策，當真以為我們都是三歲小孩麼？」

巴雅爾卻搖搖頭，「伯顏，不必動怒，李清是真的要見我。」

「陛下如何能肯定？這不是小事，一旦判斷失誤，那可會壞了大事的。」伯顏急道。

「如今大事又還能再壞到哪裡去？」巴雅爾嘆道：「李清如要取我性命，只需耐心地再等上一段時間即可，又何必行此拙劣之計！」

「那他想幹什麼？」伯顏不解地道。

「因為**他想要一個穩定的草原，一個穩固的後方**，而不是一片屍山血海，一無所有的草原。」巴雅爾淡淡地道：「李清胸懷大志，他要逐鹿中原，草原就必須平靜，這便是我們族人能活下去的希望所在，也是我與他談判的本錢所在。」

一頂孤零零的帳篷被定州兵在戰場中央搭建了起來。

城牆上，伯顏問道：「諾其阿，你看清楚了沒有，李清有沒有在帳內埋設伏兵？」

諾其阿搖搖頭：「沒有，搭建帳篷的士兵一共是十六名定州兵，都已離去，帳內空無一人。」

兩人對望一眼，眼中都有些惶恐之色，李清愈是如此，愈是說明他有恃無恐，「李清想逼陛下簽城下之盟麼？」伯顏道。

諾其阿默然無語，眼下如斯境地，恐怕這是最好的結局，但李清提出的條件必然苛刻無比。

「尊嚴與生存，伯顏首領，你選哪一個？」

伯顏雙手扣住城牆，語氣艱澀地道：「諾其阿，我老了，所以我選擇尊嚴；而你還年輕，所以你應當選擇生存。」

「皇帝陛下呢，他會怎麼選擇？」諾其阿又問。

「陛下決定直接面對李清，便已經說明了他的選擇。」伯顏抬頭看看天光，

「李清要出來了。」

定州軍大營大開，兩騎悠然而出，打頭一人，風度翩翩，正是李清！在他身後，頂盔帶甲的唐虎手執定州軍大旗，兩人直奔戰場中那頂帳篷。李清掀帳而入，唐虎則用力將大旗插在帳前，扶刀立於帳門之前，宛如門神。

「雖與李清為寇仇，但其氣度風儀仍是讓人心折啊。」在蠻族之中，論起與李清的熟識程度，便要首推諾其阿了。

「有的時候，我真的很難相信這是一個年紀比我還要小的年輕人，他的老謀深算，布局深遠，初時讓人恍然不覺，但當你發現他的圈套時，已深陷其中，難以自拔了。我們與他的爭鬥，從上林里陷落開始，便一步步墜入他的網中而不自覺，現在回想起來，便宛如兩個棋手，我們還在推算他的下一步棋時，他已想到第二手，第三手，甚至更多，我們步步落後，安能不敗？」

「你說得不錯！」身後突然傳來一個聲音，兩人聞聲回頭，就見巴雅爾緩步而來，隨行的侍衛皆停在數十步開外。

「陛下恕罪！」諾其阿惶恐地道，他剛才那番話，其實已是在指責巴雅爾在神機妙算之上不如李清遠甚，這才造成了今日的結局。

「何罪之有？」巴雅爾走近城牆，看著城下林立的定州軍營，嘆道：「我枉自自負為英雄，李清的確遠勝於我，與他的這一局棋，我輸得口服心服。但草原一族不能就此隨著我的失敗而滅絕，諾其阿，我與伯顏都老了，你們還年輕，草原一族的未來將由你們撐起。蟄伏，隱忍，也許幾十年後，草原一族還有東山再起的機會。即便不能重現我族的輝煌，但讓族人們能生存下去，也是一個不錯的選擇。」

「陛下！」諾其阿跪了下來，巴雅爾的話裡透著濃濃的不祥意味。「草原離不開陛下，請陛下善自珍重。」

巴雅爾呵呵一笑，「你想左了，諾其阿，你以為我此去是與李清拼命的麼？我老了，而李清正當壯年，即便是當面敵對，我也不會是他的對手，我就算要解脫自己，也要等到將事情做完了之後啊，否則只會給你們帶來災難。你起來吧。」

諾其阿惶惶不安地站了起來。

「伯顏，老夥計，怎麼樣，可還有膽子作為我的侍衛去會一會李清？」巴雅爾大笑起來，顧盼之間豪氣乍現。

伯顏用力地捶捶胸甲，錚錚有聲，「廉頗雖老，尚能食也！」

兩人相視大笑，攜手下了城牆，一人一馬，出城直奔那頂帳篷。

巴雅爾直入帳內，伯顏則如唐虎一般，將大旗與定州軍旗並插在一處，手扶戰刀，傲然而立。

唐虎獨眼偷瞄了一眼，終於哧的一聲笑了起來。

伯顏怒道：「有何可笑之處？」

唐虎哼道：「你們蠻族果然山窮水盡了，巴雅爾還是堂堂一個皇帝，身邊的護衛居然如此老邁，嘿嘿！」

伯顏臉上黑線直冒，冷聲道：「老夫伯顏！」

唐虎嗆了一下，伯顏是何許人也，他自然知道，因為在李清與諸將議事時，這個名字經常出現，唐虎大咳幾聲掩飾自己的尷尬，轉過身，目不斜視地看著前方，再也不看伯顏。

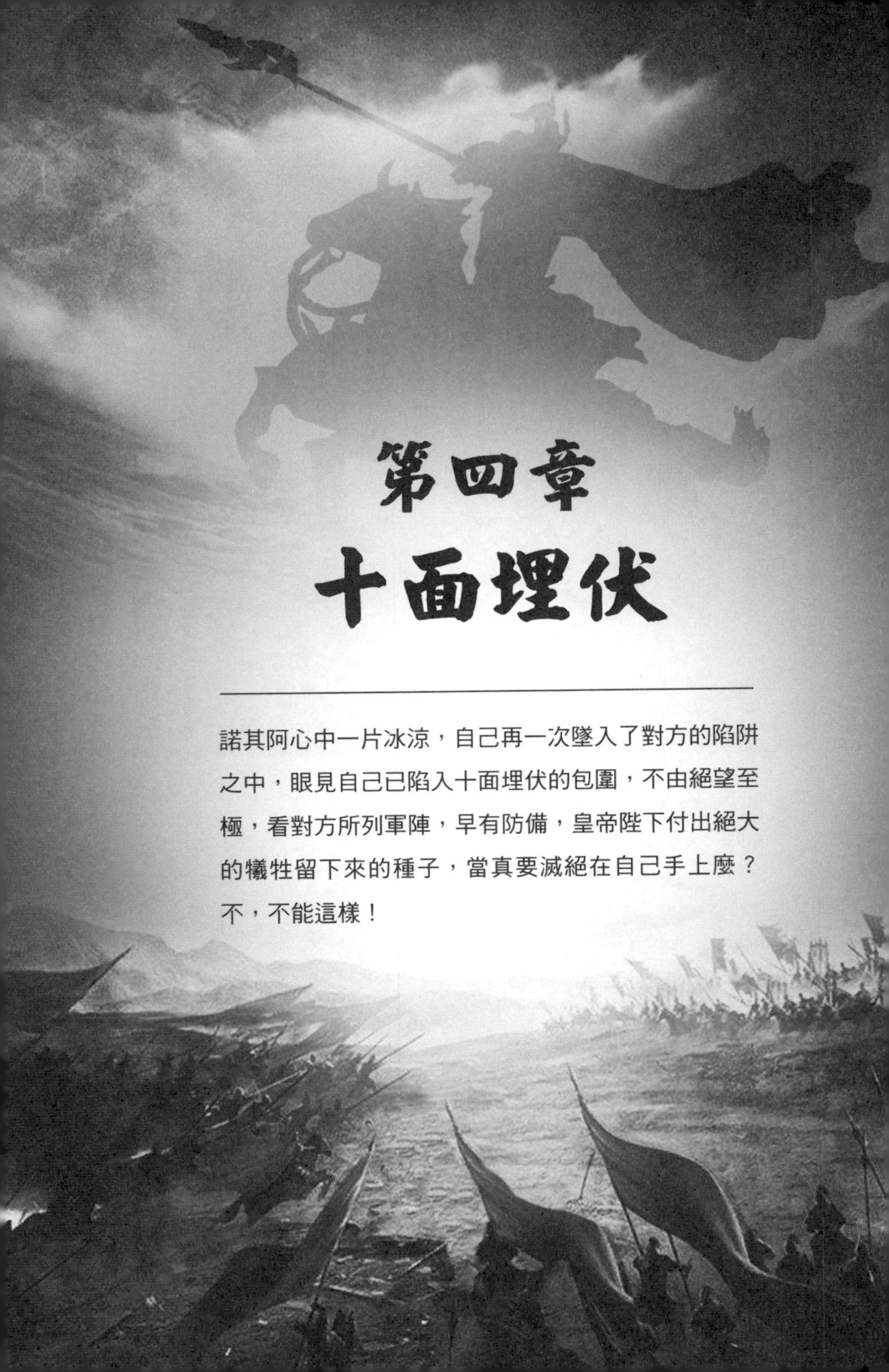

第四章
十面埋伏

諸其阿心中一片冰涼，自己再一次墜入了對方的陷阱之中，眼見自己已陷入十面埋伏的包圍，不由絕望至極，看對方所列軍陣，早有防備，皇帝陛下付出絕大的犧牲留下來的種子，當真要滅絕在自己手上麼？不，不能這樣！

巴雅爾掀簾而入，李清盤膝坐在鋪著地毯的矮几之後，在他的面前，一整套茶具擺放整齊，小火爐燒得正旺，騰騰的水汽嫋嫋升起。

見到巴雅爾進來，李清伸手示意對方隨意安坐，笑道：「陛下來得巧，我這水正好第三沸，恰恰適合沖茶了。」

巴雅爾微笑著坐下，與李清盤坐不同，他是坐在毯子上，一腳屈膝，一腳勾曲於地，左手撫在左膝之上，右手放在矮几上，看著李清熟練地提起小茶壺，高高舉起，一道水練沖下，準確無誤地倒入小巧的茶壺之中。

「久聞中原茶道博大精深，今日能得李大帥親自沖茶，巴雅爾幸莫大焉！」巴雅爾客套道。

「陛下謬讚了，李清只不過習得一點皮毛，安敢稱道，不過這水卻甚是難得，是我的親衛們策馬數十里之外，從一株梅樹上一點一點取來的雪花化水而成，專為款待陛下也。」

李清邊道，邊拿起小茶壺搖了數下，將第一道水倒入托盤內，取壺再沖第二道水，滾開的水一入壺中，一股茶香立時撲鼻而來。

八個精巧可人的茶杯一字排開，李清將茶杯一一倒滿，手一伸，「請！」

兩人不再說話，各自端起茶杯，慢慢地品著茶，八杯茶水喝完，巴雅爾把玩著手裡的茶杯，道：「說吧，條件是什麼？」

李清手指輕叩著矮几，道：「明人面前不說暗話，皇帝陛下是明白人，我便不轉彎抹角了，第一條，陛下的元武帝國肯定是不能存在了。」

「這個我明白！」

「但草原一族將永遠存在。」李清接著道。

「在你的統治之下？」

「當然。」

「你我兩家數百年的綿延仇殺，說一聲仇深似海也不為過，你一句輕飄飄的話，怎麼能讓我相信我的族人會不受欺凌地存在於你的統治之下？」巴雅爾冷笑道。

李清昂起頭，傲然道：「第一，這話是我李清說的，我言出必踐，自然會讓我的話得到落實；其二，皇帝陛下，你認為現在你們面臨的處境，還會有比這更差的嗎？」

巴雅爾不由失笑，「好一個李清，你倒是自傲得很！不過我承認，你有這個本錢，但是我要告訴你的是，如果僅僅是這樣的話，我會毫不猶豫地拒絕。」

李清聳聳肩，提起小茶壺，將面前的八個杯子再次倒滿，「你可以保留一支兩萬人的部隊，當然，他們必須在我的定州軍編制之中，為我去衝鋒陷陣，以此換取你們生存的尊嚴與物質的保證。」

「你說什麼？我們還可以保存軍隊？」巴雅爾有些震驚。

「不敢置信麼？」李清笑眯眯地道。

「你不怕他們會隨時反噬？」巴雅爾不敢置信地道。

「皇帝陛下，你為什麼會拋下你的尊嚴和驕傲，委屈地坐在我的面前商討投降我軍事宜？」李清反問道。

巴雅爾臉色一陣青一陣白，半晌才道：「我必須為我的族人找到一條生存之路。」

「不錯，你可以拋棄尊嚴與驕傲，那麼到時，我有你們數十萬手無寸鐵的族人為質，這支兩萬人的軍隊首領如果不蠢的話，自然會盡心竭力為我服務。」

李清這話說得十分直白，就是要以數十萬蠻族人的性命為脅，讓這兩萬草原精銳去為他打天下，如果這支軍隊敢亂來的話，那李清可以隨時抹去蠻族整個部族的存在。

「可我現在尚餘近十萬軍隊。」巴雅爾冷冷地道。

「消耗掉！」李清臉色如常，嘴裡吐出的話卻是冷酷之極，「我只能允許你們保留兩萬精銳，更何況，巴雅爾陛下，你這十萬軍隊中，能稱得上精銳的，恐怕最多只有五萬之數吧，其餘那些小部族拼湊起來的戰士根本不堪一擊。這是你們草原部族能生存下來的代價。」

「消耗掉？」巴雅爾驚呆了，他發現自己再一次錯估了李清的冷酷。「你讓我派他們去白白送死，還是讓他們集體自殺？我想你不會用你的戰士來消耗他們吧？殺敵一千，自損八百，就算我狠心出賣他們，你的損失也不會低吧？」

李清大笑，「怎麼會？我的戰士都是無價之寶，我怎麼會讓他們在勝利的前夜去犧牲？你們有另外的目標。」

巴雅爾臉色慢慢地變了，他已知道李清想幹什麼，「李清，你不覺得你這樣太無恥了麼？」

李清端起一杯茶，慢慢地喝了下去，「巴雅爾陛下，這樣做，不單是對我，同樣對你們蠻族以後的生存也是有莫大好處的，你不會不明白吧？」

這場會見從午時開始，一直持續到傍晚，不遠處嚴陣以待的將士都焦燥不安起來，要不是看到大帳外的唐虎和伯顏仍然安之若素，雙方人馬都要耐不住性子了。

伯顏畢竟年紀大了，站了數個時辰，饒是他身體強健，但歲月不饒人，雙腿亦不住地打起了哆嗦，唐虎笑嘻嘻地看著他，「伯顏大人，你可以坐下來，我不會笑你的！」但他的臉上分明寫滿了嘲笑。

伯顏哼了一聲，挺起胸脯，心裡暗罵道：「老子要是在你這個年紀，收拾你還不跟玩似的！」

但他自恃身分，懶得與眼前這個一看就知道是個莽貨的傢伙理論，心裡暗自奇怪，陛下到底與李清說些什麼呢？怎麼耗了這麼長的時間？

就在伯顏開始冒冷汗的時候，帳門終於掀開，李清笑容滿面地將巴雅爾送了出來，巴雅爾臉上卻看不出什麼異常。

雙方各自上馬，飛道揚鑣，那頂帳篷仍舊孤零零地立於戰場中央，**沒有人知道，就在那裡面，兩人的會面決定了幾個民族的未來。**

巴雅爾沉默地回到了巴顏喀拉城，將自己關在寢宮裡足足一天一夜，這讓伯顏、納芙、諾其阿、肅順等無不心中惴惴，不知道巴雅爾到底與李清談了些什麼，會讓他如此反常。

當又一個夜幕降臨的時候，巴雅爾打開寢宮的大門，走了出來，平靜的臉上看不出他經受了多少煎熬。

「陛下！」

「阿父！」

眾人擔心地看著他。

巴雅爾臉上露出微笑，「讓你們擔心了，我沒事！」伸手拉過納芙，端詳著女兒，兩個兒子都在與定州的戰爭中先後陣亡了，納芙如今是他唯一的後代。

「你長大了，納芙。」

「阿父！」納芙眼中含淚。

「長大了，就該出嫁了，阿父給你選一個好夫婿吧，如何？」巴雅爾笑道。

「阿父，現在都是什麼時候，怎麼有閒暇想這個啊？」納芙紅著臉道。

巴雅爾呵呵地笑了起來，「男大當婚，女大當嫁，這有什麼好害羞的。現在是什麼時候，為什麼不能為我的女兒選一個好的夫婿！」

納芙低下頭，「全憑阿父做主！」

「諾其阿，你過來！」

巴雅爾看向伯顏身後的諾其阿，諾其阿腦袋轟地一聲，幾乎站立不穩，他當然知道此時巴雅爾叫他意味著什麼。

「陛下！」他顫抖著向前走了幾步。

「你願意娶我的女兒嗎？」

「我，我……」諾其阿神情激動，聲音顫抖得幾乎說不出話來。

「男子漢大丈夫，怎麼如此不成氣候？」巴雅爾厲聲喝道：「願不願意？」

「我願意！」諾其阿猛地仰起頭，聲音之大，連他自己也嚇了一跳。

「納芙，你願意嫁給諾其阿麼？」他轉頭問自己的女兒。

納芙羞澀地低下頭，諾其阿是草原上有名的少年英雄，一直以來，對自己也極好，兩人在一起相處的時間極長，特別是在定州被俘期間，兩人更是相依為命，相互間情意早生。

她偷偷瞄了一眼神情激動的諾其阿，低聲道：「阿父，我願意！」

「好，好！」巴雅爾大笑起來，「你去吧，去告訴你的母親，我們的納芙終於要出嫁了！」

納芙低下頭，一路疾跑而去。

微笑著看著納芙的背影，巴雅爾臉上的笑容緩緩消失，對三人道：「這邊坐吧，接下來的事情，我要好好地安排一下！」

聽完巴雅爾說完李清的計畫，在座的人都驚呆了。

「陛下，李清居然要利用我們將他的盟友幹掉，他根本就是一個魔鬼，他的承諾我們能相信麼？」伯顏大叫起來。

諾其阿也拍案道：「陛下，他讓我們集中所有兵力與室韋人火拼，兩敗俱傷之下，便都只能成為他的魚肉，我們將毫無反抗餘地，此事斷斷不可！」

肅順提議道：「陛下，我們可以派人聯絡室韋人，將李清的計畫告訴他們，然後雙方聯手，一起對付李清。」

巴雅爾嘆了一口氣，臉上的皺紋更深，「肅順，我們與室韋人之間的仇恨，較之與定州有過之而無不及，你認為我們這個時候派人去跟那鐵尼格說起此事，鐵尼格會相信麼？」

肅順為之語塞。

「伯顏，你認為我們還有另外的路可以選擇嗎？」

伯顏轉頭，不言。

「諾其阿，如果李清與鐵尼格兩人站在你的面前，都對你說他們會保證蠻族永遠生存下去，你會相信哪一個？」巴雅爾繼續問。

「我……」諾其阿猶豫片刻，低下頭，「陛下，我會選擇相信李清。」

「是啊，較之室韋人，我們更願意相信李清，因為大楚畢竟還算是禮儀之邦，李清要的是我們對他的臣服，而不是得到混亂一片的草原，但室韋人如果占據了這片草原，我們蠻族將再無立錐之地。」

巴雅爾道：「此戰結束後，李清對我們的安排是，所有的部落貴族將遷入定州城居住，各部落混合編制，將整個草原劃分為三旗之地，由定州派官員擔任主官，各部族自行選出一人擔任副手，共同管理，保留的二萬騎兵則編入定州軍內。」

「他這是要讓我們群龍無首，任他宰割啊！」伯顏嘆道：「這兩萬精銳進入中原戰場，去替李清爭霸天下，不知道有多少人還能夠生還草原？」

巴雅爾無奈地苦笑道：「這總比全族覆滅要好，只要種子還在，總有生根發芽的一天。」

房內四人都沉默下來。

「伯顏，肅順，我已選定我之後由諾其阿擔任白族族長，你們有異議嗎？」巴雅爾又道。

「陛下！」諾其阿站了起來，惶恐地道。

伯顏與肅順都點點頭，巴雅爾就這麼一個女兒了，既然諾其阿娶了納芙，這事也是順理成章的了。

「三天後，諾其阿與納芙成婚，十天後，我軍將出城奔襲室韋人！」巴雅爾斷然宣布道：「諾其阿率領一萬龍嘯軍駐守巴顏喀拉，伯顏、肅順，你們兩人負責從各部落中再選出一萬人劃歸諾其阿統帶，為各部都留一點種子吧！」

「陛下，您要親自出城作戰麼？」伯顏震驚地道。

諾其阿自告奮勇道：「陛下，讓我帶軍出城作戰吧！」

巴雅爾面色嚴厲地道：「伯顏，諾其阿，你想讓我活著向李清屈膝麼？不，我寧可光榮的戰死。」

肅順忽地笑了起來，「陛下，讓我隨同你出城作戰吧，我已被俘了一次，實在不想第二次作為失敗者站在李清的面前了。」

巴雅爾重重地拍了拍他的肩膀，「好，兄弟，讓我們再並肩作戰一次吧。」

「算上我！」伯顏熱血沸騰地道。

「不，你不能去！」巴雅爾搖頭。

「陛下，難道我伯顏是貪生怕死之輩麼？」伯顏大叫起來。

巴雅爾搖頭，「兄弟，你不能去，是因為你有更重要的事情要去做！這個時候，其實活著比死去需要更大的勇氣，我不願意面對失敗，卻要你去承擔這一切，請你原諒我的自私吧。兄弟，我去之後，諾其阿論資歷，還無法讓整個部族接受這一切；而納芙，以她那個火爆衝動的性子，諾其阿也無法約束得住納芙。這都要靠你了。」

伯顏頹然坐下，雙手掩面。的確，活著承受恥辱要比光榮就義更讓人難受啊。

巴顏喀拉西城，過山風一臉焦急地奔進了鐵尼格的大營。

「鐵尼格王子，我部奉令馬上要調走了！」過山風急如星火地道。

「出什麼事了？」看到過山風的焦急神色，鐵尼格問。

「出大事了，前段時間並州奇霞關無故扣押我軍糧草，大帥一怒之下，下令武力奪取了奇霞關，這一次算是捅了馬蜂窩，那並州吳則成集結了近十萬大軍，兵鋒直指定州，大帥急令我移山師會同常勝營、旋風營立即返回定州，準備與並州作戰。我走之後，這西線便只能依靠王子你了。好在蠻子已被打破了膽，龜縮在城中不敢出來，而王子手下仍有近十萬兵馬，與大帥那邊配合之下，擊破巴顏喀拉城不在話下。」過山風道。

「原來如此！」鐵尼格也知道一點關於奇霞關的事，聽過山風此言，深信不疑，「過將軍放心去吧，蠻子已是秋後的螞蚱，蹦不了幾天了。有我十萬大軍在此，足以將他們擊敗。鐵尼格在這裡先預祝過將軍旗開得勝。」

過山風笑著拱手道：「借王子吉言了！哦，對了，由於軍情緊急，我軍面臨兩線作戰，可能給王子的後勤補給會稍稍拖上那麼一兩天，王子稍稍注意一下，防止脫節，以免到時定州那邊的補給還沒有到就不好了。」

鐵尼格笑道：「過將軍有心了，我會注意的。」

過山風告辭而去。

和林格爾。

富森與呂大兵統率兩萬紅部精銳已到達三天了，有了前面過山風部隊打下的基礎，他們很快就在舊營地上駐紮下來。

直到此時，富森仍然是一頭霧水，不過自巴顏喀拉已有消息不斷地傳送過來，聽到草原人正在一步步走向絕境，自己的死仇巴雅爾離謝幕越來越近，富森說不出心中是喜還是悲，草原一族走到今天這一步，自己在其中也盡到了推波助瀾的作用吧！

坐在和林格爾那原本長滿高大楊樹，但現在只剩下一片樹樁的山崗上，富森心裡亦是五味雜陳，閉上眼睛，想起父親那顆血淋淋地被自己親手砍下的腦袋上猶自含著的笑容，他的心便像一條毒蛇在噬咬。

不，自己沒有做錯，父親，我做到了你所交代的，至少，我讓紅部族民完整地保存了下來，而青部已灰飛煙滅，其餘白族、藍族、黃族在這場大戰之後又還能剩下多少呢？**作為草原一分子，自己是失敗者，但作為紅族的族長，自己是成功的。**

山下響起馬蹄聲，一馬飛快地衝上山崗，「族長，額駙請你回營議事！」

富森站了起來，「終於要開始了嗎？」

呂大兵將剛剛接到的命令遞給富森，富森只看到一半，眼中已是露出震驚之色，抬起頭來，盯著呂大兵。

呂大兵道：「不要這麼看著我，我也是剛剛知道這件事。」

富森喃喃道：「李大帥當真是心狠手辣，翻臉無情啊！這件事恐怕在室韋人入關之後，便在大帥的心中開始謀劃了吧！我一直以為李大帥將我軍秘密調到和林格爾是為了防止巴雅爾突圍，想利用我與巴雅爾的血海深仇在此堵住他，想不到居然是為了圍剿室韋人。真是奇怪，巴雅爾為什麼會答應這件等同於自殺的攻擊呢？」

呂大兵淡然道：「**為了生存，草原一族想要生存下去，就必須做出犧牲。**」

富森苦笑一聲，「我明白了，李大帥不希望在定州軍下，還存在另外一股有可能威脅到他的勢力來影響草原形勢，因而利用室韋人無限制削弱草原一族，然後再利用草原一族打掉室韋人，從此自定州以西，定州軍一家獨大，李大帥便可以放心地進軍中原，圖謀天下了。」

「大抵如此吧！」

富森突然怒了起來，「那我呢，是不是接下來便要輪到對付我了？此戰過後，草原上唯一還有實力的，便只剩下我紅部了。」

呂大兵淡淡一笑，「富森，你當初投靠大帥的時候，就應當在心理上有所準備，不過你放心，大帥不會對付你的，你沒有看到通報中所說的嗎？巴雅爾還將保留兩萬精銳，草原其他各族恐怕與你皆不對盤吧，別忘了，是你先背叛他們的，你以後**除了依靠大帥，依靠定州，你還有別的出路嗎**？你如敢背叛大帥，用不著大帥出手，草原上其他各族就會聯手將你撕成粉碎的。」

富森頹然坐下，手中的通報無力地飄落在地上。

「李大帥算無遺策，嘿嘿，佩服，佩服！我一直以為自己算是人傑了，與李帥一比，簡直就是不屑一提了。好吧，我認命了！大兵，你是我的妹夫，也算是半個紅部人了，你與冬日娜的孩子生下來，如果是個男孩，我會確定他為紅部首領的繼承者，紅部，我就交給你了，希望你讓紅部世世代代永存下去。」

呂大兵俯身撿起通報，道：「這是後話，暫且不用提吧，現在，我們應當準備作戰了。」

富森眼中閃過一絲光芒，一躍而起，「好吧，室韋人和老子也算是世仇了，殺他們，我可是不會手軟，來人，擊鼓，聚將！」

巴顏喀拉，定州軍大營。

各營大將齊聚李清中軍大帳，對外宣稱已離開巴顏喀拉的移山師過山風、旋風營姜奎和常勝營王琰等人赫然在列。

「各位，這將是我們在草原上的最後一戰！」李清朗聲道。

各營將軍們都露出興奮之色，他們中的大多數人都離開定州快一年了，思鄉情緒日濃，擊敗敵人，衣錦還鄉，是每一個人的心願。

「巴雅爾已接受我們的條件，投降了。」李清言語雖輕，但在不明真相的眾將領之間掀起了一陣波瀾，巴雅爾投降了，那最後一戰的敵人會是誰？

「最後一戰，我們要消滅的是室韋人！」李清接著淡淡地道。

帳中，除了過山風等幾員大將，其餘如關興龍、魏鑫等人都是大驚失色，轉眼間，友軍竟變成了敵人，一時間，眾人心中都是難以轉過彎來。

一直被蒙在鼓裡的傾城也是臉色大變，這麼重大的事，自己居然一點風聲也沒有聽到，轉頭看向秦明，秦明也是一臉茫然，傾城的臉上不由露出怒色。

李清沒有理會眾人的反應，手輕輕地敲了敲大案，眾將安靜下來。

「草原覆滅以後，定州不希望看到室韋人取代他們的位置，不論是草原，還是室韋，都應當成為定州的後花園，而不是挑戰者，我不想在未來再一次勞師遠征，讓我們定州人的鮮血無謂地灑在這片土地上，那麼，眼下便是個一勞永逸的機會。」

李清停了一下，觀察眾人的反應。

帳內各將都聚精會神地聽著李清說話，對這些將領而言，定州的利益就是最大的利益，凡是阻礙這股利益的，都應當及早剷除掉，既然大帥已經決定，那他們要做的便是徹底執行。

「巴雅爾為了他的族人在戰事結束後可以爭取到更優厚的待遇，將率領蠻族騎兵率先對室韋人發動攻擊，在此戰前期，我們主要是觀戰，並防止有意外出現，所以在戰場之外，我們將布置第二道防線。」

「呂大臨！」李清厲聲道。

「末將在！」

「戰場東面，將由你的呂師負責。」

「是！」

「王啟年！」

「末將在！」王啟年站了起來。

「戰場的北方是巴雅爾發動主攻，你負責的是南方。」

「遵命！」

「常勝營，旋風營，還有，夫人！」李清轉過頭，看向傾城，「秦明的宮衛軍也將加入這一股攻擊團隊，你有什麼想法？」

傾城嘟起了嘴，「沒什麼想法，不過你想動用宮衛軍，就必須讓我親自去率領他們作戰！」

李清失笑，「也好，不過這個團隊的指揮將是姜奎，你如想參戰，就必須服從他的命令，你可願意？」

傾城瞄了一眼姜奎，悶聲道：「這點道理我還是懂得，沒有問題。」

「姜奎，夫人的安全我就交給你了，如果夫人少了一根寒毛，當心我收拾你！」

「大帥放心。」姜奎站了起來，朗聲道。

「何時發動攻擊，姜奎，你一定要把握好，至於西面，你們就不要管了，你們要做的是，儘量把室韋人往西邊逼，讓鐵尼格他們逃向西方。」

「茗煙！」

茗煙站了起來，「大帥有何吩咐？」

「你的飛鷹隨時待命，我估計，此戰過後，室韋軍隊將所剩無幾，但有一個人的人頭我是一定要拿到的，那人就是鐵尼格，讓你的飛鷹出擊，給我取來鐵尼格的人頭，此人不死，室韋難平！」

「茗煙明白！」

「此戰主攻者是巴雅爾，但我們的軍隊都要給我將眼睛擦亮了，睜大了，不要陰溝裡翻船，如果巴雅爾有什麼異動，連他一起……」李清做了一個斬殺的手勢。

「大家還有什麼問題嗎？」李清問。

「沒有！」眾將齊聲答道。

「既然如此，就分頭準備去吧，我在這裡等著你們的好消息。」李清笑道。

巴顏喀拉城內，巴雅爾集結了約八萬軍隊，這裡面能稱得上精銳的，也只有大約一半人而已，大殿之內，剛剛嫁作人婦的納芙得知真相，哭得淚人一般，跪在地上，抱著巴雅爾的大腿，苦苦哀求父親留下來。

巴雅爾笑著扶起納芙，「納芙，你阿父一世英雄，難道你願意看到你父親屈膝跪倒在李清面前麼？阿父要去了，從此以後，你那不管不顧的性子要收斂起來，沒了阿父的照應，你這個性子會惹大禍的，不過諾其阿沉穩，應當能妥當地照顧你，你以後要好好地聽伯顏伯父的話，照顧好你的母親，有事要與伯顏伯父與諾其阿商量，千萬不要再做出像出城行刺這類的蠢事來，這只能讓親者痛，仇者快啊！」

「阿父，我以後一定聽話，但阿父，求求你留下來吧！」納芙大哭。

巴雅爾搖搖頭，示意侍女將納芙拖開。環視大殿之內，自願與自己出城的部落貴族們都已頂盔帶甲，當下大笑數聲，一手攜了肅順，兩人大步踏出殿外。

大殿內，以伯顏為首，巴雅爾的妻妾、納芙及諾其阿等留下來的一眾人等一齊跪下，目送著巴雅爾等人走出大殿。

馬蹄聲響起，城外傳來山呼海嘯般的萬歲喊聲，出擊的蠻族將士都認為這將是絕地反擊，**殊不知這只是一次單程路，完全是有去無回的征途。**

「是時候了！」巴雅爾拔出了戰刀，喝道：「開城門，放下吊橋，出擊！」

定州軍大營。

李清仰靠在虎皮交椅上，眼睛半閉，喃喃地道：「是時候了！」

似乎在印證他的話，巴顏喀拉城中傳來山呼海嘯般的喊殺聲和戰鼓聲。

唐虎一躍進帳，「大帥，巴雅爾出西城，開始進攻了！」

對於來自巴顏喀拉城的進攻，鐵尼格並沒有感到太大的意外，雖然過山風的移山師調走後，他已加強了戒備，但防備的也只是蠻族的小股部隊的騷擾式進攻，這些天來，城內的敵軍就沒有停止過這類小型的襲擊，他已是習已為常了。

自從李清決定圍城困死巴雅爾後，鐵尼格就清楚基本上不會發生大規模的野戰了，這也正中他的下懷，畢竟這樣耗時雖長，但卻可以極大地減少戰士的傷亡，保存有生力量對於他也是有利的，實力越強，戰後便越有本錢與李清討價還價，更何況現在自己的物資供應全部仰賴定州呢。

只不過連續兩天，定州大營那邊再沒有物資運送過來，理由是定州現在全力應付與並州的戰爭，物資會延遲個兩三天，鐵尼格只是小小地抱怨了幾句，也沒有多說什麼，反正只是延遲個兩三天而已，勒勒褲腰帶也就過去了。

這種規模的騷擾，自己的前營便能應付，蠻子現在也就是雷聲大，雨點小，玩不出什麼大花樣了，今天進攻的時間顯得比往些天長了些，鐵尼格扁扁嘴，準備上床睡覺。

「王子，不好了！」一名渾身是血的將領跌跌撞撞地衝進了大帳，將鐵尼格嚇了一跳，看到面前的將領，一股不祥的預感頓時浮了上來。

「慌什麼？什麼事？」他喝問道。

「王子，蠻族大規模進攻，現在出城作戰的蠻軍至少有三四萬人，後續部隊還在源源不斷地從城內湧出來，前軍鐵浮將軍判斷巴雅爾想從我們這裡突圍，前營支持不住了，請王子速調援軍！」來人一口氣將軍情報告給鐵尼格聽。

突圍！鐵尼格一躍而起，衝出大帳，一迭聲地大叫：「來人啊，擊鼓，趕緊向東城李大帥示警，求援！」

巴雅爾以兩萬龍嘯軍為箭頭，緊跟在他身後的，是正黃鑲黃兩旗的一萬精銳，再後面的則是各部湊出來的士兵，但論起戰鬥力，跟前面的這三萬騎兵就有著天差地別了。

鐵尼格完全沒有想到巴雅爾會孤注一擲，**他以為的騷擾，竟是巴雅爾置之死地的絕死攻擊**，以有心算無心，以萬全準備對付毫無防備，戰事一開始，巴雅爾的部隊便像一支利刃狠狠地捅進了室韋人的前營，令其招架不住。

室韋前營大將鐵浮也是久經戰仗之人，戰事開始不久，他便判斷出這絕不是佯攻，而是一次真正的死戰，他立即收縮防守，將能集結起來的部隊全部收攏，至於已潰散的士兵，那就任他們去逃命。

他明白，自己支撐的時間越長，對室韋人越有利，室韋軍隊擁有十萬大軍，其中精銳便超過六萬人，只要將時間拖長，定東城州軍離這裡並不遠，他們發兵過來支援，用不了幾個時辰。

「老子前營有三萬士兵，便是三萬頭豬，你要砍完也要花上一段時間吧！」鐵浮看著在前營裡縱橫往來的蠻族騎兵，心裡發狠道。

「來人，點火，給我將火堆點得大大的，給潰兵指明方向，讓他們向我方集結！」鐵浮厲聲喝道。此時，他的身邊已聚集了大約一萬餘人。

「此人果真有大將之才！」巴雅爾指著熊熊火光下威風凜凜的鐵浮，感慨地道。

他原本的意圖是想利用突擊的優勢，迫使室韋前營炸營潰散，蠻族則順勢追擊潰兵，從而突入鐵尼格的中軍，但在鐵浮強有力的阻擊之下，這個打算落空了，也預示著接下來的戰鬥將分外殘酷。

「集中龍嘯軍，給我先啃下這塊骨頭！」巴雅爾喝道：「打垮了這股部隊，室韋人的前營便會土崩瓦解。」

號角聲中，分散攻擊的龍嘯軍一隊一隊的彙集到巴雅爾的旗下，巴雅爾拔出戰刀，用力下劈，「進攻！」

龍嘯軍發出震天的喊殺聲向前突擊，與此同時，鐵浮也整理好了集結起來的軍隊，發一聲喊，率隊迎了上來，兩股騎兵鏗鏘撞擊在一起。

巴顏喀拉城上，伯顏、納芙、諾其阿站在城門上觀察著西城下的激戰，無數的帳篷被點燃，火光映亮了半邊天空，將戰場照得宛如白晝，以至於他們在城上也可以清楚地看到數里之外的這場大搏殺，看到鐵浮成功地集結起大股軍隊，伯顏和諾其阿喟然長嘆，相顧無言。

「伯顏大人，我有一個想法！」諾其阿突然說道。

「諾其阿，你想突襲東城？」

諾其阿臉上露出堅毅之色，「不錯，大人，我想這個時候，李清的大股部隊應當調集到了西線戰場的外圍，準備趁火打劫，此時東線必然空虛，如果我揮軍直進，擊破他的大營，運氣好的話，說不定李清就在那裡，只要能拿獲李清，這場戰事我們就絕處逢生了。」

伯顏沉默無語，諾其阿的想法很好，**但李清會這麼大意麼，他會想不到這一點嗎？**

納芙聽到諾其阿的話，眼前不由一亮，讚道：「伯父，此計甚好，如果能攻破定州軍大營，我們就能力挽狂瀾於不倒，於大敗之中收穫大勝啊！」

伯顏在心裡計較片刻，終於下定決心，「諾其阿，你去吧，不過記住，一定要小心，如果李清已有防備，馬上退回來，我們不能讓陛下苦心留下的種子被消耗掉。」

「是！」諾其阿領命道。

「我也去！」納芙在一旁興奮地說。

「納芙，你回來！」伯顏喝道：「你想讓諾其阿背著包袱去作戰麼？你老老實實地待在這裡！」

納芙眼圈一紅，乖乖地回到伯顏的身邊，「諾其阿，你小心一點！」

諾其阿點頭道：「我知道。」

定州軍大營。

李清正安坐於大帳之內，明亮的燭火下，他手執書卷，看得津津有味。

唐虎悄無聲息地走了進來，低聲道：「大帥，過將軍那邊傳來消息，城內蠻軍有動作了！」

李清冷笑一聲：「真是不到黃河心不死，不見棺材不落淚啊，走，虎子，我們去瞧瞧，將他們這點心火給澆滅了。」

唐虎精神一振，「大帥，我也可以上陣去幹一場嗎？這些日子，我的骨頭可都要鬆了！」

「如果對方是納芙領軍的話，你倒是有機會上場，不過據我猜想，領軍前來的應當是諾其阿，你想廝殺，只怕還沒有這個機會。」李清大潑冷水道。

諾其阿率領著一萬龍嘯軍，馬蹄上包著厚厚的軟布，馬嘴也勒上了嚼子，嘴裡橫咬著樹枝，悄悄地打開東門，摸了出來。

對面的定州軍大營黑漆漆的，除了幾盞高高掛在哨樓上的氣死風燈，死一般的寂靜。

「諾將軍，看來李清真的得把部隊都調走了。」一員副將低聲對諾其阿道。

「小心一點！」諾其阿心中驚喜參半，如果真的如此，那自己只要突襲成功，那草原一族將絕處逢生。

隨著他的手勢，一萬龍嘯軍形成攻擊陣形，慢慢地向對方大營靠近。臨近一箭之地，諾其阿正準備下達攻擊命令時，黑暗中，嗡的一聲響。這響聲如同驚雷，重重地敲在諾其阿的心上，不知有多少羽箭破空而至，慘叫聲此起彼伏。

黑沉沉的前方驀地燃起千萬根火把，火光中，一個個整齊的步兵方陣森然而立，戰車後，長矛如林，火光迅速移動，瞬息間便成為一個倒品字，自己一萬騎兵已被包圍了。

李清大笑著出現在諾其阿的視線之中，指著諾其阿道：「諾將軍，你真是好大的膽子，想讓你家皇帝一番苦心付諸流水麼？」

過山風策馬走近幾步，揚聲道：「些許小伎倆也敢在我家大帥面前賣弄，當真是不知死字怎麼寫！」

諾其阿心中一片冰涼，自己再一次墜入了對方的陷阱之中，眼見自己已陷入十面埋伏的包圍，不由絕望至極，看對方所列軍陣，早有防備，皇帝陛下付出絕大的犧牲留下來的種子，當真要滅絕在自己手上麼？

不，不能這樣！諾其阿用力地咬著嘴脣，忽地翻身下馬，雙膝跪倒，同時扔掉自己的戰刀長槍，摘掉頭盔，以頭觸地，趴伏在冰涼的地面上。

「將軍！」身後龍嘯軍都驚叫起來。

「下馬，棄械，跪下！」諾其阿喝令道。

龍嘯軍們遲疑片刻，終於不情願地下了馬，跟著諾其阿跪滿了一地。

李清道：「很好，諾其阿，你算是識時務，倒也是個拿得起放得下的人物，我便再放你一馬，讓你的軍隊放下武器，留下戰馬，你們回城去吧！」

天將破曉之際，也是一夜中最為黑暗的時候，鐵浮的前營軍隊在巴雅爾率龍嘯軍數度衝擊之下，終於潰散，四處都是狂奔亂逃的散兵游勇。

眼見大勢已去，鐵浮在數十名親兵的護衛之下，狼狽地逃入中軍。

在這裡，因為鐵浮在前營爭取到的寶貴時間，鐵尼格已成功地聚集起軍隊，擺開了陣勢，看著如同洪水般自草原上橫掃而來的蠻族騎兵，鐵尼格臉色陰沉，前營崩潰，就代表著他在前營的三萬軍馬已成了昨日黃花了。

「準備出擊！」他怒氣沖沖地下令。

「去給李大帥報信示警的信使怎麼還沒有回來？」他怒道。

「尊敬的乞引莫咄賀，也許信使在去的路上被阻撓，或者被蠻族截殺了！」大薩滿莫霍道。

剛剛逃出生天的鐵浮臉上卻是露出憂色，「乞引莫咄賀，我有些擔心，西線這邊這麼大的陣仗，打了也有數個時辰了，按理說，李大帥那邊即使沒有接到報信，也應當知道我們這邊出了意外，但這麼長時間，東線完全沒有反應，這事有些反常啊！」

聽鐵浮這麼一說，鐵尼格心中也隱隱擔心起來。

「也許李大帥需要時間來確認巴雅爾的主力的確在我這邊，莫霍，你繼續加派人手去向李大帥報信，一定要取得聯繫，現在我們面臨的壓力雖然很大，但也是好機會，只要我們頂住對手的攻擊，等到李大帥那邊大軍來援，一舉全殲巴雅爾的機會就在眼前，巴顏喀拉之戰便可以提前結束了，奇怪了，巴雅爾這是昏了頭麼，怎麼會突然大舉進攻？」鐵尼格自言自語地道。

「鐵浮，你發現沒有，巴雅爾的軍隊除了充當箭頭的那一部人馬外，其餘的戰力孱弱不少，你去右翼，給我將那些雜兵擋在外面！」

「是！」鐵浮擦了一把臉上的汗水，打馬而去。

鐵尼格臉上露出一絲獰笑，「巴雅爾，今天讓你見識一下我室韋鐵騎的驍勇！」

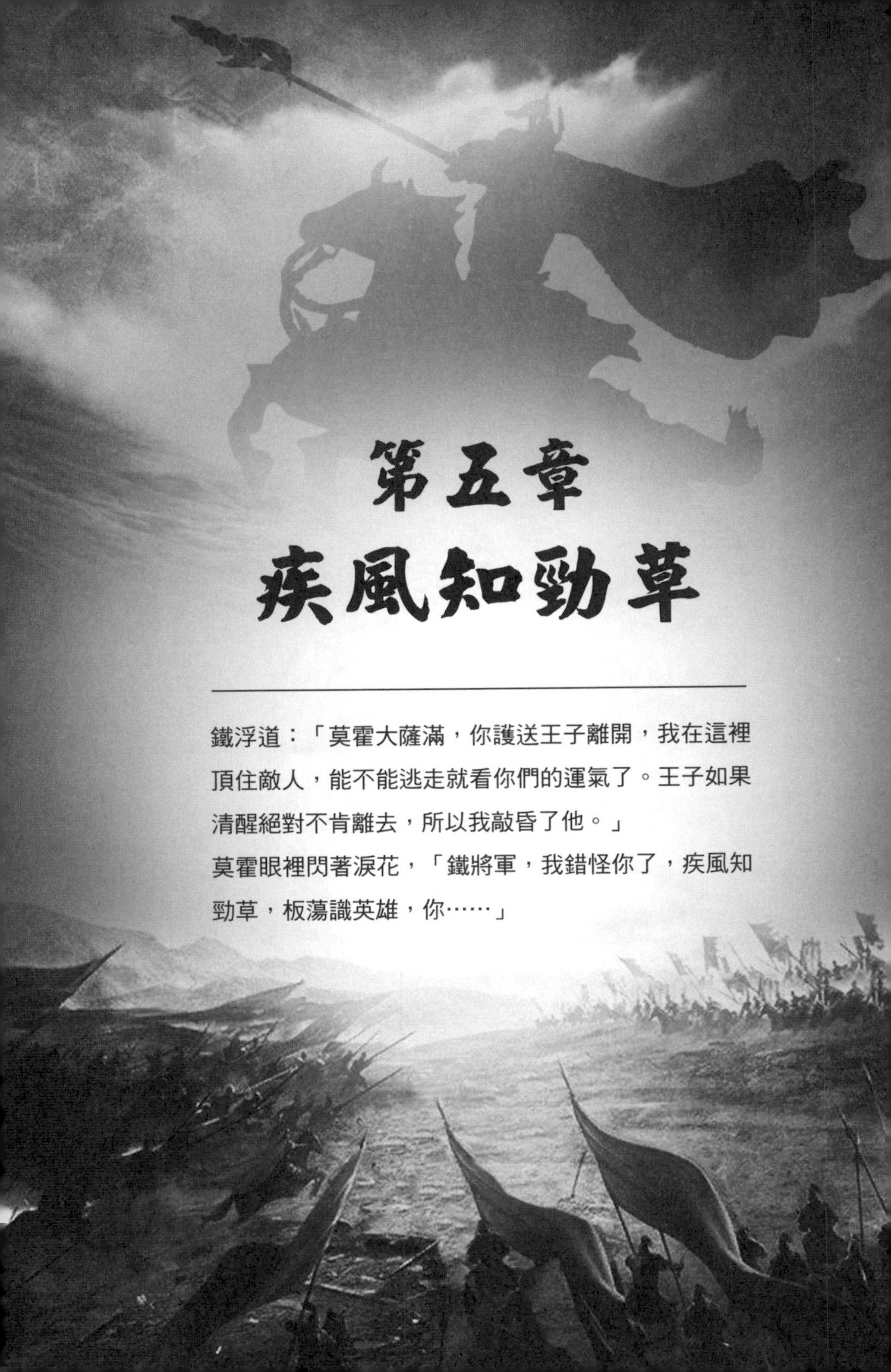

第五章
疾風知勁草

鐵浮道：「莫霍大薩滿，你護送王子離開，我在這裡頂住敵人，能不能逃走就看你們的運氣了。王子如果清醒絕對不肯離去，所以我敲昏了他。」

莫霍眼裡閃著淚花，「鐵將軍，我錯怪你了，疾風知勁草，板蕩識英雄，你……」

天色放亮，巴雅爾渾身沾滿血水，頭盔已不知飛到了何處，放眼望去，自己與肅順所帶的三數萬精銳如今正身陷室韋鐵騎的重重包圍之中，其餘的部隊卻被隔在里許之外，離自己不遠處，室韋人的帥旗迎風飄揚。

「殺！」巴雅爾狂吼一聲，催馬向前。

「萬歲！」他身邊的龍嘯軍齊聲應和。

遠處鐵尼格臉露不安之色，巴雅爾的反應完全不似一個久經沙場的老將的正常應對。

「他這是想自殺麼？」鐵尼格回顧莫霍，疑惑地說：「打到這個時候，他應該已明白絕對沒有戰勝我們的可能，但他卻偏生如此執著地不肯放棄，這是為了什麼？就算他殺到我的面前，他的手下也會死光的。」

莫霍也奇怪地道：「尊敬的乞引莫咄賀，巴雅爾完全是在進行自殺性的攻擊，折損他自己兵力的同時，也在不停地消耗我們的精銳，您沒有發覺，打到現在，我們的軍隊看似大占上風，但其實也是損失慘重麼？」

莫霍沒有看錯，雖然室韋人在總兵力上占著優勢，但在巴雅爾出其不意的打擊之下，雙方的總兵力上已是相差無幾。

鐵尼格不由焦燥起來，看看天色，已是大亮，這個時候定州軍應當已經得知消息了，卻仍然沒有派援軍過來，這樣下去，即使擊敗了巴雅爾，自己的軍隊又能剩多少?!

鐵尼格咬牙道：「這樣下去不行，我親自帶中軍去截住巴雅爾，莫霍，你去傳令各部，擊潰蠻族餘部之後，與我一齊圍殲巴雅爾。」

「是！」莫霍突地叫了起來，「乞引莫咄賀，你看，定州軍出現了！我們的援軍來了！」

鐵尼格大喜，抬眼望去，東方，數支騎兵隊伍正黑壓壓地向這邊撲來。

「大事定矣！」鐵尼格喜道：「兒郎們，跟我上，全殲巴雅爾！」

看到鐵尼格率軍向自己撲來，巴雅爾仰天大笑，「你這蠢貨，死到臨頭尚不自知，殺！」一騎當先，便向鐵尼格撲來。

鐵尼格雙腿控馬，兩手引弓開箭，對準巴雅爾，三箭連珠箭發。就見巴雅爾嘴角露出笑容，挺起胸膛，突地丟掉了手中的大刀。

哧哧哧，三箭準確地命中巴雅爾的要害。

鐵尼格驚呆了，他清楚地看到巴雅爾的動作，心中立馬掠過一個念頭：「他在尋死！」

眼看著巴雅爾一頭栽下馬來，但**對方臉上那一抹冷笑卻讓鐵尼格驚出一身冷汗**，這是什麼意思？巴雅爾死了，但**他的表情卻彷彿在嘲笑自己**。

他的疑惑馬上得到了解答，遠處，**狂奔而來的定州騎軍不是救命的援軍，而是催命的死神**，他們像鋒利的刀刃，毫不費力地切進室韋軍中，將室韋士兵如同割韭菜一般砍倒在戰場之上。

友軍突然變身，大部分室韋人一時之間尚沒有反應過來，有反應快的，則是一個轉身便奪路而逃。

鐵尼格如受雷擊，看著那兩支呼嘯而來的定州騎兵，那是常勝營與旋風營，按照過山風的說法，這兩支騎兵此時應當在返回定州的途中，而不是出現在這裡。

他被出賣了！鐵尼格的腦中閃電般地掠過這個念頭，**難怪自己在這裡打了大半夜，東線絲毫沒有反應，難怪巴雅爾會發動這場自殺式攻擊，李清早與巴雅爾達成了協議，而協議的犧牲品，就是自己了。**

鐵尼格臉白若紙，呆呆地站在戰場中，不知魂飛何處，遠處戰鼓聲如驚雷；東方，呂字大旗迎風飄揚，北方，已隱約可見王字大旗，那是王啟年的啟年師；四周則是因為巴雅爾的戰死而發狂向自己攻擊的龍嘯軍。

鐵尼格從來沒有想到戰事會是以這種方式結束，原本以為一切皆在掌握之中的勝利者，在這一刻卻成了獵人手裡的獵物，他忽地仰天大笑起來，原來論起勾心鬥角，心狠手辣，自己與李清一比，當真還是小孩子啊！

哇的一聲，騎在馬上的鐵尼格口中鮮血狂噴，人也搖搖欲墜。

「王子！王子！」鐵浮驚慌失措地奔了過來。

鐵尼格臉白如紙，「鐵浮，你來指揮，全軍撤退，向蔥嶺關突圍，我們殺回家去。」

鐵尼格聲嘶力竭地吼完這一句後，便一頭從馬上栽了下來，身邊的衛士忙不迭地將他接住，架在馬上，拼命地向外突圍而去。

戰場上的屠殺仍在繼續，隨著鐵尼格亡命逃走，被拋棄在包圍圈中的室韋人立刻成了氈板上的魚肉，憤怒的蠻族四處追殺狼奔鼠竄的室韋殘軍，而定州軍已停止了行動，只圍成一個巨大的包圍圈，冷冷地注視著圈內兩股敵人的亡命廝殺。

常勝營與旋風營在姜奎與王琰的統率下，正銜尾急追逃跑的鐵尼格。隨著鐵尼格殺出包圍圈的室韋軍隊已不足兩萬人。

午時，這場戰事終於結束，數萬室韋人灰飛煙滅，而蠻族原本出城的八萬軍隊到最後能站著的，也僅僅只有二三萬人了。

最精銳的龍嘯軍已幾乎不存在，這些打了十幾個時辰的殘兵又累又餓，很多人連騎在馬上的力氣也沒有了，看著包圍圈越縮越小的定州軍，眼中不由自主地露出了恐懼的神色。

一匹馬緩緩地從他們之中走了出來，那是肅順。

渾身是血，臉上也挨了一刀的肅順一步步走到定州軍的陣前，道：「李清大帥，我軍已履行了承諾，現在輪到你了！」

呂大臨越眾而出，「肅順首領，命令你的士兵放下武器，從現在開始，你們將是我軍戰俘，我們的承諾一定會做到，我們將保證你們的生命安全。」

肅順回望著身後搖搖欲墜的士兵，大聲道：「全軍聽令，放下武器！」

片刻的猶豫之後，嗆啷之聲不絕於耳，殘存的蠻族士兵丟掉了手中的武器，翻身下馬，以手抱頭，蹲在地上，定州步兵則快步上前，將投降的蠻族士兵分開來。

「醫官！」呂大臨喊道：「替肅順首領裹傷治療！」

呂大臨安排完一應事務，緩緩策馬走在這片戰場之上，極目望去，數十里的戰場上，軍隊慘烈廝殺的景象仍歷歷在目，遍地重疊的死屍，折斷毀損的兵器，倒地殘破的旗幟，將原本荒涼的草原映得五顏六色。

一將功成萬骨枯！饒是呂大臨身經百戰，心裡仍是禁不住感慨。此戰過後，

大帥將擁有大楚所有豪門都無法企及的龐大領土，只要有足夠的丁口，李清將毫無疑問成為中原逐鹿中最有力的競爭者。

殘存的蠻軍被押進了奴隸營，肅順等則被允許攜帶隨身武器，抬著巴雅爾的遺體進入李清的中軍大帳。

肅順等人嗚咽著跪在遺體兩側，李清走到巴雅爾的遺體前，俯下身子凝視著這個數年來自己一心想要擊倒的敵人，當他真正倒在自己面前時，李清的心裡卻沒有多少高興的感覺。

這是一個值得尊敬的敵人，那怕他失敗了，但他最後仍然表現出一代豪傑的風範，他本來可以拖著巴顏喀拉數十萬族民一起死的；如果他願意，他甚至可以突圍而去，就算不能東山再起，但找一個僻靜的地方安度餘生也不是沒有可能，但為了自己的族民能在以後得到一個更好的待遇，他選擇了慨然赴死。

李清整整衣冠，莊重地雙手抱拳，一揖當地，久久未起。

有了李清的帶頭，定州軍的高級將領們一個接一個地走過來，向著這個以前的大敵一一鞠躬為禮。

「巴雅爾皇帝陛下！」李清站起身來，凝視著面前血跡斑斑的亡者，重重地承諾道：「我答應你的事一定會做到，元武帝國作為一個國家已經覆滅，但草原一族作為一個民族，將會永遠生存下去，我向你承諾，他們會比在你的治下活得更好。」

「醫務官，給巴雅爾皇帝陛下清洗，修容。」

李清對巴雅爾的禮遇，讓一眾蠻族將領們的心裡稍微好受些，原本他們擔心投降之後，會受盡凌辱，但起碼從現在看來，他們的這個擔心是多餘的。

「肅順首領，雖然你傷得很重，但我還是要麻煩你進城去向伯顏首領等人通報，巴顏喀拉應當打開城門了。哦，忘了告訴你，昨天晚上，諾其阿率軍想來偷襲我的大營，不過他失敗了，一萬龍嘯軍被我們解除了武裝。」

肅順身子一震，看著李清，恭順地道：「是，李大帥，我馬上回城，巴顏喀拉的大門將向你打開。」

一個時辰之後，巴顏喀拉城內傳來震天的哭聲，聲音之大，連定州軍營這邊也可以清晰地聽到，巴顏喀拉緊閉的城門緩緩打開，一隊隊披麻帶孝的人從城裡走出來，以巴雅爾的福晉、側妃為首，伯顏、諾其阿、納芙緊隨其後，哀慟地向著定州軍營前進，在他們的身後，一副巨大的棺槨被數十名士兵扛在肩上，緩緩前行。

「陛下！」巴雅爾的夫人撲了上來。

「阿父！」納芙跪倒在地，膝行至巴雅爾的遺體前，雙手死死抓住巴雅爾已僵硬的臂膀，放聲號哭。

伯顏大步走到巴雅爾的遺體前，屈膝跪下，重重地三拜九叩，禮畢站起，大步走到李清面前，雙手捧起一柄鑲金嵌鑽的彎刀，高高舉起，「伯顏奉已故元武帝國皇帝陛下遺命，向大楚李大帥投降！」

李清伸手接過這柄象徵著草原最高權力的彎刀，一手扶起伯顏，笑道：「好，我接受了，伯顏大人請起，以後咱們就是一家人了，關於草原上的問題，李清還要多多倚重大人。」

「亡國之人不敢言能，還請李大帥賜予伯顏一頂帳篷，數頭牛羊，能讓伯顏苟顏殘喘，安度餘生！」

李清微微一笑，「伯顏大人言重了！」

「過山風！」

「末將在！」過山風大步走到李清的跟前。

「我命令你率領移山師接管巴顏喀拉！」

「末將遵命！」過山風興奮地道。能第一個跨進巴顏喀拉城，這是大帥特意賜給他的榮譽，也是對他一年多來，跨海西渡，歷經千辛萬苦開闢第二戰場，從而實現東西兩面夾攻草原的功勞的酬謝。

一邊的呂大臨、王啟年等人臉上都露出濃濃的羨慕之色。

移山師士兵排成兩排，一路小跑，進入巴顏喀拉城中，很快，城門兩側，城牆上，站滿了定州軍士兵，元武帝國的旗幟被拔下，換成李字大旗在城門上迎風飄揚。

「萬勝！」不知是哪一個士兵振臂高呼了一聲。

「萬勝！」城下，十餘萬定州士兵振臂高呼，歷經四個年頭，定州終於擊敗了最大的敵人，讓數百年來襲邊不斷的蠻族臣服在自己的腳下。

納芙等人的哭聲被掩蓋在聲震雲霄的呼喊聲中。是夜，李清中軍移駐巴顏喀拉城，巴雅爾的皇宮大殿成了李清處理公務的場所。

損兵折將的鐵尼格帶著兩萬餘人倉惶西逃，在他們的身後，常勝營與旋風營正快速地追來，不斷地有人因為勞累過度或者傷勢過重摔下馬來，一路上伏屍無數，以至於後面的追兵根本不必費心辨認他們逃跑的路徑，只需沿著倒斃地在的士兵和戰馬屍體便可以很輕鬆地跟上他們。

鐵尼格宛如行屍走肉，被鐵浮與莫霍簇擁著，一路上牙關緊咬，一言不發，只有偶爾臉上肌肉抽搐一下，讓人意識到他還是一個活人，鐵尼格的狀態，讓鐵浮與莫霍兩個看在眼裡，急在心中。

鐵尼格是一軍之主，他如今這個模樣，更是讓全軍軍心惶惶，士氣跌到了谷底。

「怎麼辦？」鐵浮問大薩滿莫霍。

「乞引莫咄賀這是受到了絕大的刺激，一時之間不能接受，如今我們只有冒險一試了。」莫霍道。

「怎麼試，王子再這個模樣，我們的軍隊就要潰散了！」鐵浮急道。

「你勁大，狠狠地扇王子一巴掌，或許能將王子打醒！」莫霍道。

「你這是什麼餿主意？」鐵浮怒道。

「鐵將軍，這不是餿主意，這是眼下唯一的法子了，要是王子這個樣子久了，王子會真的瘋掉的。」莫霍也急了。

鐵浮躊躇半晌，眼光掃過疲累不堪的士兵，終於提起了他蒲扇般的手，嘴裡念叨著王子恕罪，揚手一巴掌便扇了過去，一聲脆響，鐵尼格原地轉了幾個圈子，臉上立馬浮現出五個清晰的指印。

「鐵浮，你敢打我，你想造反麼？」

劇痛之下，鐵尼格終於醒轉，看著還高高揚起手的鐵浮，他的第一反應便是去拔腰裡的佩刀。

「王子你醒了！」鐵浮噗通一聲跪下，「王子恕罪。」

莫霍也緊跟著跪了下來，「乞引莫咄賀，鐵浮一片忠心，王子你剛剛迷怔了，是以鐵浮才不得不動手將您打醒。」

鐵尼格猛地醒悟過來，昨夜到此時發生的一幕一幕在腦海裡閃電般地掠過，從喉嚨深處發出一聲悲嚎，雙膝跪倒在地，憤怒地道：「李清，你背信棄義，暗算我，我與你不共戴天！鐵尼格只要有一口氣在，必與你不死不休！」

莫霍扶起鐵尼格，面帶憂色道：「尊敬的乞引莫咄賀，我們僅存不足兩萬人了，後面的追兵正在步步逼近，將士們又餓又累，現在怎麼辦呀？」

鐵尼格咬牙道：「回家！不論如何，只要回到家鄉，我們很快就可以重振旗鼓，當年我們的祖先能從災難中爬起來，我也能！」

「可現在將士們已沒有吃的了！」鐵浮顫聲道。

鐵尼格狠下心道：「告訴傷兵們，我們不能帶他們回到家鄉了，他們只能留下來，但願李清能留下他們的性命，殺了這些傷兵的戰馬，讓尚自完好的士兵吃飽喝足，然後上路。」

鐵浮身體微微顫抖，放棄傷兵的性命，等於殺死他們，身後追來的是對方的騎兵，他們不會也不可能收容戰俘，等待這些傷兵的命運可想而知。

看到鐵浮不動，鐵尼格怒道：「鐵浮，你沒有聽到我的話嗎？」

「鐵將軍，這也是萬不得已之計，傷兵們會體諒乞引莫咄賀的苦衷的，為了讓更多的人回家，只能犧牲他們了！」莫霍勸慰鐵浮道。

鐵浮垂著頭，走向不遠處的傷兵。

一個時辰後，鐵尼格的軍隊重新啟程，在他們的身後，上千名傷兵絕望地或坐或躺在草地上，雙眼無神，等待著死神的降臨。

距離和林格爾五十里處，富森與呂大兵的兩萬精銳設下了一個巨大的口袋陣，等待著鐵尼格。

「大兵，你說鐵尼格會從這裡經過嗎？」富森問。

「雙方十數萬大軍混戰，想要全殲鐵尼格幾乎不可能，他一定會逃出來，他想回到關外，就必然得經過和林格爾，沒有其他路可走，耐心等吧，鐵尼格一定想不到在這裡還有一支軍隊在等著他自投羅網。」

呂大兵咂巴著嘴，有些遺憾地道：「一支士氣全無的軍隊，打起來可真是沒意思！」

富森哈哈大笑，「與你不一樣，我最喜歡打這樣的敵人！」

兩人正自說著閒話，一騎飛奔而來，「首領，前方斥候發現室韋軍隊。」

兩人精神一振，「多少人？」

「大約萬餘人！」

富森與呂大兵對視一眼，眼中露出不可思議之色，想不到鐵尼格十萬人馬，一戰過後居然只剩下這麼一點。

「傳令，準備作戰！」富森厲聲道。

當看到前方和左右兩邊出現的大量的紅部騎兵的時候，所有的室韋人臉上都露出絕望的神色，此刻，在他們的後方，定州常勝營與旋風營兩營騎兵正緊追而來，他們已陷入了天羅地網之中。

鐵尼格臉色慘然，「可笑我還做著稱霸草原、重現室韋人榮光的春秋大夢，原來李清在誘使我入關的時候，便已決定了我的命運，居然還在這裡布下了一支伏兵，看來是不取我性命絕不甘休了。我自恃雄才大略，卻將室韋人帶進了萬劫不復之地，我是室韋的罪人。」

莫霍、鐵浮臉上現出濃濃的絕望，此刻的他們人困馬乏，哪裡還堪一戰。

富森看著不遠處那支叫花子一般的軍隊，臉上現出得意的笑容。「天堂有路你不走，地獄無門你偏闖進來，兒郎們，殺光他們！」

室韋人與草原蠻族是天生的仇敵，痛打落水狗是富森最愛做的，一聲令下，潮水般的騎兵狂嘯著湧向室韋軍隊。

「好吧，既然如此，就讓我光榮的戰死吧！」鐵尼格拔出腰裡的戰刀。

一邊的鐵浮看了一眼洶湧而來的紅部騎兵，舉起刀，突地反手一擊，刀背擊在鐵尼格的頭盔上，猝不及防之下，鐵尼格翻身而倒。

「鐵浮，你做什麼？」莫霍大驚，鐵尼格的親兵護衛更是舉起刀來，架在鐵浮的脖子上。

「你想造反麼？」莫霍驚問道。

鐵浮苦笑道：「此時此刻我還造哪門子的反啊！莫霍大薩滿，你護送王子離開，我在這裡頂住敵人，能不能逃走就看你們的運氣了。我想你們百多人想要溜走還是很容易的，王子如果清醒，絕對不肯離去，所以我才敲昏了他。」

聽到鐵浮的話，莫霍的眼裡閃著淚花，「鐵將軍，我錯怪你了，疾風知勁草，板蕩識英雄，你……」

鐵浮看看越來越近的紅部騎兵，打斷了莫霍的話，催促道：

「快走吧，如果能逃回家鄉，告訴王子，不要再踏足中原了，我們不是他們的對手。與這些人打交道，我們便是被他們賣了還要幫他們數錢呢，關外生活雖然清苦，卻能自由自在。」

「我一定將你的話轉告王子！」莫霍大哭起來，花白的頭髮垂在胸前，肩頭不住聳動。

鐵浮轉過身來，高舉戰刀，大吼道：「兒郎們，如今我們不是被餓死就是被累死，既然左右是一個死，便讓我們光榮戰死吧！光榮的戰死，會讓我們的靈魂回到家鄉。殺啊！」

「殺！」室韋士兵鼓起餘勇，在鐵浮的帶領下，飛蛾撲火般地衝向蜂湧而來的紅部騎兵。

轟然一聲，兩股人馬對撞在一起，喊殺聲，兵器的碰撞聲，慘叫聲，馬嘶聲，頃刻間響徹整個戰場。

半天之後，一切都安靜下來，草原上，四處伏著人屍馬屍，斷刀殘矛遍地皆是，室韋的旗幟被踩進泥地裡。

紅部的士兵巡視著戰場，將同伴的屍體從戰場上找回來，馱在馬上；如果碰到敵人的傷兵，則毫不留情地刀槍齊下。

這一戰，居然沒有一個俘虜，其戰之慘烈，便連呂大兵也是心驚。室韋殘軍面臨絕境時所爆發出的能量讓人吃驚。

「王八蛋，狗急了果然是要跳牆的，一夥殘兵敗將，居然讓老子傷亡這麼大。」富森氣急敗壞，在原地不停地兜著圈子，更讓他惱火的是，鐵定應當在這股敗軍中的室韋王子鐵尼格絲毫不見蹤影。

「首領，沒有找到！」一批批出去尋找的士兵無功而返，讓富森更加惱火。

「首領，作戰時一直是這個敵將在指揮，我們找到了他的屍體。」幾名士兵拖著一具屍體奔了過來，那是鐵浮，他的一隻手臂已不見了蹤影，傷口上的血早已流盡，呈現著紫黑色，胸膛上一道長長的刀痕從左胸一直拖到腹下，盔甲被破開，肚破腸流。

富森飛起一腳，將鐵浮的屍體踢開，破口大罵，「我要找的是室韋的王子，那是一個不到三十歲的青壯男人，這個人沒有六十也有五十了，能是我要找的人嗎？」

「富森，不要罵了，肯定是開戰之初鐵尼格就溜了，這個時候只怕也已跑遠了，罵也沒用，還是派出騎兵四處去搜尋吧。他們沒有給養，又不敢公然露面，想必也逃不了多遠，總是能找到他們的。」呂大兵拉住準備給士兵幾巴掌的富森，勸道。

富森轉念一想，也是，氣噗噗地召來一名將領，令道：「給你一千人，給我分成幾個小隊去追，那個王八蛋肯定是向蔥嶺關方向逃去，往這個方向撒開了追，絕對沒錯！」

「是，首領！」那名將領領命而去。

富森轉身看向呂大兵，「妹夫，我們現在怎麼辦，還是回和林格爾駐紮麼？」

呂大兵搖頭，「任務已經完成了，還待在和林格爾幹什麼，我們回巴顏喀拉吧，大帥在那裡等著我們呢！」

莫霍與親兵帶著昏迷不醒的鐵尼格從戰場的夾縫中偷偷地溜走，他們的運氣不錯，沒有人注意到這麼一支小隊伍脫離了戰場，打馬狂奔大半天，眼見胯下的戰馬已快不行了，他們才驚魂未定地停了下來，找了一片樹林，躲進裡面。

途中鐵尼格醒轉，聽到莫霍轉述的鐵浮的話，不由放聲大哭。此刻的他們，惶惶如喪家之犬，初入關時浩浩蕩蕩的十餘萬人馬，如今只剩這數十騎人馬了。

「李清，李清！」一路上，鐵尼格只是咬牙切齒地喊著李清的名字，不知不覺中咬破了嘴唇，鮮血直流也恍然不覺。

莫霍擔心地看著發狂般的鐵尼格，經此一役之後，室韋人再也沒有與李清叫板的實力，就算運氣好回到家鄉，只怕也要終日擔心李清再打上門來。但願王子能認清形勢，回去後馬上收縮部族，躲藏起來，李清只要找不到自己一族，便不會在那片貧瘠的土地過多地糾纏，室韋人才有可能得到休養生息的機會。

天快黑了，眾人在樹林中燃起篝火，鐵尼格裹著披風，蜷縮在火邊，一言不發，只是出神地看著熊熊燃燒的大火，渾然沒了半分主意。

「你們幾個去附近警戒，你們幾個去樹林裡打點野物回來！」看到鐵尼格的狀態，莫霍嘆了口氣，吩咐下去，自己則盤腿坐在鐵尼格身邊，小心照料著他。

一輪彎月掛上了樹梢，清冷的光芒透過樹葉，在林間地上畫出一道道明亮的影子。樹叢中幾聲鳥叫，從不遠處傳來一陣陣應和聲，月影之下，聚集了十幾條人影。

「孫校尉，幾個找獵的室韋人已被兄弟們做掉了。」一個人影低聲道，手裡還拎著幾隻鮮血尚未乾透的死兔子：「看他們的服色像是鐵尼格的親兵，鐵尼格應當離這裡不遠。」

這群人是來自定州的飛鷹部隊，接到茗煙傳來的命令後，他們就一直遠遠地跟在鐵尼格的逃軍後面，不過鐵尼格的身邊尚有萬餘軍隊，他們一直沒有找到機會，直到鐵尼格僅帶著數十名親衛亡命而逃的時候，他們終於找到了良機，一路上追蹤鐵尼格一行人來到此處。

孫澤武伸手接過死兔子，想了想，厲聲道：「去將那幾個死鬼的服裝剝下來換上，李四，你們幾個去將他們的警哨摸掉，如果有掉單的，不妨順手做了。剩下的人，將連弩準備好，一旦發動，便是雷霆一擊，不能讓他們有任何反抗的機會。」

「是，校尉！」

兩名負責警戒的室韋士兵正靠在樹上，大樹後面驀地伸出兩隻手，一隻捂住他們的嘴巴，另一隻手則亮出匕首，準確地抹過他們的頸動脈，鮮血狂噴，人軟軟倒了下來，兩名飛鷹閃身而出，相視一笑，又閃身隱沒於黑暗之中。

而在另一側，一名正在小解的室韋士兵被人從身後扭住脖子，用力一扳，格的一聲，腦袋轉了一百八十度，瞪大了眼睛看著身後的人，卻渾然沒了焦距。

樹林各處正不斷上演著這樣的戲碼，這些室韋士卒在久精訓練的定州特種隊員面前，毫無還手之力，一個接一個地倒在樹叢裡。

鐵尼格身邊只餘下不到二十個親兵。樹林安靜地可怕，莫霍站了起來，自言自語地道：「奇怪，怎麼去打野物的幾個傢伙還沒有回來？」

正說時，林間響起了腳步聲，幾個室韋士兵走了回來，手裡提著幾隻兔子。

「怎麼才回來？站住，你們是什麼人？」莫霍突地驚叫起來，走在最前面的那個傢伙太高了，自己一行人中，根本就沒有這麼高的人。

孫澤武哼了聲，扔掉手中的兔子，大喝道：「動手！」另一隻手已抬了起來，哧哧有聲，五發連弩箭快速射出，片刻間，擋在鐵尼格面前的親兵已全部倒了下來。

孫澤武拔出腰刀，一步步走向鐵尼格。

莫霍本已嚇得兩腿發軟，看到孫澤武目露凶光，也不知從哪裡來的力氣，一跳而起，擋在孫澤武的面前，大叫道：「你不能殺他，他是室韋人的乞引莫咄賀，身分高貴。」

孫澤武懶得理他，大帥給他的命令就是必須要殺了這個傢伙，他一伸手拎住莫霍，手裡的刀毫不猶豫地從他的肋骨間插了進去，準確地命中心臟。

拔出刀推開軟癱下來的莫霍，孫澤武的刀接著對準了鐵尼格。

鐵尼格眼中閃過陣陣怒火，猛地拔刀而起，叫道：「來吧，讓爺爺我砍下你的腦袋！」

孫澤武歪著腦袋看著狀如瘋狂的鐵尼格，嘴角一努，一個潛到鐵尼格身後的飛鷹隊員手起刀落，乾淨俐落地砍掉了鐵尼格的腦袋，斗大的腦袋咕嚕嚕在地上打了幾個滾，一雙眼睛仍是睜得大大的。

孫澤武撿起那顆首級，掃了一眼樹林，道：「清理痕跡，撤退！」

蠻族投降，室韋覆滅，李清將自家後院有可能威脅到自己的敵人打掃得乾乾淨淨，但進入巴顏喀拉城後，他反而不復在城外大營的逍遙自在。

戰事正烈時，他只管安排下大的戰略目標，至於怎麼打，那是手下的事，他並不去多管閒事，也讓屬下能盡情地發揮自己的聰明才智，他要的只是結果，是以每日東西兩線打得熱火朝天，他卻在帳中穩坐釣魚臺，整日看書，煮茶，十分悠閒。

待戰事平息，這種逍遙日子立時便一去不復返了，事情多如牛毛，而且每一件事都要他定奪拍板，手下這群將軍，打仗是好手，但要問起內政來，大都是兩眼一抹黑，一問三不知。李清只得急傳尚海波、路一鳴趕赴巴顏喀拉討論議事。

如何穩定蠻族是眼前當務之急。

蠻族已基本被瓦解，僅剩諾其阿率領的兩萬騎兵，富森手下的紅部騎兵在攔截室韋人之後，損失也是極大，因而在軍事上，兩者對定州已毫無威脅，定州要做的只是平衡兩者之間的關係。

讓李清頭疼的是散布在草原各處的數十萬蠻族普通牧民，戰火綿延數年，草原上的牧民生活十分困頓，這數十萬蠻族之中說不定就有桀驁不馴之輩，一旦活不下去，鋌而走險，流竄成匪，為禍草原就麻煩了。

雖然室韋十萬大軍覆滅，首領也授首，但在蔥嶺關外，仍有數十萬室韋人生活在那一片土地上，可以想像鐵尼格死後，室韋諸部將陷入新一輪的爭奪之中，在李清的計畫中，室韋與草原將成為他爭霸中原強大的後勤基地，他絕不允許這些地方再起紛爭。

百廢待舉，千頭萬緒，一時間他竟不知先做那一件事好。李清揉揉腦袋，疲乏地靠在椅背上，以前他總盼望自己有朝一日能主宰天下，但真正做到這個位子上時，才知道這個位置的難做，真是當家才知米貴啊，李清自嘲地笑了笑。

一陣輕盈的腳步響起，緊接著一雙柔荑輕輕地按摩著他的肩部，恍惚間，李清還以為是清風在替他按摩，但馬上反應過來，清風此時還遠在千里之外的定州，睜開眼，卻是一襲宮衣的傾城，李清有些意外。

在他的印象中，傾城一直是那種英氣勃發，鋒芒外露，永遠像一把出鞘的利劍一般的性子，便是在閨房之樂時，猶要爭得上風，今日難得如此溫柔。

看到李清眼中的詫異，傾城不由一陣羞澀。

在她心中，李清縱有千般不是，比如寵幸那個叫清風的女子，但說一千道一萬，李清仍然是她的丈夫，而且是萬里挑一難得的英才，女人一生得夫如此，還有何憾！

「這麼看著我幹什麼？」傾城一瞪眼，瞬間，昔日的那個傾城依稀又回來了。

李清微微一笑，捉住她的雙手，笑道：「我只是很好奇，這一雙殺敵無情的雙手，居然也會做這種溫柔之事？」

傾城一陣氣苦，「你是說我沒有婦德麼？」

李清大笑，「我李清的夫人，何必效仿世間女子做那婆婆媽媽之事，依你本心便好！」

傾城微微抬起頭，「記得當年李氏下聘之時，我曾言要你拿蠻族的臣服作為聘禮，如今幾年過去，你當真實現了，說實話，我心裡很高興，想必此時洛陽的皇帝哥哥心裡也是極歡喜的。」

聽到傾城提起天啟皇帝，李清心裡一緊，天啟已鶴駕西歸數月，在定州，由於刻意嚴密的封鎖，這個消息只有少數高層知曉，民間雖有傳言，但得不到官方的證實，消息仍是停留在揣測之中。

這件事要如何對傾城提起呢？李清一時頭有兩個大，若是傾城得知這個噩耗，李清不用想便能知道她的反應，李清的眉頭不覺深鎖起來。

看到李清臉色，傾城關心地道：「又在為繁雜事務煩心麼？」

李清點點頭，「打勝仗容易，處理這些事情難啊！」

傾城微笑道：「這是你做這些事做得少了，如果做得多，便順手了，要不要我將燕南飛調來，他老於政事，處理這些事情應當得心應手。」

李清在心裡道，還是算了吧，燕南飛應當已經知道天啟駕崩的事，如果叫他來，這件事豈不是便露餡了，在自己想出對策之前，這傢伙還是老老實實地在復州畫圈圈吧。

「燕南飛正在復州籌建公主行轅，還是不要麻煩他了，我已急調尚海波與路一鳴趕來了。」李清道。

傾城嘴角一扁，知道李清對燕南飛還抱有戒心，便也不再多說，不過就傾城看來，李清手下武將的確人才濟濟，但能獨當一方的治事文臣卻少得可憐，路一鳴恨不得一個被當成兩個用，像燕南飛這樣的才子，以後李清終究是要用的，自己倒也不用太急。

「夫君，你是在為安撫蠻族而煩心麼？」傾城道。

「是啊，這是一個大問題，如今巴顏喀拉雖然投降，但數十萬蠻族人心惶惶，這便像一個大油桶，只要稍微落下一點火星，便會燃起彌天大火。」

「夫君，我想你第一件要做的事，便是風光地大葬巴雅爾！」傾城認真地對李清道：「巴雅爾是蠻族王者，他的慨然赴死替蠻族爭取到了生存下來的機會，使他死後威望不降反升，這個時候，我們應當給予他最高的禮遇，哪怕你不情願，也要這樣做。」

李清點點頭，贊同道：「巴雅爾是難得的英雄，我對他也是心懷敬意的，你說得很對，我接下來的第一件事便是要讓巴雅爾入土為安，以此來安定民心，之後，尚海波與路一鳴也應當趕到巴顏喀拉了，那時，所有的政務將有條不紊地展開，不會像現在一樣茫然四顧，不知何處下手了。」

「他們兩人都來了，定州那邊怎麼辦？」傾城問。

「有清風在定州主持大局，出不了什麼大事！」李清順口答道。

這話一出口，傾城的臉就垮了下來，笑意立馬不見，站起來道：「我累了，先去休息，夫君自己忙吧！」

看著傾城揚長而去，李清哭笑不得，傾城這醋吃得未免太明顯了吧，滿屋子都聞得到酸味了，難道這兩個才女就無法相容共處麼？你看我不順眼，我看你更惱火，一見面，便如火星撞地球般不濺出點火花斷不肯干休。

李清啊李清，你還是夫綱不振啊！才氣過人的女子總是自視甚高的，自己能擁有兩個這樣才情的女人是不可多得的運氣，哪裡還能指望琴瑟和鳴，一團和氣呢！

草草地看了十幾份文卷，腦子裡卻老是想著傾城剛剛替自己按摩的那一雙小手，頓時升起一股熱火，乾脆扔掉文卷，便向後院走去。

第二天，李清精神抖擻地出現在過往巴雅爾議事的偏殿裡，伯顏、肅順、諾其阿等一眾蠻族重要人物被召集到此處議事，以上三人倒是安之若素，臉色平靜，其餘的人卻是戰戰兢兢，不知道眼前的這個勝利者將如何處置他們。

「各位，今日找各位來，是想與大家商議一下巴雅爾皇帝陛下的下葬問題！」李清開門見山地道。

一聽是這個問題，伯顏幾人立即緊張起來，如何對待巴雅爾的身後事，將是定州如何處理戰敗蠻族的一個信號。

依照李清的意思，既然是要送人情，那麼這份人情就不妨送得大些，反正巴雅爾已經死了，他死後的喪葬規格再高，也不會對自己再形成什麼威脅，反而有助於化解一部分草原人對自己的敵意，有利於接下來對草原的統治。

大戰結束，受影響最大的是草原蠻族中原來的那一部分既得利益者，首先安撫這些人便是重中之重。基於此，好好安排巴雅爾的身後事便是一劑安心針，既然對最大的敵人都能寬大為懷，這些附從者就更不會有多大的事情了。

他們消停了，草原便也消停了，接下來，便可以溫水煮青蛙了，慢慢地，定州會讓草原百姓感到原來在定州的統治下，自己的日子過得更好，更富足。

李清提出的方案，是完全按照中原皇帝的下葬規格來安葬巴雅爾。結果出乎李清的意料，伯顏、肅順、諾其阿三人異口同聲地反對這個方案。

歷史上，一個民族被另一個民族擊敗之後，清洗是相當殘酷的，對此，伯顏早就做好心理準備，但從李清現在的舉動來看，似乎並沒有準備在草原上來一場大清洗，這讓伯顏十分不解，不解之餘，心裡又有些發寒，**是不是李清還有什麼陰謀與後手是自己沒有想到的呢？李清要風光大葬巴雅爾，他想幹什麼？**

伯顏站了起來，提出意見：「李大帥，我們不能同意您的方案，既然您慷慨地允許我們以皇帝的最高規格安葬陛下，那麼，我們將按照我們草原的習俗讓陛下入土為安！」

李清本以為此方案一出，對方一定會非常感激，沒想到三人一致反對。轉念一想，也是，草原和中原的喪葬習慣大異，自己以中原皇帝的規格下葬巴雅爾，他們覺得不合適也是正常的，這樣也好。

「既然如此，那方案就由你們來擬定吧，你們商量好之後再向我報告，可否？」李清面帶笑容地道。

三人齊向李清躬身道：「多謝大帥！」

李清將厚葬巴雅爾的消息一經傳出，暗潮洶湧的巴顏喀拉城立馬安靜了不少，這讓一直枕戈待旦、如履薄冰的過山風悄悄地鬆了口氣。

過山風鬆了口氣，李清拿著伯顏的方案卻有些犯難了，李清對蠻族的下葬風俗並不瞭解，從這個方案中看來，巴雅爾的下葬如果按伯顏所說，允許蠻族百姓前往祭奠的話，那麼可以想見，到時候一定會有大量的蠻族到來，人數太多，便易生亂。

李清沉吟不決，伯顏三人也神色有些緊張地看著李清，這個方案，是他們三人特地商量出來試探李清的，如果李清不允許，那麼就可以認為李清對蠻族真的沒有後續的手段了，如果李清是存心要滅絕蠻族的話，那麼李清大可以調集重兵，在蠻族這個大聚會的時候聚而殲之。要知道，現在的蠻族可是被解除了武裝，在定州兵面前，完全便是砧板上的魚肉。

「伯顏大人，不知你們有沒有考慮到，如果大量的草原族人聚集到這裡的話，一些別有用心的人便可以有機可乘，一旦起了紛爭，恐怕於我於你們，都是大麻煩啊！」李清質疑道。

伯顏吐了口氣，看了看肅順與諾其阿，從兩人的眼中，都看到了一絲放鬆的味道。

「李大帥，對於這個問題，我們已經想好了應對方案，在巴顏喀拉城中的族人，每一家只能出一人代表，對外來的部族祭奠者，只讓每位部族首領帶領十人進入現場，如此一來，人數便可控制在萬人以內。」

李清點點頭，「如此便好，看來三位早就思慮周全了！」

李清腦中電光火石般地閃了一下，此時方才明白伯顏三人是存心試探自己，如果剛剛自己不假思索地便答應了，只怕事情又要另起波折。

再仔細看著三人的方案，他們選擇的現場也很巧妙，恰恰在王啟年部與呂大臨部兩軍之間的地帶，如果有什麼變動，兩軍數萬人馬頃刻間便可到達，李清不禁露出一絲微笑，伯顏倒是頗知情識趣。

李清放下手中的文卷，拍板道：「那就如此辦理吧！到時我會親臨祭奠巴雅爾陛下的。」

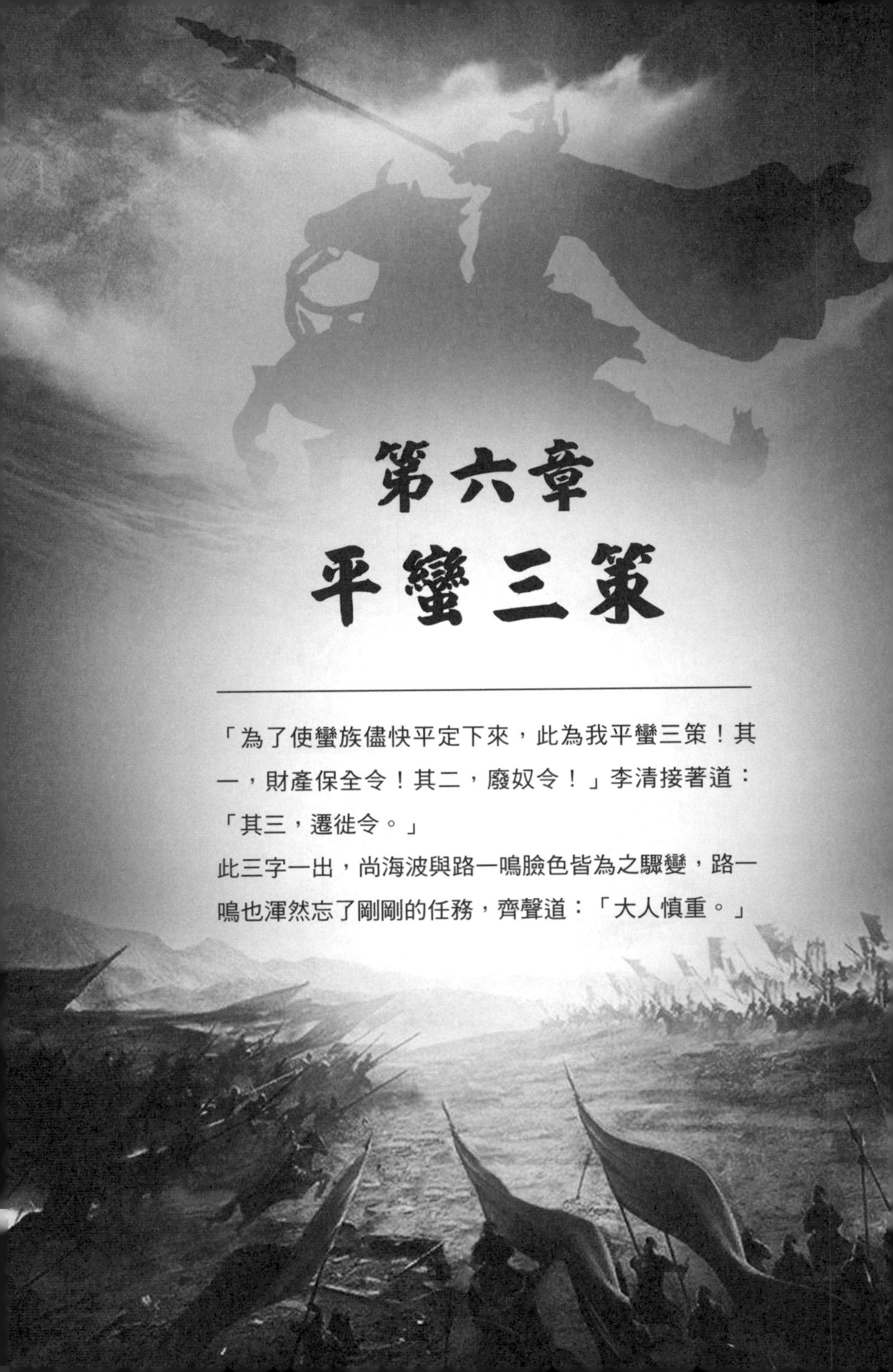

第六章
平蠻三策

「為了使蠻族儘快平定下來，此為我平蠻三策！其一，財產保全令！其二，廢奴令！」李清接著道：「其三，遷徙令。」

此三字一出，尚海波與路一鳴臉色皆為之驟變，路一鳴也渾然忘了剛剛的任務，齊聲道：「大人慎重。」

五天後，在巴顏喀拉城外，巴雅爾的靈堂已布置好，棺槨內，身著金甲的巴雅爾躺在其中，身邊放著他生平最喜歡的兵器和一些隨身物品，經過定州醫官的用心整理，巴雅爾面貌栩栩如生，一如生前。

巴雅爾在草原的影響力在這一刻得到了完美展現，散居各處的無數小部落首領們不顧安危，毅然帶著部屬來到祭奠現場，人數遠遠超出了伯顏事先的估計，雖然他們解除了武裝才進入，但近兩萬名蠻族人聚集在一起，讓王啟年與呂大臨緊張起來，兩支部隊立即進入最高級別的警戒，城內的過山風更是讓部隊進入備戰狀態。

所有的大將們一致反對李清進入現場祭拜，李清進去，必然不可能帶著大股部隊入場，只帶少數護衛的話，安全問題如何保證？萬一伯顏等人起了壞心，劫持李清，以此威脅定州軍的話，又怎麼辦？

李清卻另有想法，斷然道：「越是這樣，我越是要去！這是向蠻族表現我們誠意的最好機會，巴雅爾活著我尚且不怕，難道他死了，我連站在他棺前的勇氣也沒有麼？」

李清斷然拒絕了手下大將們的建議，決定按時出現在祭奠現場。

李清堅持要去祭奠巴雅爾，這可愁壞了呂大兵、過山風等人，眾人商討之後，負責巴顏喀拉安全的過山風親自去拜會了伯顏，於是第二天，祭奠現場出現了兩千名移山師士兵，他們是以維持秩序的名義進來的，帶隊的是姜黑牛。

姜黑牛將這些士兵安排在靈堂的四周，看似散亂，實則如有變故，頃刻間便能集合在一處，護送李清殺將出來，而在外圍，呂師與啟年師的部隊更是在營內集結，一旦有變，能在最短的時間內殺到現場。

風很大，厚厚的雲層宛如要沉重地壓將下來，使人有些喘不過氣來，似乎隨時都有大雨落下，城外，數百架牛角號同時吹響，沉悶的鼓聲緩緩地敲起，隔上一小會兒才響起咚的一聲夾在號聲中，更添蕭瑟悲痛之意。

巴雅爾的祭奠大會正式開始了。

巴顏喀拉城內，不能親臨現場的蠻族百姓嗚咽著走出家門，手執一炷清香，跪倒在大街兩側，更有的擺出香案，供上三牲。移山師士兵的巡邏隊警惕地從街上緩緩走過，城牆上，更是如臨大敵。

李清只帶了唐虎和鐵豹等十數名侍衛，策馬出了巴顏喀拉城門。向著祭奠現場奔去。

鐵豹便是在戰前認父的那名定州士兵，此後一連數戰，當時三十二名違紀的士兵每每衝鋒在前，戰後只餘下八名倖存者，李清兌現承諾，將這八名士兵一起調到自己身邊擔當侍衛。

「大帥，巴雅爾是我們的仇人，我們打敗了他們，我們是勝利者，為什麼還要如此禮遇他們？」鐵豹不解地問道。

對於蠻族，他有刻骨的仇恨，他的父親在蠻族多年為奴，吃盡了苦頭，如今終於打敗他們，在鐵豹心中，這下子可以報仇雪恨了，但入城後，他發現大謬不然，大帥下了死命令，不得騷擾當地蠻族，否則定斬不饒，這讓興沖沖的鐵豹大失所望。

聽到鐵豹的問題，再看了一下隨行的十數名侍衛眼中都有同樣的問題，李清勒住了馬，問道：「鐵豹，軍中士兵都有這個想法嗎？」

鐵豹點點頭，「是的，大帥，士兵們都很不滿，我們大多數人都和蠻族有仇啊！」

李清突然發現自己忽略了這個問題，士兵是定州崛起的根基，而大部分的定州士兵或多或少都與蠻族有著深仇大恨，看來必須要在軍中開展一次教育活動，讓士兵明白要想長治久安，就必須與蠻族化干戈為玉帛。

「鐵豹，我們勝利了，對嗎？」李清問。

「是的，大帥，正因為這樣，我們才不理解，以往蠻族打了勝仗，可不是這樣對待我們的。」

「蠻族從來沒有戰勝過我們。」李清笑道：「而現在，我們已經打下了他們的王庭，從此以後，蠻族就在你們大帥的治下了，我問你，蠻族現在還有數十萬人，我們能將他們全部殺了麼？」

鐵豹微微一愣，「不能！」

「對，我們不可能全部殺了他們，蠻族將存在於我們治下，如果我們不能善待他們，他們就會奮起反抗，你們希望草原上處處蜂火，我們的士兵疲於奔命，在這大草原上四處追殺他們嗎?或者被他們殺死？」

鐵豹搖頭，勝利之後，士兵最為盼望的就是回到家中與家人團聚，拿著大帥的賞賜與親人分享勝利的果實。

「瞧，大家都不希望打仗了，這就是我為什麼要赦免蠻族的原因。」李清正色道。

與鐵豹等人大談什麼定州的長期戰略那是對牛彈琴，只能說這些最淺顯易懂的東西，「鐵豹，以後蠻族將與你們一樣，成為我治下的百姓，也許有一天，他們之中的人會成為你的戰友也說不定啊！作為勝利者，寬恕是一種美德。這個時候，寬恕比殺戮是更好的一種手段，你們以後跟在我的身邊，多讀書，便會明白這個道理。」

鐵豹困惑地搖搖頭，李清所說他似懂非懂，不過他仍然興奮起來，跟在大帥身邊好處多多，不僅是自己身分地位的提高，而且還能讀書識字，鐵豹知道，大帥身邊的親衛最後大部分都成了軍中的將官，也許有一天，自己也能成為這些將軍中的一員。

「我聽大帥的！」鐵豹哼哧哼哧地道。

唐虎啪的一馬鞭敲在鐵豹的頭上，笑罵道：「你這個傻小子，當然要聽大帥的，大帥前知五百年，後知五百年，怎麼會有錯？」

鐵豹腦子一縮，唐虎極好打交道，在親衛之中沒有絲毫的架子，但發起怒來，可是威力十足。

李清大笑起來，「前後都知五百年？虎子，你當我是千年老妖麼？」

眾人皆大笑起來。

說話間，祭奠現場已經到了，知道李清要來，伯顏、肅順、諾其阿等蠻族貴族都迎在入口處，李清翻身下馬，走向他們。

伯顏等人左手撫胸，深深地彎下腰。

「不必多禮，帶我進去吧！」李清擺擺手道。

「大帥請！」伯顏做了個請的手勢，讓李清先行。

此時，現場已擠滿了人，只留下一個寬約數米的通道，手執長矛的移山師士兵肅然挺立，李清從通道兩側的眾人眼中，能看到那熊熊燃燒的怒火。

李清微微一笑，打頭便行，唐虎緊跨一步，跟在李清的身側一步處，伯顏等人則陪在李清的身邊，後面，鐵豹等人則緊張地手撫刀柄，大踏步地跟上。

通道的盡頭，一頂巨大的金帳聳然挺立，巴雅爾的棺槨便安放在這頂金帳之內，走到金帳門口，李清回頭道：「虎子，你和鐵豹他們就留在外面，我進去祭拜巴雅爾陛下。」

「這可不行！」唐虎瞪著獨眼道：「過將軍、呂將軍千叮嚀萬囑咐，讓我千萬不能離開大帥一步。」

李清怒道：「你是聽他們的還是聽我的？官做大了，膽子也跟著大了不成？」

李清一發怒，唐虎就有些蔫了，低下頭，低聲道：「大帥，尚軍師要是知道我沒有緊跟著你，又會打我板子的！」

李清一聽又好氣又好笑，敢情在崇縣時，尚海波給他和楊一刀的那頓板子讓他記憶如此深刻，板著臉道：「胡說什麼，你如今是將軍了，尚先生如何能隨便打你板子？」

「那可說不定！」唐虎囁嚅道。在定州，唐虎最怕的倒不是李清，而是尚海波與清風。

「住嘴！」李清真有些怒了，看向伯顏，卻見伯顏眼裡精光一閃而過，見自己望過去，立即消失不見。

「伯顏大人，我這侍衛一根筋，讓你見笑了！」李清尷尬地道。

伯顏不動聲色地道：「唐將軍童心純真，一片忠心，這是大帥的福氣！」

雖然只是短短的幾句話，伯顏卻從中得知了太多的訊息。

李清瞪了唐虎一眼，大步進帳，唐虎跨出一步，最終還是停了下來，只是側著耳朵，傾聽著帳內的動靜。

金帳內，香煙嫋嫋，一個碩大的火盆兩側，披麻帶孝的納芙和諾其阿正在燒著火紙，而在棺槨的兩側，巴雅爾的正妻與側妃們則坐在那裡低低飲泣，見到李清進來，都緊張地站了起來。

諾其阿與納芙面向李清跪伏行著大禮，本來這事應當是兒子來做，但巴雅爾的兩個兒子都歿於與定州的爭戰之中，所以只能由女婿與女兒來替代了。

「兩位請起！」李清將兩人扶了起來，「巴雅爾陛下不幸辭世，李清心中也甚是悲傷，還請諸位節哀順便！」

李清向巴雅爾的遺孀們行了禮，幾個婦人慌忙還禮。

納芙抬起頭，眼中閃過一絲仇恨的光芒，這光芒一閃而逝，納芙又低下頭來，李清沒有注意，他身旁的伯顏卻看了個正著，不由露出擔心的神色。

李清伸手從伯顏手中接過三炷香，點燃，將其插在棺槨前的香爐之中，接著鄭重地向巴雅爾鞠了三次躬，然後走進棺槨，看著巴雅爾經過整理的安祥的臉龐，嘆道：「音容宛在，雄風卻逝，李清今生不能與陛下為友，卻互為仇寇，殺伐不休，此乃李清人生之憾。」

聽著李清的悼詞，帳內傳來一陣啜泣聲，伯顏也不由為之動容，以他的經歷，自然能聽出李清這些話的確是出自內心，有感而發。

李清轉向伯顏道：「伯顏大人，我與陛下之恩怨，乃是國仇而非私怨，陛下雖去，但我相信他仍然希望他的族人能過得幸福，是麼？」

「是！」伯顏躬身道：「陛下臨去之際曾有交代，還請李帥能銘記當初對陛下的承諾！」

李清點頭，轉身看著巴雅爾，大聲道：「巴雅爾陛下，我對你的承諾將永遠有效，草原一族自此以後，將成為我李清治下子民，享受與定州百姓同樣的待遇，在你靈前，李清立誓，如違此言，李清必遭萬箭穿心而亡！」

伯顏不禁動容，深深地彎下腰來，「多謝李大帥，以後我草原一族還請大帥多多看顧！」

李清點頭，走到棺槨前，再一次行禮，然後轉身大步走出帳去。

李清安全地從祭奠現場出來，讓定州所有提心吊膽的將領們終於放下心來。回到城內，李清便將這事甩到了腦後，坐在書房中，開始寫在腦中思索了很久的一些針對草原的法案。

天色漸暗，唐虎進來點牛燭的時候，過山風大步走了進來。

「大帥！今天我可是看了稀奇了。」

李清笑道：「有什麼事能讓我的過大將軍也感到稀奇？來，坐，虎子，給將軍泡茶。」

過山風道了聲謝，興奮地道：「蠻子給巴雅爾做了四具一模一樣的棺材，向四個不同的方向出發，我感到不解，便派出斥候去打探，您猜我看到了什麼？」

李清哈哈一笑：「嗯，他們一定是在四個方向同時挖了深坑，然後將棺槨埋下去，縱馬將地踩實，這些人便在周圍紮下營帳住了下來，是麼？」

過山風睜大眼睛，「大帥，您怎麼知道？您也派人去了麼？」

李清神秘地一笑，接著道：「我還知道等牧草生長起來，這些地方便與其他地方無異，這些守候的人才會撤離，過幾年，便是他們也找不著這些墓葬的所在了。」

「這是為什麼？難道他們的後人不用祭奠他們了麼？」過山風納悶地問。

「這是蠻族的風俗，他們的後人只需祭奠他們的靈位就可以了。」李清解釋著，笑道：「過將軍，你不會專門為這事跑到我這裡來吧？」

過山風欠聲道：「不是，大帥，我來有兩件事，其一是您親自去祭奠之後，城內穩定了很多，統計調查司和軍情司重點關注的一些人目前都很安分；其二，是尚先生和路大人已離巴顏喀啦城不到百里，我已派出一隊騎兵前去迎接保護，今晚應當就能到達巴顏喀拉。」

「很好！」李清興奮地道：「他們來了，我們就能盡快地將這裡的工作完成，好返回定州，中原局勢已經一觸即發了。」

「大帥，我們會馬上進軍中原麼？」過山風小心翼翼地問道。

「你認為呢？」

過山風一怔，沒想到大帥將問題拋了回來。

大帥可以將問題反問回來，自己卻不能顧左右而言他，因為在過山風看來，這是大帥在問策，同時也是在考校自己。跟著大帥這麼久，大帥的心思他自信很瞭解，那就是要**馬踏中原，鼎定天下**，但越是這樣，便越是要小心。

這個問題太重要也太大，過山風不敢貿然做答，端起茶杯喝了一口，想借這個機會理一下自己的頭緒，卻沒想到一口茶下去，卻是苦得很，險些一口吐出來，想起不能在大帥面前失儀，強忍著將茶水吞下去，抬眼看了下一旁的唐虎，心裡打起了小鼓，自己好像沒有得罪過這傢伙啊，怎麼一杯水裡有大半杯的茶葉啊！

看到過山風的囧樣，李清不由大笑起來，對唐虎道：「過將軍，看來你很對虎子的心啊，想要喝到虎子泡成這樣的茶，整個定州軍中可是不多哦。」

過山風大奇，哪有這樣向人表示好感的，看到咧嘴無聲大笑的唐虎，過山風含笑示意，放下茶杯，卻是不敢再喝了。

「大帥，我們定州一連數年都是在戰爭中度過，雖然大帥想盡了一切辦法來維護民生，但久戰之下，民生凋蔽是不可避免的，將士們打仗久了，也必然會思念親人，思念家鄉，這士氣便成了問題，因此，以我之見，暫時休養是必要的。」過山風侃侃道來。

「暫時休養是必須的，但是你可想過，我們定州地處邊陲，只能逆流而上，趁亂而取，一旦中原分出勝負，不能是誰勝出，我們都將再沒有機會了，這個你可曾考慮過嗎？」李清不動聲色地問道。

過山風想了想道：「大帥，一直以來，我都很用心地閱讀我們定州內部的邸報，我發現，不論是南方的寧王，還是控制著京城腹地的蕭氏，都是用心良苦，精心準備了多年，姑且不談北方的呂氏與東方的曾氏，他們相較前兩家實力還有所不如，中原這場仗恐怕三五年根本分不出勝負，如果兩家不犯大的錯誤，我認為這場仗便是打上十年二十年也不稀奇，所以，定州應當有足夠的時間來準備，我認為，我們不發動則已，一旦發動，就必須以犁庭掃穴之勢橫掃天下。」

「你倒是有信心！」李清笑道：「依你看來，我們定州有何優勢？」

過山風思索片刻，答道：「大帥，說實話，定州除了有大帥您這個優勢外，無論是在經濟上，還是在總的軍事力量上，都不佔有任何優勢。」

李清大笑：「山風啊，你這傢伙拍起馬屁來倒是不動聲色，信手拈來啊！」

過山風正色道：「大帥，我這可不是拍馬屁，而是說的是事實，想當年定州可是被蠻族摧殘得不成樣子，可僅僅四個年頭，在大帥的帶領之下，我們便擊垮了不可一世的蠻族，我相信只要有數年的休養生聚，大帥必將率領我們馬踏天下。」

「你說我們在經濟上處於劣勢，這個很好理解，一眼便能看明白，但我們的士兵可是百戰精兵，比起中原腹地那些從訓練場上走下來的士兵，可不能同日而語，難道我們士兵的戰鬥力不是優勢麼？」李清反問道。

「大帥，我們的士兵的確是百戰精兵，但與中原豪門作戰跟與蠻族作戰完全是兩種概念，與蠻族相比，攻城守城是我們的優勢，但與內地相比，這個可就是劣勢了，所以我們打進中原，很有可能陷進一場消耗戰，我們現有十萬精兵，這一點兵力是不夠的，而且用這些士兵去打消耗戰，說實話，大帥，我會很捨不得。」過山風老實回道。

李清點點頭，他之所以看重過山風，不斷提拔他，就是因為過山風不論在什麼時候，頭腦都很清楚，這一點，王啟年、姜奎等人遠遠不如他，過山風是帥才，王啟年等人卻只能算是將才，眾將之中，大概只有呂大臨能與他相比，但呂大臨一則是年紀大了，不如過山風有前途；二則過山風是自己提拔起來的，用起來會更放心。

呂大臨是原定州系的旗手，不論有心還是無意，呂大臨在定州軍中自成一系，打蠻族時，自己不得不重用他，但進軍中原時，李清不想再過度依靠呂大臨，現在看來，過山風會是更好的選擇。

李清讚道：「你說得很好，下去之後，多找一些有關中原世家豪門，名門將領，山川地理的書看看吧！也可以找清風，讓她的統計調查司多給你搜集一些這方面的情報。」

「是，大帥！」過山風興奮地道，李清的這個暗示太明顯了，他怎會聽不出來？大帥的意思是今後進攻中原之時，自己將會獨當一面了。

「虎子，替我送過將軍！」李清吩咐。

過山風忙推辭道：「不敢勞唐將軍大駕。」

李清大笑，「他看你對眼，便讓他送送你，你哥兒倆倒可以好好敘敘。」

看著過山風與唐虎把臂而出，李清不禁若有所思，李清相信，只要自己進兵中原，過山風必將名震天下！**這是一頭猛虎，駕馭得當，會是自己的得力臂助，**但防患於未然，雖然過山風對自己極為忠心，**對他的權力卻必須加以控制，**這也是對過山風的一種保護，想想當年的趙匡胤，陳橋兵變前，又何曾想過要造反自己當皇帝？

回到桌邊，拿起剛剛寫完的草稿，又修改了幾遍，牛燭已燒去了一半，剛放下筆，外間一些陣急促的腳步聲傳來，一名親兵出現在門口，恭聲稟報道：「大帥，尚參軍與路大人兩人到了！」

李清大喜，急忙站了起來，邊走邊道：「快請，快請！」這兩人到了，自己總算可以從繁雜的瑣事中解脫出來了。

尚海波、路一鳴兩人風塵僕僕，一見李清，兩人同時抱拳，一揖到地，「恭喜大帥，賀喜大帥，三年平蠻，前無古人，後無來者！」

李清大笑著上前將兩人扶起，「兩位遠來辛苦，快進房休息，虎子，擺酒，上菜，我與兩位大人洗塵接風！」

菜肴頗具草原風格，酒肉堆滿了案几，兩人也是餓了，謝過李清，便各據一案開吃。

尚海波久在軍中，吃相頗具軍人風範，大碗喝酒，大口吃肉，吃得是汁水淋漓；而路一鳴則不脫書生本色，雖然餓，但吃相極為斯文，慢條斯理地，從兩人的吃相便可看出他們的性格完全不同。

李清笑瞇瞇地看著手下兩位重臣，這兩人一到，對蠻族的一連串改革便要拉開序幕了。

少頃，兩人酒足飯飽，尚海波更是打了一個大大的飽嗝，滿足地道：「吃慣了定州的飯食，偶而吃一頓草原菜肴，倒也別有一番風味。」

李清道：「兩位遠來辛苦，今日不妨休息一晚，明日我們再議事如何？」

尚海波連連搖頭，「百廢待興，我輩豈敢怠慢，比起大帥，我們只不過趕了些路而已，豈敢談辛苦！再者，我們定州出產的馬車也舒服得很，現在酒足飯飽，正是議事的好時候，大帥不必顧慮，我與老路的身子骨好得很呢。人逢喜事精神爽，現在便是讓我睡，我也睡不著呢。」

路一鳴連連點頭，附和道：「正是，正是，大帥，定州事務繁雜，特別是我軍佔領奇霞關後，那吳則成不依不饒，實在令人頭痛，解決了蠻族之事，我們也要儘快地返回定州才是。」

「既然如此，那就辛苦兩位大人了！」李清也不矯情，眼下的確是爭分奪秒的時刻，「兩位此來，可做了一些準備？」

路一鳴拱手道：「蠻族新定，重定秩序，收攏人心，加強管理，都是重中之重，下官此來，別的沒有帶，卻是帶了一批文官前來協助大人。」

李清喜道：「太好了，我正差人手，路大人此舉雖解了我的燃眉之急，不過定州官員本便不足，又帶了一批人來，會不會影響定州的運轉？」

路一鳴笑道：「影響肯定是有的，不過為了讓定州的後院儘早起到應起的作用，稍許困難也是能克服的。」

尚海波接著道：「大帥想必已有腹案？」

李清點頭，「不錯，這些日子，我擬定了一些針對蠻族的法案，正要請兩位一起來斟酌。」

「請大帥明示！」兩人同聲道。

「其一，財產保全令！」李清拿案上的文卷道：「不論是蠻族貴族，還是普通百姓，都擔心我軍大肆掠奪他們的財富，因為他們以前打定州時就是這麼幹的，因此很怕我們以其人之道還治其人之身。為了安定民心，我決定，無論是蠻族的部落首領還是普通百姓，私人財產都可保全，我軍不能肆意掠奪。」

尚海波嘆道：「如此一來，大大便宜那些貴族頭人了，他們這些年可是從我們定州搶了不少好東西。」

路一鳴則認同道：「大帥此舉極佳，有此法案，可讓這些人安心，對於草原的穩定有至關重要的作用，我想，宣布這條法案之後，便不會有人鋌而走險了。」

「看來兩位對此法案是沒有意見了！」李清將手裡的文卷遞給二人，道：「兩位下去之後，可再修飾潤色，斟酌字詞。」

「其二，廢奴令！」李清接著道：「蠻族尚實行奴隸制，普通百姓除了自由民之外，大都淪為貴族頭人的奴隸，這些人沒有私有財產，生活極其艱辛，生兒育女之後，兒女自動也成了該貴族的家生奴隸，這與我定州，與我中原的法律體制大大相悖，也抑制了這一批人的聰明才智，我要將這些人解放出來，讓他們也成為自由民，自法令頒布之日始，定州治下絕不允許再有奴隸的存在。」

「此法令一旦頒布，貴族頭人們的利益雖然受到損失，但有了財產保全令，想必他們也會咬牙接受。」尚海波評估道：「更何況，此舉會讓那些無奈成為奴隸的人對我定州心存感激，不再與我等為敵。但有一事，大帥不得不慮，這些貴族頭人們即便遵令給這些人自由，只怕也是讓他們淨身出戶，如何安置他們，讓他們食有糧，將是一筆極大的開銷。」

李清點頭稱是，「這的確是一個問題，但咬咬牙也能挺過去，更何況我們可以借鑑在定州時的經驗，可以以工代賑，總之，如何去做，便需要勞煩路大人了。」

路一鳴苦著臉，心想為啥總是將一些幾乎不可能完成的任務交給我啊。李清不去看路一鳴的臉色，又拿起一卷文案道：「其三，遷徙令。」

此三字一出，尚海波與路一鳴臉色皆為之驟變，路一鳴也渾然忘了剛剛的棘手任務，齊聲道：「大人慎重。」

兩人只聽這幾個字，便瞭解李清要內遷蠻族，迫使對方背井離鄉，遷居定州，這對大多數蠻族人而言講，是很難接受的。

「我知道你們所想，但此舉勢在必行。」李清不容二人置疑，繼續說道：「遷徙令分為兩個部分，第一部分是蠻族的貴族頭人，比方說伯顏、肅順等，必須遷到定州城居住，我會給他們尊貴的地位，良好的待遇，但他們必須在我們的視線之下，與他們的族民隔離開來。

「第二部分，是針對實力猶存的白族和黃族兩大部族，我準備將他們聚居在上林里與撫遠之間的草原。上林里經過數年經營，如今已形成上萬戶居民的大城，撫遠更是定州重鎮，將這兩族放在這裡，不論他們想幹什麼，我們都能及時做出反應。」

「大帥，此舉防範監視之意太過明顯，只怕會激起對方的反感。」尚海波沉吟道：「大帥可曾就此事與兩部首領溝通過麼？」

李清笑道：「伯顏已經同意了，戰敗者總是要付出一些代價的。伯顏是個明白人，也是一個聰明人。我讓這兩個部族定居於此，教他們農耕，讓他們由游牧轉成定居，在那裡興辦學堂，讓他們的孩子學習中原文化，鼓勵中原人與蠻族通婚，淡化他們的血脈，待到這些孩子長成，他們久習中原文化，耳濡目染皆是中原習俗，說著我們的語言，甚至他們之中的傑出者成為我們的官員，青壯成為我們的戰士，你們想想，數十年後，他們與我們中原人還會有差別麼？」

尚海波與路一鳴對望一眼，大帥這是行釜底抽薪之策，已是謀劃到了數十年之後，如果一切如願，那數十年後，這兩個曾經實力最強的蠻族將徹底被同化成大楚人，白族黃族也將成為歷史中的名詞而已，大帥謀劃如此深遠，確實令人心折。

「大帥此舉，可使我定州長治久安，雖然在初期會有些困難，但為子孫謀，我們便是辛苦一些也算不得什麼。」尚海波鄭重地道。

「只是此舉要花不少錢，路大人又要頭痛了！」李清笑道。

「虱多不癢，債多不愁，反正已經是這樣了，三個罐子，兩個蓋子，拆東牆補西牆唄，實在不行，我便去纏大帥就好！」路一鳴兩手一攤道。

「為了使蠻族能儘快平定下來，我們在前期要準備向草原投入大筆資金、糧草，以幫助蠻族人度過困難期，我估計時間至少得三年。」李清面帶苦澀地道：「我們定州接下來還是要過苦日子啊！」

「吃得苦中苦，方為人上人。」尚海波意味深長地道。

「此為我平蠻三策！」李清道：「接下來，便要說說眼下最重要，必須馬上辦理的問題，關於草原與關外室韋人的行政區管理問題。」

「大帥可有成策？」尚海波問。

「我準備成立西域都護府，來專門管理草原與室韋人事宜。」李清道。

尚海波道：「大帥，如果只成立一個西域都護府，卻管理著如此大的地方，一來都護府權力過大，二來管理範圍過廣，二者都不利於定州的長治久安，依我看，不如將這個都護府一分為二，一個以上林里為中心，是為東都護府；一個以室韋為中心，是為西都護府，如此一來，可分散兩個都護府的權力，有利於定州的管理。」

李清思索片刻，同意道：「尚先生此言誠為老成謀國之言，我沒有意見。」路一鳴問：「新成立的這兩家衙門，是軍政分立，還是軍政合一？」

尚海波立即道：「必須軍政分立，軍政互相牽制方為上策。」

「那軍政兩方面的人選可就要慎重了，既要能合作，又要能互相監督，這個難度有些大。」路一鳴沉吟道。

李清點點頭：「室韋人那邊難度肯定更大，我們消滅室韋人雖然是為了定州的長治久安，但從道義上來說，實在是有悖於情理的，所以室韋人那邊無論軍政，都要能力出眾、壓得住場的人才行，這兩家都護府的人選必須要慎重挑選。」

房中三人都沉默下來，這人選問題非常傷腦筋，新得之地千瘡百孔，人心不穩，武將還好說，文治之吏卻要能力出眾，光僅僅是安民是不夠的，如何讓這些地方在短時間內不成為定州的包袱，而成為助力，這其中的難度就大了。

「我們先說說上林里吧！」李清道：「我準備讓信陽縣知縣駱道明升任，此人在信陽縣幹得非常出色，特別對地方民生經濟很有一套，我準備讓上林里成為一個商貿集散中心，讓他來做很合適，路大人，你看呢？」

路一鳴道：「單純從能力上看，駱道明的確是最為合適的人選，但有一點大帥不得不考慮啊！」

李清一笑，「你是說他的出身？」

路一鳴點點頭，「不錯，大帥，他畢竟是由蕭遠山一手提拔起來的，雖然能力出眾，但將上林里這樣重要的地方交給他……」

李清擺擺手道：「用人不疑，疑人不用，更何況，對於舊往官吏，統計調查司已進行了多輪甄選，駱道明仍能屹立不倒，便說明了此人是可信的，更何況他入主上林里，一沒有軍權，二是我相信統計調查司也應當有所防範，我誌為應當沒有問題。」

尚海波聽了道：「大帥說得有道理，我們定州現在急缺的就是人才，駱道明是人才，就應當提拔，再者，我也相信清風司長的能力，既然清風司長沒有調查出問題，那這個人便是可信的。只是大帥，文官選定了，那駐守的武將呢？平蠻戰役結束，呂大臨肯定是要調出上林里的，那誰去上林里呢？」

李清想了想道：「讓楊一刀去吧，一刀做事沉穩，我準備讓他統率選鋒營六千步卒，再從紅部富森那邊調五千騎兵，由他一併統率。」

「此策妙極！」尚海波撫掌道：「上林里以後會成為白族和黃族的聚居地，我們定州人反而少，紅部與白黃兩族相互仇視，有紅部騎兵參與駐紮，這兩族便翻不出什麼花樣。只是大帥，富森會甘於將他的騎兵交與我們統率嗎？這可是在變相削他的軍權。」

李清冷笑，「由不得他不願意，富森現在除了依靠我們，還能怎麼辦？他想永保富貴，長享高位，就必須服從我們的命令，放心吧，呂大兵會勸他的，他也是個明白人，或許心裡會不痛快，但大勢所趨，也只能聽命行事。」

路一鳴也讚道：「如此安排的確不錯，在上林里便有三股勢力相互牽制，如此一來，可保平安。」

李清微微一笑，路一鳴所說的三股勢力，駱道明無依無靠，純粹是靠能力上位，必然會竭心用事；而駐守武將楊一刀是自己心腹，但統率的兵馬卻又有富森的紅部騎兵，偏生紅部與此地聚居的白黃兩族又不和，幾方互相牽制，達成一個穩定的三角。

「上林里議定了，那鬩外室韋人那兒呢？那裡的情況比上林里要複雜得多，而且距定州太遠了。」路一鳴擔憂道：「何況室韋軍隊就這樣被我們陰了，想必他們族人對我們仇視更深，我想開始進入此地的時候，恐怕小規模的反抗和戰事會持續一段時間。駐守這裡的武將既要能震懾得住室韋人，又不能殺戮過重，激起更大的反抗浪潮。」

「路大人說得不錯，駐守這裡的武將必須要能文能武，德才兼備，方可勝任。尚先生可有人選？」李清問。

尚海波沉吟不決，腦子裡將定州一班武將一字排開，能適合這幾點的寥寥無幾，喃喃地道：「如果說最合適，當數呂大兵將軍，但大臨將軍肯定不願意他唯一的弟弟遠鎮如此地方，而且紅部這邊也還要呂大兵居中協調控制，如此一來，大兵將軍就排除在外了；另外能符合這一點的，便只能是獨臂將軍鬩興龍了。」

「橫刀立馬，唯我鬩大將軍！鬩興龍數百騎兵便敢出城野戰，焚燒敵軍糧草，尚先生你突襲藍部時，他能當機立斷出城牽制，孤軍突出草原，轉戰上千里，士兵損失之少，所獲戰果之大，連我也為之側目，此人有大將之才，當可勝任此位。如此，便讓他率橫刀營六千人，我再從諾其阿那裡給他要五千騎兵，駐守室韋，另外，我再令水師鄧鵬在室韋港口駐紮一支水師，當可保室韋不亂。」

李清迅速做出決定。

「哈哈哈！」尚海波大讚：「如此一來，大帥承諾給白族保存的二萬士卒，便只餘一萬五千人了，那五千人進了室韋，他們與室韋可是世仇，在那荒涼貧瘠之地，如果不依靠我們，這五千白族精兵連渣子都不會剩下。妙哉！」

李清笑道：「我可沒有暗算白族騎兵的心思，這些人戰力極強，我還指望著他們為我征戰中原呢！」

此地只有三人，李清便也毫無顧忌的坦白說出自己的野心。

「大帥說得不錯，蠻族精兵如能為我所用，的確是一支勁旅，這五千人隨關興龍出關，與室韋人打上幾年，血與火中互相依靠，倒也可結下些緣分，以後室韋穩定，他們得新入關，當可為大帥所用。」尚海波感嘆道：「**什麼友誼最珍貴，就是在戰火之中結下的友情，大帥連人心也算了進去**，海波佩服！只是這一點，大帥需與關興龍講明白，讓他在駐紮室韋時要特別注意這一點。」

「那文治官員呢？」路一鳴卻有些苦惱，他可是找不出出色的人選了，有才能的幾個，他視為珍寶，是絕不可能放他們出州府的。

李清看路一鳴瞬間變成苦瓜臉的樣子，笑道：「我倒有一個好人選，不過想要他去，只怕得費上一番功夫，如果有他前往坐鎮，我等當可高枕無憂。」

「此人是誰？」路一鳴眼前一亮，能得大帥如此評語，當然不是無名之輩；再者，只要不挖他州府裡的牆角，他樂意之至。

「你且猜上一猜。」李清賣著關子道。

路一鳴撓著頭道：「大帥這可是為難人了，這我怎麼猜得出？」

尚海波將能想到的人都過了一遍，也想不出此人是誰，一樣疑惑地看著李清。

李清笑道：「此人目前尚不在我的掌中，想要他甘心情願地出馬，頗有難度，不過我想試上一試，此事等回到定州再說吧，反正室韋那邊肯定是軍隊先過去，站穩腳跟之後，方才談得上派遣文治官員過去治理地方。」

聽李清如此一說，尚海波猛地醒悟過來，「大帥，此人有可能為我所用嗎？但如果真能成功，那可是一舉數得，既鎮外患，又去內憂啊！」

「事在人為，不試試怎麼知道？」李清語帶玄機地說。

聽著兩人打啞謎說著這個人，路一鳴卻不知所云，不由急道：「大帥，您到底說的是誰啊？」

尚海波吐嘈道：「老路，到此時你還想不出此人是誰？想想大帥說過的話，在我定州，具備這些條件的還能有誰？」

路一鳴將大帥與尚海波的對話又細細地回想了一遍，慢慢地嘴巴張大道：「大帥，此事只怕極為不易吧？」

李清道：「此事回去再議吧，好了，現在東西兩個都護府的人選都已確定，但巴顏喀拉城是蠻族的祖先棲息之地，這裡肯定還要留下一支軍隊守護，便讓諾其阿他們自己派出一支三千人的騎兵在此駐守吧，以後整個草原將以上林里和室韋人聚居地為核心，巴顏喀拉的居民又大都被我們遷走，此地將不可避免地衰弱下來。」

「衰弱了好！」尚海波道：「巴顏喀拉是草原民族的權力象徵，此地衰落，代表一個時代的結束，另一個時代的興起。」

李清聽到此話，不由激動起來，**一個新的時代，那是屬於他李清的時代**，自定州復州向西，一直延伸到室韋區域，地跨近兩千里，雖然地廣人稀，但李清相信，只要自己努力，**原本荒涼的西方將成為大楚一塊新興之地，也會成為自己進軍中原的助推器**。

「大帥，另有一事不知您是作何考慮的？」尚海波忽地問道。

「何事？」李清道。

「大帥，您忘了，關於天啟皇帝去世的消息，至今我們還封鎖著，但您和傾城公主不久之後便會返回定州，公主一回去，這事便再也無法隱瞞了，以我之見，還是先告訴公主的好，否則回到定州，公主知道了，必然是一場禍事。」尚海波提醒道。

「這個嘛……」諸事纏身，李清一時間還真將這事給忘了，渾然沒有想到還有一個大問題沒有解決。

看到李清面有難色，尚海波自薦道：「算了，大帥，這個惡人還是由我來當吧，我去向公主負荊請罪，便說我是因為擔心此事動搖軍心，影響平蠻之戰，因此強行壓了下來。」

路一鳴道：「只怕還得加上我與清風司長，如果不是我三人合謀，哪能將此事瞞得如此天衣無縫！大帥只當作不知，到時喝斥我們幾句，在公主面前也就交代過去了。」

李清苦笑，「希望如此。」

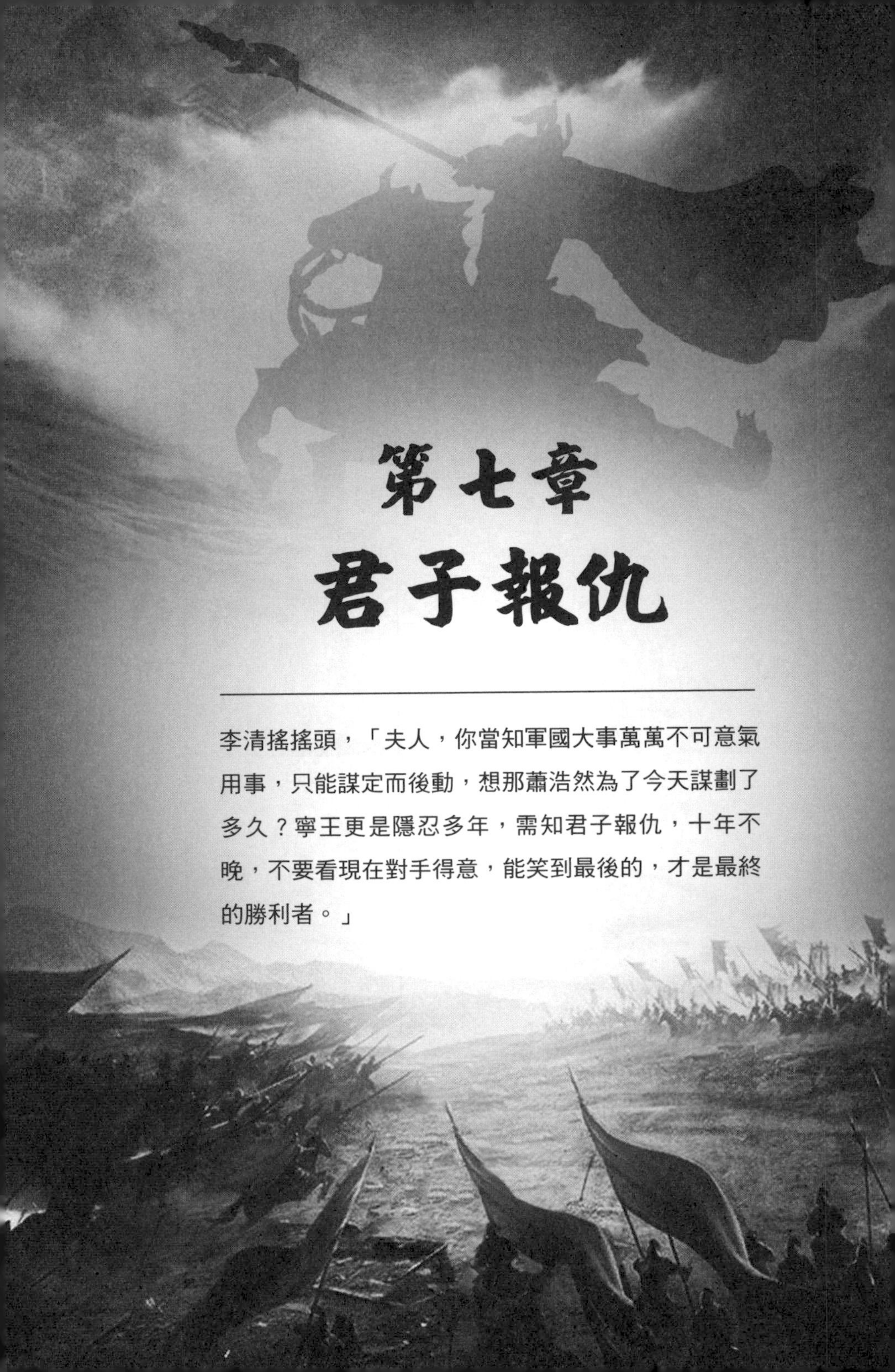

第七章

君子報仇

李清搖搖頭，「夫人，你當知軍國大事萬萬不可意氣用事，只能謀定而後動，想那蕭浩然為了今天謀劃了多久？寧王更是隱忍多年，需知君子報仇，十年不晚，不要看現在對手得意，能笑到最後的，才是最終的勝利者。」

李清的平蠻政策分為三天陸續公布。

第一天公布的是**財產保全令**，此令一出，巴顏喀拉城中一片歡騰，上至貴族頭人，下至平民百姓，無不歡欣鼓舞。

雖然定州軍自入城以來秋毫無犯，除了封存元武帝國的國庫之外，沒有大肆劫掠，燒殺淫辱，但一想起往日自己洗劫鄉里的勾當，都是無不色變，日夜擔心定州兵會破門而入，每每聽到街上響起定州兵那整齊劃一的腳步聲，都害怕得發抖。李清公布的這項法令，徹底保障了他們的財產私有權。

在一片歡騰聲中，**廢奴令**緊接著在第二天公布了。受惠的那些奴隸，他們除了自己的身體，基本上一無所有，廢奴令讓他們不用花費一分一毫便重恢復了自由之身，雖然還是一無所有，但能重獲自由，還有比這更令人興奮的事情麼？

第三天，**遷徙令**一出，巴顏喀拉城整個沸騰了，城中居住的大多是白族和黃族兩部居民，按照遷徙令，他們都必須要離開巴顏喀拉，前往上林里與撫遠之間的地帶。

這一天也是移山師最為緊張的一天，城中士兵如臨大敵，刀出鞘，弓上弦，完全是一副備戰狀態，李清與尚海波、路一鳴聚集在議事殿中，隨時緊盯著城中的反應，軍情司與統計調查司的情報也源源不斷地彙聚到李清的案頭。

「兩族的頭人貴族們現在都出了家門，目的地是伯顏的府第，奉大帥之命，我們沒有攔截，任由他們去了。」一名校尉奉過山風的命令來向李清報告，此時過山風正在巴顏喀拉城的最高處，俯視著整個城池，隨時準備應變。

李清點點頭，「好，既然他們去找伯顏，此事便成了七八分，我已與伯顏、肅順和諾其阿就此事進行了充分的溝通，相信由他們來說服這些傢伙，比我們的命令更管用。」

「伯顏大人，你要為我們作主啊！」大大小小的貴族頭人們跪倒在伯顏面前，一片哭泣咒罵聲。

伯顏閉著眼睛，端坐在太師椅上一言不發，兩側，肅順與諾其阿皆是臉色鐵青。

「大人，李清根本是不懷好意，讓我們兩族背井離鄉，離開祖先生活了數百年的家鄉，他這是掘我們的根，斷我們的傳承啊，大人，我們絕對不能同意啊！」一位貴族聲嘶力竭地叫道。

伯顏緩緩睜開眼，道：「各位，前天公布財產保全令的時候，你們為什麼沒有來我這裡哭訴？昨天公布廢奴令，你們也安然高臥，今天遷徙令一出，你們卻急了，怕了，這才想起我來。」

眾人不由安靜下來，臉現愧色。

伯顏走到跪倒在他面前的一群人中，扶起一位鬚髮皆白的老者，道：「景頗老大人，請起來！」看著眾人道：「人為刀殂，我為魚肉的道理，不消我來向你們解釋吧？你們如果不想巴顏喀拉城血流成河，便儘管鬧吧！」

「伯顏大人，我們還有數十萬族人，只要大人登高一呼，隨時可以聚起數萬精銳，咱們跟他們拼了。」一人高聲道。

伯顏大怒，「放屁，你這個混帳！還數萬精銳，你讓他們拿什麼去戰鬥？是拿著木棒竹槍，還是家裡的菜刀？你想讓皇帝陛下用性命換來的全族生存化為流水麼，來人啊，將這個不曉事的混帳東西給我打出去！」

一邊奔出數個彪形大漢，老鷹抓小雞一般提起那個貴族，一言不發，打開府門，將他丟了出去。

看到這個情形，眾人像是從頭被潑了一盆涼水，看伯顏幾人的樣子，分明是早就知道這項法令了。

「景頗老大人！」

這個老頭看來很得伯顏敬重，伯顏轉頭看向他，「我們草原一族已併入李大帥麾下，包括我們現餘的軍隊，你的兒子景東將得到重用。李大帥決定讓定州軍和我們白族騎兵組成聯軍，進駐室韋，我向李大帥推薦由景東來擔任這五千騎兵的首領，已經得到李大帥的首肯，很快任命書就會下來，你想想，你的孫子統率大軍在外，你不去定州行嗎？」

景頗老臉抽搐了幾下，終於長嘆一口氣，走到一邊去了，為了孫子的前途，他只能答應。

「祈玉，你的兒子將率領三千軍隊駐守巴顏喀拉，看守我族祖先靈位，你不去定州成麼？或者你想讓你的兒子離開軍隊，去做一個閒散之人？」

伯顏又隨意點了幾人的名字，他們都有家人在這批軍隊中任職，這些人都無聲地走到景頗一邊。

「還有你們！」伯顏又點了幾個名字，「你們不是一直貪慕大楚繁華，家中府第都是仿照大楚所建，日常所用所食，無不以大楚出產為貴，現在讓你們遷到定州城，那裡的繁華可比巴顏喀拉經強上不知多少，財產保全令讓你們的巨額財產得以保全，定州也為你們建造好了家宅，此去雖然沒了權柄，但要做一個富家翁卻不難，這不正遂了你們的心願麼？有什麼好號喪的？」

一個時辰後，這些跨進伯顏府第的人大多垂頭喪氣地走了出來，來時是同仇敵愾，回去時卻是幾家歡喜幾家愁。

看到眾人離去，伯顏回顧肅順與諾其阿，苦笑道：「李清端的好心計，輕輕巧巧幾個人事布署，便讓這些人偃旗息鼓，今日我終於明白，李清的勝利實非幸運偶得，說起深謀遠慮，我們的確不如他啊！」

諾其阿聞言悵然若失，李清的命令，讓他手下的兩萬軍隊瞬間去了一半，而這一半進了定州，在對方的大本營，除了夾起尾巴過活，還能做些什麼？偏偏他的這番安排又讓人說不出話來，說起來，李清大可以大義凜然地說一聲我可是絕對信任你們的啊，你瞧瞧，我對你們委以重任，讓你們出征室韋，讓你們駐守巴顏喀拉，等於將一個巴顏喀拉城都交給了你們，你們還有什麼不滿意的呢?!

「收拾東西吧，我們也要走了！」伯顏對肅順與諾其阿道，他們將隨李清返回定州，伯顏與肅順都將在李清的帥府中擔任參政知事，諾其阿則統率剩餘的萬餘騎兵。

尚海波和路一鳴整了整官服，一臉決然地向著傾城公主的住所走去，兩人能想像到將會迎來怎樣的一片狂風暴雨。

李清則同情地看著他們，召來唐虎，低聲吩咐道：「找幾個機靈點的侍衛去盯著，一旦公主脾氣發作或者有動手的企圖，立即稟告我。」

他做好準備，隨時去救援這兩個慨然赴難的忠臣。

「你們說什麼？」

盛裝打扮的傾城瞪大了眼睛，看著跪在自己面前的兩大重臣，聽著從他們嘴裡吐出來的話，只覺匪夷所思，當下的第一反應便是這兩個傢伙胡說八道。本來聽說尚海波與路一鳴來拜見自己，她還特地穿上正裝接見，以示對他們的尊重，現在聽到他們說的話，讓傾城有些懷疑自己是不是聽錯了。

「夫人，天啟陛下真的已經駕崩了。」尚海波重重地叩了一個頭，神色悲戚，「時間已有數月，只是當時我軍與蠻族酣戰正烈，我等害怕公布這個噩耗會嚴重影響士氣，導致平蠻之戰的失敗，因此大著膽子將其瞞了下來，今日大局已定，特來向公主請罪，請公主責罰。」

尚海波說完，半天沒有聽到反應，抬頭一看，卻見傾城兩眼發直，就這樣瞪著自己，眼中渾然沒有神采，正想再說幾句什麼寬解一下，卻見傾城啊的一聲，仰頭便倒，要不是身後的幾個宮女反應快，只怕便得重重地砸在地上。

看到傾城昏倒，不僅兩個宮女，一邊的秦明大驚失色，尚海波更是變了顏色，要是公主有個三長兩短，自己罪過可就大了。

看到兩個宮女扶著傾城不知所措的樣子，尚海波一躍而起，挽著袖子就想去掐傾城的人中，伸到一半，陡然想起她的身分，那可不是自己能隨便碰的，敢緊喊道：「你們兩個，愣著幹什麼，還不快掐公主的人中？」

兩個丟了魂的宮女這才反應過來，稍為年長的一個伸出手去，使勁地掐傾城的人中，傾城口中吐出一口重重的濁氣，悠悠醒轉。

一睜開眼，便看到尚海波焦慮的眼神，不由怒從心頭起，想也不想，一拳便擊了出去，正中尚海波的眼眶，尚海波再有才智，也想不到醒過來的傾城第一反應居然便是揍自己，哎呀一聲，仰天便倒，身後的路一鳴趕緊伸手扶住，才勉強站直。

傾城一躍而起，看那樣子，是還要追上來揍人的態勢，尚海波趕忙拉著路一鳴，大叫道：「還不快跑，等著挨揍嗎！」

兩個定州重臣也顧不得體面了，拔腿便跑，幸好傾城今天穿著宮裝，奔跑不便，否則以傾城的武功，三兩步便追上二人了。

尚海波平時運籌帷幄，胸中自有千軍萬馬，但個人武力值卻低得可憐；路一鳴更是文弱書生，手無縛雞之力，要是被傾城追上，兩人可就慘了。

此時秦明反應過來，天啟駕崩的消息對他而言，也無異是五雷轟頂，見公主還要追上去，秦明急了，這兩人是什麼身分，豈是說揍就能揍的？便是以公主之尊那也不行，他猛的跳上前來，張開雙臂，擋在公主的面前，大叫道：「公主息怒，這兩人打不得，打不得啊！」

被秦明一擋，傾城一個踉蹌，腳踩在長長的裙子上，險些摔倒，幸好她武功底子扎實，伸手在秦明身上一借力，已是挺直，看著倉惶而去的尚海波與路一鳴兩人的背影，腦子終於慢慢地冷靜下來。

她轉身向殿內走去，「秦明，傳令下去，今天我誰也不見。」

秦明猶豫地問：「公主，要是駙馬來了呢？」

「也不見！」傾城斬釘截鐵地道。

秦明愁眉苦臉地看著傾城和兩個宮女消失在自己的視線之中，腦子卻在想著：要是大帥真的過來了，自己怎麼辦呢？

李清坐在大殿中，見唐虎派出去的那名親衛慌慌張張地跑來，還沒來得及問話，外面已傳來尚海波怒氣衝衝的聲音，「斯文掃地，真是斯文掃地！」

及至看到對方的模樣，尚海波一隻眼睛頂著一個黑眼圈，四周則是腫成一片，眼睛只剩下一條縫，正在路一鳴的扶持之下走了進來。

饒是李清有了心理準備，仍是驚得目瞪口呆，傾城的反應也太過激烈了吧！

「這……」李清指著尚海波，說不出話來。

「大帥，聖人說得不錯，天下唯女子……」

話說到一半，一邊的路一鳴猛拉尚海波的衣裳，傾城身分貴重，眼下也是大帥的夫人，定州的主母，豈能隨意貶低。

被路一鳴一拉，尚海波也明白過來，只是一腔的怒火無處發洩，直憋得滿臉通紅。這一頓打自己算是白挨了，想報復都沒門兒，從扶助大帥以來，自己何曾受過這種窩囊氣。

李清啼笑皆非，向尚海波深深一揖，道：「尚先生，李清代傾城向你賠罪，傾城脾氣火爆，你也素知，便不要和她一般見識了。」

李清禮待下士，尚海波可不能甘然受之，趕緊避讓，唉聲嘆氣地道：「雷霆雨露皆是上恩，大帥言重了。」

「坐，虎子，快泡茶來！」

唐虎飛快地跑去泡茶，心裡卻樂開了花，尚先生啊尚先生，自來只有你打我的板子，想不到今日你也被打了一個滿臉花，他笑得一隻獨眼眯成了一條縫。

趁著尚海波喝茶的功夫，路一鳴將經過講了一遍，末了還加上一句，「要不是我們跑得快，只怕今日便要被公主給做了！」

李清白了他一眼，當傾城是黑道土匪麼？切！

「虎子，你去公主那裡看一看，探探口氣，如果公主氣消了，我再過去安慰一番。」

「好咧！」唐虎快活地答應，猛的看見尚海波正瞇著眼看他，不由心裡打個哆嗦，臉上笑容立馬收斂，做出一副同仇敵愾的模樣，大步跨出殿去。

一會兒，唐虎飛快地跑了回來，「大帥，公主說了，今天誰也不見！」

「我也不見？」李清奇道。

「秦明就是這麼說的，還拜託我千萬要阻止大帥過去，不然他就很為難。」唐虎笑道。

李清點點頭，「既然如此，便讓傾城獨自待上一段時間也好，我就暫時不過去了。」

其實李清也深怕貿然過去，會被傾城的風暴掃到，雖說自己吃不了什麼虧，但這個臉可就丟大了。

後殿，傾城已換上一襲白衣，頭上的首飾盡皆去掉，披上了孝帕，又讓侍衛找來一段麻繩，繫在腰間，給天啟皇帝戴孝。

強烈的悲傷過去，取而代之的是無盡的哀思。枯坐殿中，尚海波的話再一次在耳邊響起。

皇帝哥哥身體一向很好，怎麼可能與自己分別才短短時日便無端死去，這裡面一定有問題。尚海波和路一鳴慌慌張張地跑了，帶來的一大卷與皇帝哥哥去世有關的情報也掉落在地上，她拾起來，開始一張一張仔細地看了起來。

情報很多，也很詳細，一直看到黃昏，傾城終於確定**皇帝哥哥絕對是死於一場宮廷政變，而操縱這一切的便是蕭氏、方氏、向氏，甚至還有那位待自己一向很好的皇后娘娘。**

「蕭浩然！」傾城不停地念叨著這個名字，似乎想把這個名字深深地刻到心裡面。

丟下情報，傾城腦子裡卻盤旋著另外一件事。

李清真是好手段，如此驚天大事，居然瞞得一點風聲也沒有洩出來，每天有成千上萬的人往來於定州與巴顏喀拉城之間，復州還有燕南飛等一眾幹部幕僚，五百名宮衛軍，竟然沒有人知情?!要麼他們就是被控制住了，便是知道了也無法傳達給自己。

她無法想像要有多大的神通才能做到這一點，傾城突然有一種深深的無力感從心底泛起來。

傾城明白，尚海波、路一鳴、清風，他們會瞞著自己，會瞞著所有的定州人，但絕對不會瞞著李清，**一想到每日與自己同床共枕的人心裡揣著如此大的秘密，卻絲毫不動聲色，傾城便不由一陣戰慄。**

自己最大的依靠已經沒了，從情報中看，蕭浩然已完全掌控洛陽，控制了整個大楚的中樞和最為富庶的地區，雖然現在皇位上坐著的是自己的侄子，但只要蕭浩然願意，侄子隨時會和他的父親一樣，莫名其妙地死去。

自己要如何才能替皇帝哥哥報仇？傾城陷入了沉思。

眼下唯一的依靠，也只有自己的丈夫了，他坐擁定復兩州，手下近十萬百戰精兵，如果再加上草原新近依附的蠻族騎兵，隨時可以徵用超過十五萬的大軍，這些精兵一旦進入中原，自己復仇便不是沒有希望。

傾城站了起來，打開房門，此時，屋外已完全黑了下來，惴惴不安的秦明和宮女正焦急地守候在外，傾城的臉色此時已平靜下來。

「秦明，派個人去打探一下，駙馬是不是還在議事，另外，再看看尚先生與路大人還在不在駙馬那裡？」

秦明吃了一驚，莫不是公主心有不甘，還要上門追打麼？「公主息怒啊，尚路二人都是定州重臣，深受大帥器重，實在是打不得的。」

「你胡說什麼！」傾城斥道：「白天我太衝動了，如果尚路二人還在大帥那裡的話，我便過去向兩位大人道歉。」

尚路二人的確還在李清那裡議事，也找來了恆秋，替尚海波敷上了藥。唐虎看著也變成了獨眼的尚海波偷樂著呢，還不時摘下自己的眼罩擦拭一下，終於讓李清看不下去了，怒斥道：「虎子，你給我出去！」唐虎嚇得哧溜一聲跑出房門。

路一鳴不由大笑起來，只剩下一隻眼睛的尚海波沒有看清楚唐虎的小動作，看著二人，只覺得莫名其妙。

但唐虎去得快，回來得更快，「大帥，夫人過來了！」

一聽傾城來了，尚海波立馬站起來，手摸著受傷的眼睛，心虛地道：「大帥，我看我和老路還是回避一下的好。」

李清不滿地道：「怎麼啦，尚先生，在我這裡，她還敢撒野揍你不成?!」

傾城跨進門來，一身的孝服讓三人都神色慎重起來。

李清迎了上去，「夫人！」

傾城微微欠身，「沒有打擾你們議事吧？」

李清搖頭，尚海波與路一鳴二人跨前一步，躬身道：「見過公主！」

看到尚海波的臉，傾城盈盈向著尚海波一拜，歉意地道：「傾城日間過於衝動，冒犯了先生，還請先生不要見怪，原諒傾城這一次。」

尚海波雖然心中委屈，但又如何敢受傾城一禮，趕緊側身避讓道：「公主驟聞噩耗，難免心神恍惚，再說這事本是我等做得不妥，當是我們向公主致歉才是。」當下與路一鳴鄭重地向傾城行了一禮。

看到三人禮來禮去，李清微笑道：「都是一家人，偶有衝突是正常不過的事，此事便到此為止吧，不用再說了。」

傾城回過頭來，突地兩腿一屈，跪倒在李清面前，「夫君，傾城請夫君為我做主。」

一向高傲示人的傾城竟跪在自己面前，李清一時間有些不敢置信，片刻失神後，才猛地驚醒過來，雙手扶著傾城道：「夫人，你我夫妻一體，有何話可直說，何必如此大禮？」

李清這一扶，居然沒有扶動，傾城仍是直挺挺地跪在他的面前，紅腫的雙眼盯著李清，眼中泫然欲泣。

李清鬆開雙手，喟然長嘆道：「夫人請起吧，你想說什麼我都知道，正好尚先生與路大人都在這裡，我們便來商議一番。」

「多謝夫君成全！」傾城這才站了起來。

「都坐吧！」李清道。

眾人依次坐下，李清道：「夫人，想必你已經明白皇帝陛下駕崩的前因後果，知道了幕後的操縱者吧？」

傾城貝齒輕咬，恨聲道：「蕭浩然，我與他不共戴天！」

「夫人今天過來，是想讓我盡起定州之兵，揮軍入關討伐蕭浩然，為先皇報仇雪恨，對嗎？」李清點點頭。

「不錯，夫君，皇帝哥哥待你不薄，他如今死得不明不白，難道你便這樣看著而無動於衷麼？」傾城道。

「李清又不是鐵石心腸之人，陛下驟逝，李清也是感傷不已，但眼下時局卻不是那麼簡單的，尚先生，你先與公主說說目前大楚的現狀吧！」

尚海波點點頭，「公主，如今政局大變，蕭浩然控制中樞，挾天子以令諸侯，大楚腹地富庶區域盡入他手，他可算大楚諸雄中實力第一人。」

傾城臉上微微變色，雖然她也有所瞭解，但萬萬想不到在尚海波的嘴裡，蕭浩然的實力如此雄厚。

「除開蕭浩然，南方的寧王，我們已經肯定此人將第一個挑起事端，而他打的旗號則是清君側，誅佞臣，可是公主，你相信寧王的真正意思是這個麼？」

「寧王一直想謀反奪位，只可惜皇帝哥哥在位時，一點把柄也抓不到，他又是宗室，不能無過而誅之，想不到如今他竟敢堂而皇之地跳出來。」傾城緊緊地握著拳頭，眼裡冒著怒火。

「寧王處心積慮，數十年的精心謀劃，休養生息，南方三州的叛亂便是由他一手挑起，呂小波與張偉已投入他的麾下，如今三州動亂再起，叛軍直逼大楚腹地，寧王與蕭氏的戰爭基本上已經開始了。而在我們的北方，呂氏磨刀霍霍，意圖不明；東方曾氏蓄勢而動，都想在這次動亂中謀取利益，這只是幾家實力雄厚的豪門，而更多的世家豪門都待價而沽，大楚已進入群雄並起的年代。」

「難道就沒有忠於我大楚的忠臣嗎？」傾城悲哀地道。

「怎麼沒有？」三人對視一眼，尚海波接著道：「我定州自然是大楚的忠臣，但縱觀各大勢力，定州卻是最弱小的一支，剛剛經歷了平蠻之戰，表面上大獲全勝，實則是實力大損，定復兩州資源匱乏，軍隊數年征戰不休，人心思定，厭戰之心已起，沒有數年的休養生息，很難與中原群雄一較上下，如果貿然介入中原大戰，必然是大敗虧輸的下場，到時連為先帝復仇的最後一點希望也沒有了。」尚海波聲音沉痛，眼角含淚，說得是語真情切。

「那定州便龜縮邊地，坐觀這些奸臣將大楚弄得一塌糊塗麼？先帝血脈朝不保夕，夫君，你忍心麼？」傾城哀嘆道。

「夫人不要著急，尚先生剛剛只是客觀的將困難擺在我們面前，我並不是要坐視不理，而是要積蓄實力，等待一個合適的時機再介入進去。夫人，我向你保證，只要定州軍有了足夠的積累，我必定揮軍入關，直取洛陽，拿那蕭浩然的狗頭為先帝祭！但現在，我們只能忍辱負重，保存實力，先行消化我們平蠻取得的戰果，再勵兵秣馬，等待時機，以行雷霆一擊啊！」

傾城苦笑道：「那這需要多長時間？」

李清搖搖頭，「這個我也說不準，總要根據當時的情況而定。夫人，你久居宮廷，熟悉政事，當知軍國大事萬萬草率不得，更不可意氣用事，只能謀定而後動，方能有備無患，想那蕭浩然為了今天，謀劃了多久？而寧王更是隱忍多年，需知**君子報仇，十年不晚**，不要看現在對手得意，**能笑到最後的，才是最終的勝利者。**」

傾城站了起來，「夫君，傾城一介女流，但不願終日無所事事，回到定州，還請夫君允准，我能練出一支軍隊，一旦定州決定入關，我願頂盔帶甲，作為先鋒。傾城不諳女紅，不懂廚藝，生平所能者，唯有帶軍一途，還請夫君成全。」

李清心裡打了一個突，看著拜倒在自己面前的傾城，含糊地道：「這個嘛，我雖然原則上是同意的，但你身分貴重，這些粗活豈能讓你去做？交給下面的將領即可，等定州出兵之時，總能讓你一遂心願的，好嗎？」

「那好，回到定州，我便讓秦明去為先帝練出一支復仇之師。」傾城站直身子。

「這個嘛，等回到定州，讓秦明與尚先生、路大人等商議之後再作決定吧！」李清決定先行一個拖字訣，將球踢給尚路二人，這等事情他二人做起來是得心應手。

傾城眼中閃過一絲失望，「既然如此，傾城就不再打擾夫君與兩位大人議事了，傾城告辭，諸事只能拜託夫君了。」

三月初三，正是草長鶯飛的時節，枯黃的草原上，一夜之間冒出了星星點點的綠意，站在巴顏喀拉城頭放眼望去，黃一塊，綠一塊，宛如上了色的地毯，煞是好看，再過幾十天，草原上想必就又會重現天蒼蒼，野茫茫，風吹草低現牛羊的景況了。

一直以來陰霾的天氣也似乎突地轉了性，風吹雲散，久違的藍天白雲出現在眾人的頭頂，日頭暖和起來，灑下萬道光芒，滋潤著天地間的萬物生靈。

今天，是第一批內遷的蠻族百姓起程的日子，城內城外，一片忙碌，數萬居民套好了自己的馬車，裝上全部的家當，與左鄰右舍告別，約定了在上林里再會的日子，便在一片吱吱呀呀的車輪聲中，駛向城外指定的集合地點。

第一批返回的軍隊是楊一刀的選鋒營，作為新建衙門西域東都護府的駐軍將軍，回到上林里，他還有許多的事要做，而調駱道明的調令早在幾天前緊急發回定州，相信楊一刀率領第一批移民抵達上林里時，上林里的基本準備工作已經完成。

楊一刀的將旗緩緩升起，隨即，嘹亮的軍號聲在空中響起，前哨軍隊舉步開拔，隨著前軍的啟動，數萬輛移民馬車也慢慢地動了起來，一條綿延數十里的龐大車隊在草原上展開，浩浩蕩蕩，謂為奇觀。

隨同這一批移民返回上林里的，還有劃撥給楊一刀的五千紅部騎兵。

不出李清所料，富森雖然極為不滿，但最後仍然咬著牙，按照李清的要求將五千人撥給了楊一刀，為了在途中不出意外，這支作為斷後的部隊將由呂大兵率領，一直將他們帶到上林里之後，再交給楊一刀來整合。

由紅部騎兵斷後，也斷絕了白黃兩族移民中那些想趁機在途中逃跑人的念頭，這幾族之間積怨甚深，如果你敢跑，那這些紅部騎兵是絕不會手下留情的。

數萬巴顏喀拉居民的離開，讓城內頓時顯得空曠許多，也安靜了許多，城內剩餘的草原人正在忙碌著收拾行裝，按照計畫，他們將第二批離開，而第二批人數最多，不僅包含普通的居民，所有貴族頭人們也在這一批人之中，包插伯顏，肅順，諾其阿等人。

幸虧有路一鳴這個內政高手，諸事料理起來才得心應手，雖然忙得腳不點地，但總算將事情有條不紊地安排了下去，二十天後，這支隊伍將繼第一支內遷隊伍之後踏上征程。

李清將諸事扔給尚海波和路一鳴後，心安理得地當起了甩手掌櫃，自己關在書房中，對著一張巨大的中原地圖，開始了他新一輪的計畫的勾畫。

城外的橫刀營駐地擴大了一倍多，獨臂將軍關興龍正與新近劃歸到他的麾下，新任定州參將白族人景東、剛剛升官的他的副手汪澎，商議著兩軍的整合計畫，作為進駐室韋的西都護府軍事首腦，關興龍已升任偏將。

不久之前還打生打死，不共戴天的仇敵，突然之間變成戰友，雙方都感覺到氣氛有些怪異，景東更是心中忐忑。

他是白族中聲望很高的景頗的孫子，雖然勇武，但之前指揮軍隊最多時也不過千餘人，官職最高之時也只是一個千夫長，突然之間福從天降，直接被提拔為一支五千騎兵的指揮官，在白族和黃族兩大族的新生代中，他是第一個被定州授予正式軍職的人員，一起步就是參將，不可謂不幸運。

能夠指揮更多的軍隊當然讓他高興，但被劃到以前的仇人麾下，卻讓他感到極度不安，獨臂將軍關興龍在蠻族中也頗有名聲，景東最熟知的便是在定遠一役中，此人讓伯顏大人大大地失了顏面，聽到參與此役的人說起那一場驚心動魄的戰事，提及最後關興龍獨臂攀繩上城的驚險，雖然是敵人，景東也極為佩服此人，想不到現在自己竟成了他的麾下，當真是造化弄人。

感覺到帳內氣氛尷尬，關興龍乾咳了數聲，打破沉寂，看著景東，直言不諱地道：「景東將軍，關某人是武人，也是個直性子，有話就直說，如果有不當之處，還請景東將軍不要見怪！」

景東欠聲道：「將軍但請直言，景東聆聽教誨！」

關興龍揮了揮手道：「什麼教誨不教誨，馬上咱就要在一個鍋裡攪馬勺了，如此說話，沒的讓人生分了。不說以前咱們兩族之間的恩怨，便是這幾年，我們兩家也一直是打生打死，現在突然成了一家人，不用說你了，我也感到有些怪怪的，想必景東將軍亦有同感！」

聽到關興龍如是說，景東感覺輕鬆了些，原來不止是自己有這種感覺。

「將軍說得是。」

「我們這些主將都如此，下面士兵只怕更加不堪，兩軍合營以來，已經出現了數次鬥毆事件，雖然沒有動刀動槍，但雙方打得卻很激烈，已有數十名士兵受傷，這是一個危險的信號，我們必須得高度注意。」

景東點點頭，「在此事上，將軍處事公允，沒有因為我軍是降軍而另眼相待，末將心服口服。」

關興龍搖頭，「降軍什麼的不用說了，我家大帥與巴雅爾皇帝陛下有協議，你們並不算降軍，作為一名軍人，我對你們草原戰士的戰鬥力也極為佩服。」

景東感激地道：「多謝將軍！」

「我們將進駐室韋，室韋是什麼地方，我不必多說，想必你們也已經瞭解，室韋十萬大軍栽在草原上，他們對我們的仇恨自不必說，我們進駐室韋之後，只怕是處處荊棘，步步驚心，如果我們不能團結合作，一致對外，我擔心我們會吃大苦頭，連骨頭渣子都不會剩下來。而現在，我還看不到定州軍與白族騎兵之間的團結，友愛，甚至連和平共處也做不到，實話說，這種狀況下，我還真不敢帶你們進室韋，我不想帶著上萬子弟兵進去，最後是捧著上萬個骨灰盒出來！」說到這裡，關興龍已是聲色俱厲。

汪澎與景東一齊站了起來，「將軍息怒，是我們做得不好，我們一定約束部下，決不再生事端。」

關興龍搖頭，「僅僅不生事端是不夠的，你們要想辦法讓部下成為真正的戰友，能彼此互相信任！我知道要解決這個問題很難，但不解決這個問題，我們就無法在室韋獲得勝利，試想，以現在這個樣子，當白族騎兵在前衝鋒時，他們會放心身後的定州步卒麼？或者定州步卒在前攻堅時，他們會信任兩側游擊的騎兵精銳麼？彼此互不信任，這場仗還沒有打，我們便已經輸了！」

汪澎與景東相對默然。

「兩族之間搞好關係，從你們兩個做起，然後想想辦法，讓兩族能融合到一起，都是軍人，我想會有很多法子可用的。我部將在巴顏喀拉休整一段時間，我已稟告過大帥，將回定遠去完婚，當我回來的時候，我希望看到的是一支親密無間，相互信任的部隊，而不是現在這個樣子。」關興龍道。

汪澎臉上露出笑容，關興龍的未婚妻，就是定遠大夫金喜來的獨生女兒金歡兒，本來定遠大捷之後就應當完婚，但緊接著關興龍便率部遠走草原，這事便耽擱了下來。

「只可惜我不能去喝將軍的喜酒了！」汪澎遺憾地道。

關興龍豪邁地笑道：「我準給你帶來，還有你，景東，我回來時，咱們三人再痛飲一番，不過你倆小子在我走之前，可得給我準備一份賀儀，這頓酒可不是白喝的。」

三人都大笑起來。

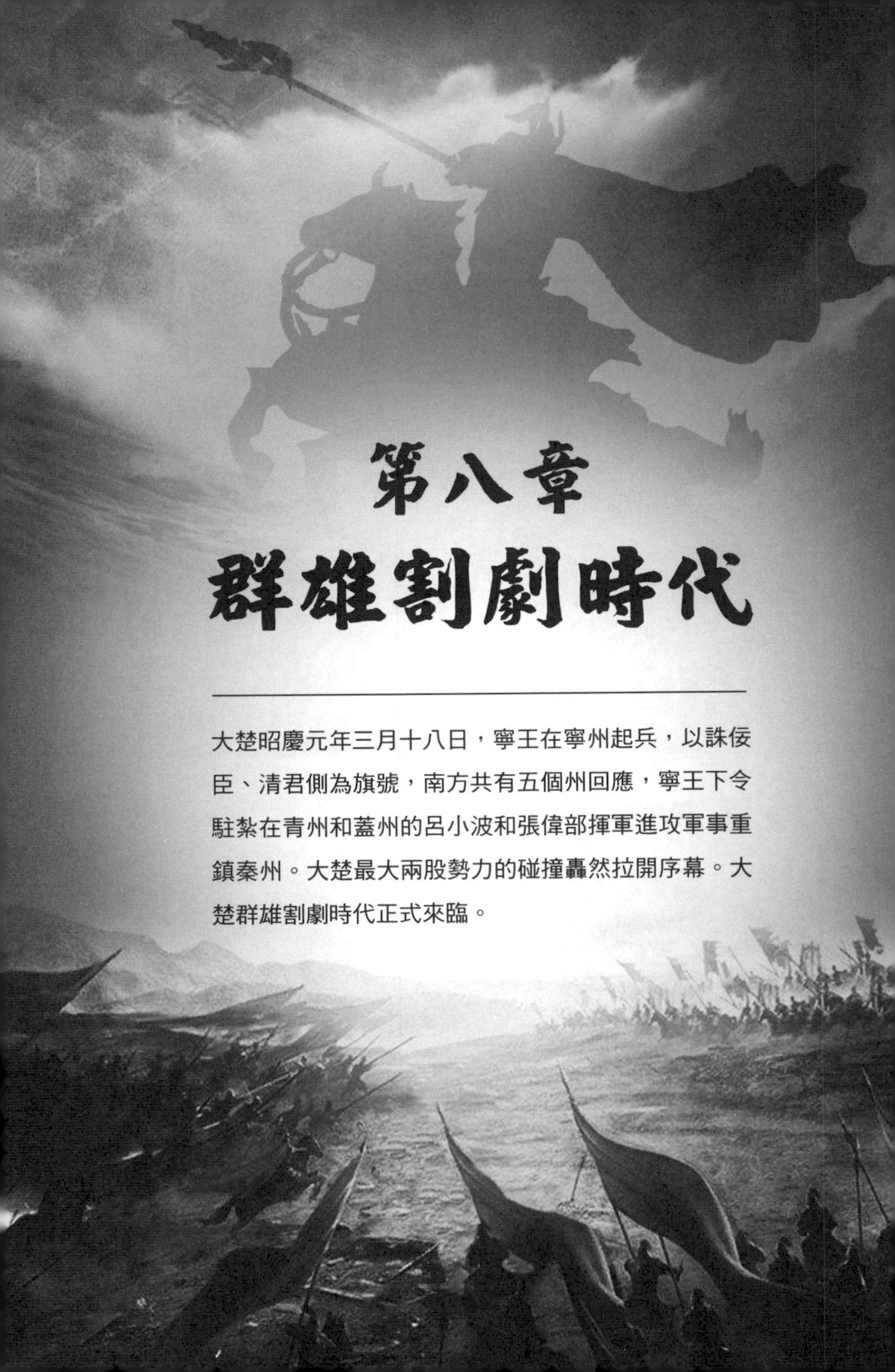

第八章 群雄割劇時代

大楚昭慶元年三月十八日，寧王在寧州起兵，以誅佞臣、清君側為旗號，南方共有五個州回應，寧王下令駐紮在青州和蓋州的呂小波和張偉部揮軍進攻軍事重鎮秦州。大楚最大兩股勢力的碰撞轟然拉開序幕。大楚群雄割劇時代正式來臨。

三月二十日，第二批移民開始出發。

這一批將近二十萬人的隊伍比第一批更加壯觀，李清、尚海波、路一鳴等人都在這一批人之列。要回去完婚的關興龍帶了十餘名親兵，拖著一個罩著黑布的籠子，也加入了李清的軍中。

「老關，這個籠子裡是什麼啊？」有相好的將軍大大咧咧地便想上來一掀黑布，關興龍一個虎跳攔在前面，「喂，老兄，不准看，這可是我送給我未來老婆的禮物！」

幾位將軍對視一眼，打著哈哈走開，互相間卻是擠眉弄眼。

當夜，負責看守籠子的幾名親兵被悄無聲息地弄倒，幾個定州將軍興奮地掀開籠子，卻看見一頭出生不久的小鹿正躺在籠中。

「不會吧？」一位將軍道：「老關雖然缺了條膀子，但瞧著龍精虎猛，還不至於現在便要養條鹿，預備著鹿血吧！」

幾人掩嘴偷笑，又悄悄地消失在黑暗之中。

看守籠子的幾名親兵醒來，害怕關興龍責罰，不敢支聲，不過橫刀立馬的關大將軍這點逸事可就在眾多將領之中流傳開來，眾人每每看到關興龍都是哈哈大笑，擠眉弄眼，弄得關興龍莫名其妙。

上林里作為以前定州重點經營的進攻草原的橋頭堡，投入是相當大的，不僅新建了雄偉的城池，更是花大力氣修建圍屋，大量移民，開墾荒地，種植糧食，構建柵欄，將一間間圍屋連成一片，後來戰事開始一步一步向草原深處推進，上林里又成了重要的後勤基地，隨著這裡安全性的增加，更多的移民在這裡屯墾，如今已形成一個個的村落，散布在上林里的周圍。

駱道明接到發自巴顏喀拉的緊急命令時，簡直有些不敢相信自己的眼睛，作為蕭遠山提拔起來的官員，在李清時代沒有受到誅連，他已經感到十分僥倖，能在信陽知縣的位置上待上這麼久也讓他很意外，他一直認為，如果李清有了合適的人選，李清一定會將自己拿掉，然後將自己調到一個閒置的衙門去坐冷板凳。

沒有想到的是，如今李清真的是要將他調走，卻不是坐冷板凳，而是提拔重用。從命令中，他知道李清將成立西域東西都護府，他立即敏銳地認識到東都護府將成為整個草原的核心，待在這個位置上，實際上所轄的區域比定州更大。

驚訝之餘，有些惶恐，惶恐之後，卻是振奮，作為一個剛剛過完四十歲生日、正值壯年的官員，他哪裡會沒有一番雄心壯志，但隨著蕭遠山的垮臺，他的心也冷了下來，誰知在提心吊膽地過了三年之後，機會就這樣降臨了。

都護府都護，地位不在一州知州之下，雖然他不曾妄想與路一鳴和許雲峰這樣的知州相比，但至少在名義上，都護府都護與他們的地位是相當的。

隨著李清的命令而來的，還有一封密信，這封信中，李清闡述了要讓蠻族化游牧為定居，改以農墾為主，放牧為輔，其實就是要逐漸改變這些內遷蠻族的生活習性，將他們束縛在土地上，這個政策是長期性的，可能要延續很多年才會出現效果，現在駱道明要做的第一件事，便是給這些內遷蠻族修建房屋，讓他們首先放棄帳篷，從最基本的生活習慣開始一點一點地慢慢改變。

時間緊，任務重，駱道明接到命令後，用了一天時間與接任信陽知縣的官員做了交接，僅僅帶著一名護衛便匆匆踏上了去上林里的道路，至於家人，也只能先在信陽住著，等自己忙完之後，再接他們過去了。

到達上林里後，駱道明來不及去欣賞上林里的草原風光與信陽的不同，直奔衙門，立即召開緊急會議，連同各村落的村老共同商議各種事項。

調集人手，調配物資，在二十天內，至少要修建起夠一到兩萬人居住的房屋，這是一個極為繁重的任務，特別現在正是春耕時節，駱道明一說明要求，衙門裡的官員與各村的村老都是面露難色。

駱道明語氣堅決地道：「我知道大家有難處，但這是大帥下達的死命，我們必須無條件地完成，我已經向軍府提出要求，軍府將從新兵訓練營調集五千新兵急赴上林里，上林里的留守駐軍除了正常的巡邏值勤外，也將加入，至於各村青壯，因為春耕耽擱不得，所以每三天有一天拿出來完成這個任務。」

「如果是這樣的話，我想大家都可以接受。」一位鄉老道：「只是駱大人，這些蠻子與我們是世仇，我們有必要這麼待他們嗎？」

聽他的語氣，此人應當是定州本地人，所以對蠻族沒有絲毫好感，而上林里極多的移民都是中原腹地其他州來的，來之後大都是同鄉聚集在一起，對蠻族的敵意稍微要弱一些。

駱道明道：「這位鄉老此言差矣，如果說蠻族以前是我們的仇人的話，從現在起，他們都是大帥治下的子民，除了所屬民族不同，他們與我們沒有什麼差別，大楚是禮儀之邦，這些草原牧民遠道內遷，我們作為主人，難道不應當熱情招待麼？讓他們有賓至如歸之感，讓他們減少背井離鄉的痛苦，為我們定州的發展貢獻一份力量不是更好嗎？以後定州的強大，不僅要靠我們，也要靠他們了！」

「大人高見！」眾多鄉老說起大道理來，自然是比不過駱道明這位滿腹經綸又善於治事的官員，三言兩語便將一眾人說得心服口服。

駱道明到任第三天，上林里開始一輪建設熱潮，房屋用木料和石頭搭建，除了上林里主城，所有的稜堡和防禦要塞都被拆除，材料完全用到建設房屋上。

一個月後，遠處的地平線上出現了遠道而來的車隊，奔騰在前方的選鋒營前哨人員看到上林里高大的城牆，都歡呼雀躍起來，回家囉。

得到稟告的駱道明，帶了一支鑼鼓隊來到主城門前，本來應當舉行大型的歡迎會來歡迎這些得勝歸來的將士，但現在所有的人都在拼命地修建房屋，駱道明只能一切從簡。

一個時辰之後，大隊人馬出現在眾人的視野中。

李清所在的第二批人馬在行進了數天後，李清收到了來自清風的急件。

寧王動手了，大楚昭慶元年三月十八日，寧王在寧州起兵，以誅佞臣、清君側為旗號，起兵當日，南方共有五個州回應，寧王下令駐紮在青州和蓋州的呂小波和張偉部揮軍進攻軍事重鎮秦州。

大楚最大兩股勢力的碰撞，在秦州轟然拉開序幕。大楚群雄割劇時代正式來臨。

對於這兩股勢力的碰撞，李清早有預料，倒也不以為然，倒是清風的另一份公文引起了他的注意，統計調查司在北方呂氏控制區域布下的網路，探查到呂氏有重要人物與盧州接觸頻繁，而盧州正是定州與北方呂氏勢力的緩衝地帶，如果盧州倒向呂氏，側定州將直接面臨呂氏的威脅。

呂氏掌控北方，擁有精兵十數萬，與定州剛剛打下的蠻族一樣，北方呂氏也是以騎兵為主，治下少數民族眾多，呂氏經營北方數代，通過與這些民族的聯姻，經濟上的往來，已徹底掌控了這些民族，與定州不同的是，北方呂氏明裡暗裡掌控著數州之地，無論是資源還是人丁，抑或經濟，都比定州要強得多，如果沒有了盧州這個緩衝地帶，定州臥榻之旁將有一隻猛虎酣睡，這是李清萬萬不願看到的。

難道呂氏想向剛剛才結束大戰，元氣尚未恢復的定州動手？李清心裡有一種強烈的不安，回信指示清風，立即加強對這一線索的調查，務必搞清楚呂氏的真實意圖。

難道剛剛結束對蠻族的戰爭，就要捲入另一場大戰麼？這是李清不願意的，也是定州最不願意面對的結果。

李清召來了尚海波，面對著這一緊急事件，尚海波沉吟片刻，指著地圖對李清道：「大帥，現今我們只能以靜制動，先讓清風搞清楚對方的真實意圖，如果對方真有此意，我們也只能先下手為強，出兵佔領盧州與我們定州接壤的羅豐縣，長崎縣，但又不能過分深入，只需讓呂氏明白我們已知道了他的意圖，再重兵駐紮在這兩縣，我想呂氏尚不會選擇與我們硬碰硬。畢竟定州百戰之兵，逼急了我們，對他沒有任何好處，即便他勝了也只能是慘勝，而慘勝的結果，便是他會被虎視眈眈的其他勢力給一口吞掉。」

李清點頭，「不錯，我們只佔領這兩個縣，讓盧州的其他地方成為我們兩家的緩衝地帶，我們需要的是時間，只要給我三五年，我們定州便有足夠的實力應付來自任何一方的威脅。」

「恐怕要派一支軍隊先行返回定州了，現在我們行軍速度太慢，我擔心對方鋌而走險，在我們尚沒有回轉之際便突然出兵。」

「讓常勝營和旋風營兩營騎兵先行返回吧，尚先生，你也隨這兩營先回定州，主持大局！」李清道。

當夜，常勝營與旋風營脫離大隊，加速向定州返回，這一行動在普通百姓和士兵之中並沒有引起多大的波瀾，但在高級將領之中，卻引起了不小的反響，眾人明白，肯定是定州出了什麼事，大帥才會有此舉動，伯顏、肅順、諾其阿等人也在心中猜測，但李清沒有明說，眾人自然也不會去問。

不知不覺之間，大隊人馬加快了東返的步伐。

此時，在盧州的首府盧龍、統計調查司行動署的王琦已率領十數名特勤潛了進來，與外情署在這裡的釘子接上了頭。

清風給王琦的命令很簡單，如果發現了呂氏的確有人在與盧州接觸，就想辦法將呂氏的人給綁回來，只要帶回了人，那麼呂氏不管有什麼算盤都可以一清二楚；如果實在帶不回來，就將人給宰了，將爛攤子留給盧州統帥徐宏偉，讓他去頭痛怎麼向呂氏解釋在自己的地盤上，對方的人為什麼突然死了。

盧州統帥徐宏偉既沒有什麼大的才能，但也算不上愚鈍，從父親手裡接過盧州統帥的位子，依靠著父親的餘威和一幫忠心老臣，二十年來，倒也平平穩穩地過來了。

盧州的悲哀在於，與他相鄰的勢力都是虎狼之輩，一側挨著定州，一側與北方呂氏勢力接壤，後來定州易主，換上李清執政，則更加強勢，但也正因為如此，盧州作為雙方勢力的緩衝地帶，反倒能在夾縫裡求生存。而徐宏偉的不思進取，只能守成的執政思路，也讓他的鄰居放心，臥榻之旁，不容一隻猛虎酣睡，但如果是一隻溫順的小貓，那自然又是另當別論。

隨著大楚政局風雲變幻，李清專注於征服蠻族，而呂氏則雄心勃勃，想要逐鹿中原，盧州就更安靜了，在這片暗潮洶湧的大地上，這裡倒像是一片世外桃源，其樂融融。

盧州人丁不多，百來萬人口，糧食也能做到自給自足，作為一個只想待在家裡做大王的統帥，徐宏偉維持了一支兩萬人的軍隊，所能做的也就是維持治安，讓境內的一些山大王們不要太過分，至於是不是精銳，那就難說了，反正打山大王們還是無往而不利的。

但盧州有一樣特產卻行銷全國，極受歡迎，那就是獨產於盧州的**玉石**！

盧州有兩大玉石產地，一為桑株縣，一為肅寧縣，桑株縣盛產普通的玉石，什麼白玉，黃玉，紫玉，墨玉，碧玉，青玉，紅玉等數量眾多，但品質中平，肅寧則以質取勝，所出之玉雖然數量不能與桑株相比，卻經常出產上佳之品。

玉石由此成了盧州一個重要的經濟支柱，不僅為盧州提供了大量的就業機會，更為盧州統帥徐宏偉賺取了大量財富。

盧州玉多，玉店便當然也多，尤其是盧州的首府盧龍，幾乎全州所有有名的玉器加工鋪子都集中在這裡。

統計調查司行動署王琦和他的特勤們，就藏在盧龍一家有名的玉器店鋪之中。兩年前，統計調查司初具規模，清風就派人進入盧州，攜帶了大量資金，盤下了一家店面不大，但卻資格夠老的老字號玉店，開始紮下根來。

隨著統計調查司實力的一步步膨脹，清風更是為這家名為「**古司玉器**」的店鋪裡派去了數名能工巧匠，兩三年間，「古司玉器」便聲名大噪，成為行業翹楚，客人如潮。

其他玉店眼紅「古司」的生意和師傅手藝的高超，挖空心思地想要去挖「古司」的牆角，可是全都無功而返，無論你提出多麼高的待遇，那幾個手藝卓絕的玉器師傅就是不為所動，讓人無可奈何。

對於這一點，「古司玉器」的老闆，也就是統計調查司的鷹揚校尉**陳功**，只是一笑了之，要是被他們將人挖走，那就是笑話了，這幾個老師傅來之前都在統計調查司掛了名，家屬全在司裡控制之中，豈是隨便能挖走的。

潛伏了數年之久，一直處於睡眠狀態中的陳功，如今在盧州已是名人，與盧州的達官貴人們往來甚勤，北方呂氏有人秘密進入盧州的消息，就是他無意之中從一個客人那裡得到的，直到王琦率眾到達，陳功知道自己的逍遙日子到此為止，看來這個無意間得到的消息在定州引起了相當的重視。

「王將軍，事情已大致摸清了！」

陳功走進王琦等人躲藏的秘室，這裡也是「古司玉器」最為珍貴的貯存玉石的倉庫。

不到二十平米的地方，那些原本放玉石的架子都被挪到了牆邊，十幾名特勤擠在這裡，只有到了夜深人靜時，才能溜出去放放風。

平時吃喝拉撒都在這狹小的空間內，雖然天氣還很涼爽，但這裡面的氣味仍然難聞得很，看到這十幾個人安之若素的樣子，陳功佩服之至，不由想起平日來往的一些同事們聊起這些特勤時，都用「不像人」來評價他們，看來他們倒真是不像一般的人。

王琦精神一振，道：「說說看！」

「呂氏派來的人叫**呂照庭**，聽說是呂氏族長**呂逢時的二弟，呂逢春的大兒子**。」陳功道。

「級別很高啊！」王琦皺了皺眉頭，這樣的重要人物，平時身邊的防衛一定嚴得很，想要下手，難度可就大了。

「呂照庭來之後，被大帥徐宏偉安置在驛館中，現在這個驛館已經被封鎖，裡面就只住了呂照庭一行人等，防衛森嚴，外人根本進不去！」陳功道：「呂照庭已經來了好幾天了，與徐宏偉大帥會談了三次，至於談了些什麼，外人卻不得而知，據我得到的消息，呂照庭好像已經要走了。」

王琦惱火地道：「這可麻煩了，這小王八蛋一走了之，司長給我們的任務就要失敗了，難不成要去路上劫道不成？」

陳功搖頭道：「這不大可能，據我所知，呂照庭隨身便帶著上百名護衛，而且他走之時，徐宏偉肯定會派軍隊護送他，我們這幾個人還不夠給他們塞牙縫的。」

王琦揉著額頭，倒吸著涼氣，「萬一不行，只能冒險去偷襲驛館了。」

正布置著讓陳功去搞到驛館的地圖，秘室的門卻被輕輕敲響，靠近門邊的兩個特勤立馬站了起來，無聲地走到門邊，一個伸手拉住門栓，另一個則從腰裡摸出一把漆黑的匕首。

敲門聲停了下來，間隔兩妙，又敲了三下，陳功聽了道：「自己人！」示意打開房門，一個精幹的年輕人出現在門邊，卻沒有跨進門來，眼睛卻閃爍著喜悅，「老闆，那個呂照庭來了店裡。」

秘室中所有人都驚住了，正謀劃著如何去搞死這個人，此人居然就出現在眼前，老天爺也太眷顧自己了吧。

「要不要現在動手？」陳功眼中露出凶光。

王琦擺擺手道擺手，「陳功，你有沒有辦法將這個傢伙在晚上引誘到店裡來，而且知道的人越少越好，司長的命令是最好能將人帶到定州，實在不行才殺掉的。」

陳功思索道：「那就必須要有一個使他不能拒絕的誘餌，我想想，有了！」

陳功一個箭步衝到牆角，打開一個鐵箱，從裡面取出一塊碩大的玉石，這塊玉石呈火紅色，是極為罕見的紅玉，更為難得的是，這塊巴掌大小，呈規則長方形的紅玉之中，竟然有一條黃色龍形圖案，黃龍搖頭擺尾，活靈活現。

「王將軍，我意外得到這塊玉石，原本是想獻給大帥的，現在用它來作誘餌，不怕他不上鉤！」陳功得意地道。

看到這塊罕見的玉石，王琦雖然不懂玉器，也可知道其珍貴性，尤其是玉中天然長成的那長黃龍圖案，對這些妄圖染指皇帝寶座的世家豪門無疑有著致命的吸引力。

「好，陳功，如果你能成功地將呂照庭誘來，這一次行動當居首功。清風司長不會虧待你的。」王琦興奮地道。

「古司」玉器店的店面經過幾年的經營，已經從當初的一個小門面擴展到如今盧龍首屈一指的大店鋪，店裡裝修美侖美奐。

比別家店鋪不同，「古司」的玉器是顧客當場挑選，師傅當場製作，製作區就在店鋪的左邊，專門隔開一個區域，如果顧客有興趣，甚至可以坐到師傅面前看著師傅加工，當然，如果你不願意呆坐在這裡，也另有休息室，香茶歌舞伺候著。

現在，呂照庭便饒有興趣地坐在一位老師傅的面前，看著老師傅熟練的打磨，雕琢他剛剛選中的一枚玉石。

他是想為自己的妻子做一枚玉石吊墜，隨身的兩名隨從站在他身後一步之處，店門口有十幾個盧州軍漢把守著店門，將後來者都擋在店外。

「這位公子！」陳功笑容可掬地向呂照庭走來，呂照庭身後的兩名隨從迅速地跨上一步，擋在他面前，陳功立即放慢了腳步，卻仍是險些撞在一人身上，趕緊收住腳步，自我介紹道：「小人是這家玉器店的老闆，聽到夥計稟報，知道店裡來了貴客，迎接來遲，恕罪恕罪。」

呂照庭臉上露出微笑，這個老闆倒是有眼力，點點頭，「嗯，你這家店與別家倒有所不同，這位師傅的手藝也極精。」

陳功瞥了眼正專心雕琢吊墜的那位師傅手中的玉石，道：「公子好眼力，這枚玉石是我這店裡擺在外面的最好的一枚了，想不到公子一眼就將它挑了出來。」

呂照庭卻聽出了這話裡的意思，「哦，你這店裡還有更好的？」

陳功諂媚地一笑，「公子，這外間擺的玉石都是大路貨，偶爾放上一兩件好的，讓行家知道本店還是有好貨的，真正的好玉都另行存放，除了像公子這樣的貴人，一般人是見不到的。」

呂照庭大感興趣，眼前的這枚玉石在他看來已算是上品了，想不到在對方眼中只是大路貨。

「如此說來，我倒想見識見識！」呂照庭笑道。

陳功一聽，笑得眼睛都眯了起來，拍拍手，從後堂立刻就出來數名身形婀娜的女子，每人手裡都捧著一個盤子，魚貫而出。

呂照庭笑道：「你倒是早有準備啊！」

陳功笑道：「公子這樣的貴人來了，我自然是準備妥當，才敢拿到公子面前啊！」

盤子裡盛著的玉石和已經做好的各類玉器琳琅滿目，的確都是上品，但在呂照庭這類人眼裡，也只不過是上品罷了，還談不上珍貴，伸手把玩了幾件，興致索然地道：「不錯，不錯！」

陳功察言觀色，知道對方不以為然，忽地一咬牙道：「不瞞公子，我手裡倒是有一件絕品，只是，只是……」

「絕品？」呂照庭頓時感興趣起來，從這店的擺品可以看出來，這個老闆是個行家，能被他稱為絕品的，肯定不是一般貨。

「能拿來欣賞一下嗎？」

陳功看了一眼門口的盧州軍漢，搖搖頭，「不瞞公子說，這件貨到我手裡已經有很長時間了，我一直沒有敢拿出來，放在手裡時間越長，我便越擔心，如果公子出得起價，我倒是願意讓給公子。」

呂照庭瞇起了眼睛，「盧州有錢的人不少，你為什麼不賣給他們？」

陳功神秘兮兮地說：「不是不賣，是不敢賣啊，我弄這東西時花了大價錢，可這件東西要是讓盧州人知道了，我連本錢都收不回來，我看公子身分貴重，又不是盧州人，這才敢說出來。」

「這是什麼道理？」呂照庭奇怪地道。

陳功從懷裡摸出一張紙，卻沒有展開，又看了幾眼門口的軍漢，呂照庭稍一示意，兩名護衛便各跨一步，恰好擋住門口那些軍漢的視線。陳功這才打開那張紙，「公子，這上面繪的就是這個絕品的圖案。」

只看一眼，呂照庭便深吸了口氣，世間居然有這種玉石存在？如果將其帶回獻給大伯，肯定是大功一件，這是天生吉兆，難怪這店主不敢讓盧州本地人知曉，如果讓徐宏偉知道，肯定是要索走的，只怕連一分錢也不會給他。

他一把抓過這張紙，「確有此物？」

陳功苦著臉，「小人身分卑微，豈敢欺瞞公子這等貴人，實則是這東西放在手裡時間越長，越覺得燙手，當時頭腦發熱，弄了這東西來，現在想出手都怕。只要公子給我本錢，我便讓給你了。」

「出價幾何？」

「紋銀十萬兩！」

呂照庭一陣沉默，他此次只不過是出使，哪來這麼多現金。

「能否讓我看看實物？」

陳功舔舔嘴道：「現在可不行，如果公子有意，晚上帶足銀子，我們一手交錢，一手交貨，當然，如果公子不放心，也可以自帶玉匠，辨明真假，再行交易也不遲。但萬萬不可讓徐大帥知道，否則小人腦袋就要不保了！」

呂照庭點點頭，此時他已無心再看其他東西，連那枚快要做好的吊墜也不要了，轉身便走。

看著呂照庭的背影，陳功嘴角露出了一絲笑意。

「呂浩，那家店調查清楚了沒有？」呂照庭問。

隨行侍衛之一的呂浩道：「公子，倉促之間沒有找到更多的情報，只瞭解這位陳老闆是三年前到盧龍，盤下現在這家店面的，此人出手闊綽，長袖善舞，加之善於精營，很快便在盧龍打開了市場，生意也一路擴張，現在此人在盧州廣置田產，勤納姬妾，參與盧龍的各類生意，也算是一位很成功的生意人了。」

呂照庭點點頭，雖然得來的情報不多，但足夠讓他安心了。

「呂浩，晚上你和呂正隨我去古司玉器店，嗯，讓呂然扮成我的樣子待在我房中，不要驚動了那些盧州人。」

呂浩遲疑道：「公子，我們沒有這麼多錢，急切間也籌不到十萬兩銀子，去有何用？」

呂照庭微微一笑，「呂浩，並不是只有銀子才可以拿到那樣寶物，其他的東西也一樣，例如一個官位，是不是？看陳功的樣子，銀子是不缺了，人也精明得很，如果我能給他一個他以前想都想不到的位子，你說他肯不肯將那件東西讓給我？」

呂浩恍然大悟，「公子高明！」

玉器店內，陳功如坐針氈，眼見已到二更了，門外依然一片安靜，連呂照庭的影子都沒有看到，是不是這傢伙不會來了？

回頭看了一眼王琦，他仍然沉穩地坐在一角，懷裡抱著一把刀，眼簾垂著，也不知在想什麼，陳功知道，如果今天不能將呂照庭誘來，那明天晚上，王琦就將率隊冒險襲擊驛館，如果真要這麼做，那他能不能回來就不一定了。

眼下店內已布置妥當，只要呂照庭來了，那自然就是有來無回，但關鍵是，他會來麼？

時近三更，陳功已失去了耐心，垂頭喪氣地站了起來。

王琦忽地抬起頭來，「來了！」

旋即，便聽到大門外輕輕的叩擊聲，陳功滿臉喜色，王琦對他點頭示意，一個轉身便消失在側門處。陳功示意夥計上前開門。

夥計將門拉開一條縫，外面先行閃進來一人，四面掃視了一下，這才回頭做了一個手勢，身披斗篷，連頭臉都遮住了的呂照庭這才走了進來。

「這是我貼身夥計，公子放心。」陳功見呂照庭打量著開門的夥計，趕緊道。

「嗯！」呂照庭從鼻子裡哼了一聲，「東西呢？我人來了，足見誠意吧。」

陳功微笑道：「公子，我是生意人，說好了一手交錢，一手交貨，錢呢？」

呂照庭微笑不語，一邊的呂浩喝道：「陳老闆，你可知道我家公子是誰麼？你知道北方呂氏宗族麼？我家公子正是呂氏嫡親，你還怕少了你一文錢麼？」

「北方呂氏？」陳功故作驚訝，「原來公子是呂氏族人，小人失禮了。」

呂照庭擺擺手，道：「好了好了，東西拿出來，只要是真的，銀子不會少了你的，便是你想要別的，那也容易得很。」

陳功一臉的驚喜，聽到外面傳來夜梟隱隱約約的叫聲，知道外面已勘察清楚，呂照庭果然是除了兩個護衛，再沒有帶人來。當下俯身從桌下拖出一個箱子，打開來，再取出一個小盒子，躬身遞給呂照庭，「請公子欣賞！」

呂照庭迫不及待地打開盒子，那枚奇玉便赫然出現在他的眼前，小心地兩手捧起，只看了一眼，呂照庭便確認這是真的。

出身在大富大貴之家的他，自小見多了寶石玉器，只需一眼便可分出真假來，這麼大的火玉倒也不是特別出奇，珍貴的是蘊含在其中的那枚黃龍，在燈光下一照映，張牙舞爪，如同活了一般，便連呂浩、呂正也是嘖嘖稱奇不已。

「陳老闆，這玉我要了！」呂照庭興奮地道。

呂照庭說完，卻沒有得到陳功的回應，轉頭一看，不知什麼時候，陳功已不見了蹤影，呂照庭心裡一沉，呂浩和呂正也立時發現了不對，對望一眼，刷地一聲，拔出了腰裡的刀，側身擋在呂照庭之前。

「呂公子，我等得你好苦！」後堂傳來一個低沉的聲音，呂照庭霍然轉頭，後堂處，一個黑衣大漢提著一把刀，微笑著出現在他的眼前。

這是一個陷阱，剎那間，呂照庭已明白了一切，只是**對方是什麼人？為什麼要對付自己？**自己是秘密到達盧州的，知道的人本沒有幾個。

「閣下是誰？」呂照庭沉聲問道。

黑衣大漢正是王琦，沒有答呂照庭的話，卻對呂浩和呂正道：「兩位不要亂動，我知道你們身上帶著連弩，但此時，周圍可有十幾把連弩對著你們，兩位如果亂動的話，連累你家公子被射成刺蝟，可怨不得我了。」

隨著王琦的聲音，大堂的窗戶、側門被紛紛推開，外面十幾名黑衣漢子手持著黑沉沉的連弩，穩穩地瞄準著他們。

呂照庭伸手撥開擋在身前的呂浩和呂正，「閣下好巧妙的手段，為了誘呂某前來，連這等稀罕之物也拿出來了，佩服至極。」

王琦笑道：「這算什麼，死物而已，哪有公子身價高。」

「還未請教閣下大名？」呂照庭此時心已沉靜下來，知道對方暫時不會要自己的命。

王琦笑道：「賤名不足掛齒，只是敝上定州統計調查司司長清風小姐想與公子一晤，所以讓我來請公子前去。知道公子忙得很，肯定不會答應，所以某便使了一點小手段，倒要請公子見諒了。」

「好手段！好個清風！」清風的大名，呂照庭豈有不知。

陳功笑瞇瞇地出現在王琦身邊，手裡托著一個盤子，上面放著三方巾帕，走到呂照庭面前，道：「呂公子，煩請你用它捂一會兒口鼻，咱們就要趕路了。」

「這是什麼東西？」呂浩怒道。

「不是什麼要人命的玩意，只不過讓人睡一會兒而已，等公子醒來，咱們就出了盧龍啦！」陳功道。

「你個王八蛋！」呂浩怒吼道。

呂照庭伸手攔住暴走的呂浩，這個時候亂動，死了都不知是怎麼死的，伸手捻起一方巾帕，譏刺道：「陳老闆好魄力，這麼大的家業，說不要就不要了！」

陳功媚笑道：「身外之物，隨時都能掙回來。」

呂照庭點點頭，統計調查司之威果然不是蓋的，隨便出來兩個人，都能讓自己刮目相看，此時人為刀俎，我為魚肉，也不用多說了，先保命要緊，看對方的意思，自己真要有所動作，是當真會下殺手的。

他乾淨俐落地將巾帕捂住自己的口鼻，片刻間便身子一軟，倒了下去，呂浩和呂正二人趕緊架住了他。

一邊的王琦笑道：「二位也請吧，咱們時間緊迫。」

呂浩和呂正恨恨地瞪了一眼對方，不甘心地拿起巾帕，捂住口鼻。

「都是聰明人！」王琦拍手讚道：「弟兄們，收拾收拾，咱趕路了！」

陳功提了一個小包袱，回頭望了眼生活了數年的盧龍城，然後頭也不回地鑽進馬車。

車內，呂照庭仍然昏迷不醒，王琦坐在一邊，看著陳功道：「有點捨不得吧，這麼大的家業，你在城內還有豪宅美女，這一走，可就便宜那徐大帥了！」

陳功嘿嘿一笑，「王將軍，你這是在取笑我麼？咱連這條命都是司長的，這些東西本也是用來裝點門面的，只是我這一走，恐怕他們得吃點苦頭了。」

「吃點苦頭是一定的，但是他們抓不著什麼把柄，命還是能保住的。」王琦笑道：「走吧，這一路上，還有得關卡要過呢！」

呂然扮作呂照庭，在他的房內一直待到天明，仍不見公子返回，心裡便有些發毛，趕緊帶了幾個人趕到玉店，心裡瞬間一股涼意，天色已不早了，這家店居然還沒有開門，衝上去拍門，毫無反應，呂然也顧不得別的了，指揮著人砸了大門，倒引來一群人圍觀，一時間議論紛紛。

衝進店內，哪裡還看得到半個人影，所有的玉器還和昨天一樣擺放得整整齊齊，公子訂做的那枚吊墜也擺放在工作檯上，店內除了人，什麼也不缺。

呂然心裡一片冰涼，顫聲道：「趕緊去通知徐大帥，公子出事了！」

草原上，浩浩蕩蕩的內遷大軍已走了二十多天，離目的地已是不遠了，尚海波率領的常勝旋風二營輕騎也已走了十多天，李清盤算著行程，他們應當已返回定州了，心下稍定，只要他們回到定州，便是呂氏突然動手，也大可抵擋一陣了。

「大帥，定州急件！」一名信使在唐虎的引領下，急急策馬到李清面前。

伸手接過火漆封口的信封，李清打量了一下，是清風統計調查司的密封，撕開封口，只看一眼，臉上便露出了笑容，信中說，前往盧州與徐宏偉密談的呂氏特使呂照庭已落入調查司之手。

「清風手段果然了得！」李清大讚一聲。

得到準確消息的李清完全放鬆了下來，清風拿到了那個什麼呂照庭，尚海波率兩營騎軍也已返回，有此兩人在，不論發生什麼事情，都能撐得過來。心情大好的他在宿營之後，請來了伯顏、肅順等人來他帳中飲酒。

穩定內部已成定州當務之急，外敵已露出了影子，還是以前從來沒有對定州顯露出敵意的北方呂氏，可想而知，南方寧王與中樞蕭氏等人，如果有機會，也會撲上來咬自己一口的。

內部不靖，對外必然不利，眼下，穩定內部首當其衝的便是要團結好蠻族，要想團結蠻族就必須要讓伯顏等人心中顧慮全去。

酒過三巡，伯顏試探地問道：「大帥今日挺高興的，可是心中煩難之事已解？」

李清哈哈一笑，知道瞞不過伯顏，這些天定州軍的異動他都看在眼裡，舉起酒杯道：「伯顏大人，前些日子的確有些跳梁小丑想要趁火打劫，可現在他們偷雞不著蝕把米，一跟頭栽得不輕，伯顏大人寬心吧！」

伯顏自然也不會深問，雖然名義上他現在是定州的參政知事，但是個人都明白，這只不過是一個虛名而已，如果真把它當回事，那就是笑話了。

扯開話題，兩人天南地北地聊起來，一個久歷世事，見多識廣，一個兩世為人，更是見識超人，聊起來，將帳內眾人唬得迷迷糊糊，一個個張大嘴巴，只餘留口水的份了。

正說著，帳門大開，獨臂將軍關興龍跨了進來，向李清施了一禮，「大帥，到了明日我就要離開大隊回定遠去了，今日特來向大帥辭行。」

看到關興龍，李清心中突地一動，靈感閃現，問道：「興龍，你家裡已經沒人了吧？」

關興龍神色黯然，道：「是，大帥，末將是孤兒，從小便不知道親生父母是誰。」

李清點點頭，「嗯，你成婚是人生大事，雖然你沒了父母家人，但我定州軍也算是你的家啊，既然如此，我便算是你的家人，便也隨你去定遠吧。」

關興龍一下子愣住了，帳內眾人也愣住了，李清這一下給關興龍的恩典可就大了，關興龍愣了一會兒，眼中已是熱淚盈眶，噗通一聲跪倒，「興龍不敢因家事而誤大帥軍國大事！」

李清哈哈一笑，「橫刀立馬，唯我關大將軍，如此漢子，怎地動不動就哭鼻子，你是我麾下大將，你的婚事自然也是我定州的大事，我安能不去？」上前一步，扶起關興龍道：「何況也用不了幾日！對了，成親之事，你請了主婚人嗎？」

關興龍抹了一把眼淚，不好意思地道：「出征之前，岳父說他會請一個，要我這邊也尋摸一個，我正琢磨著呢！」

李清哈哈一笑，「不用琢磨了，我給你找一個吧。」回過頭，道：「伯顏大人！」

伯顏正出神地看著李清，李清這一手太妙了，不用付出分毫便讓手下大將死心塌地，突然聽到李清叫他，下意識地應道：「李大帥！」

李清一手指著伯顏，對關興龍道：「伯顏大人年高德劭，不正是現成的主婚人麼，這事我做主了！」

聽到這話，眾人再一次被雷倒，如果說李清去替關興龍撐場面還說得過去的話，那讓伯顏主婚這就太讓眾人跌破眼鏡了，**幾個月前，伯顏與關興龍還是死敵，互相想著怎樣幹掉對方呢，轉眼間，一方卻要成為另一方的主婚人！**

關興龍張大嘴巴，都不知說什麼好了，如果說這話的不是李清，而是別人，關興龍第一反應肯定是一巴掌將對手扇到角落裡去畫圈圈，然後再斥責一聲，但這話從李清嘴裡說出來，分量就不一樣，幾乎就是拍板了。

伯顏第一個反應過來，立即擺手推辭道：「李大帥，此事不妥，我斷然擔當不起。」

路一鳴在經過短暫的震驚之後，此時已完全明白了李清的意思，當下便道：「伯顏大人不必推辭，大家瞧瞧我們這帳中，還有誰人比伯顏大人的年紀更大啊，年高德劭完全當得上，興龍，還不快上前有請伯顏大人！」轉過身，對關興龍猛打眼色。

關興龍本不是笨人，看到路一鳴的樣子，心中猛的明白**自己的婚禮恐怕已不是一次單純的婚禮了，而是大帥營造與蠻族親密無間的一次公關活動**。當下跨前一步，向伯顏深深一揖，道：「有勞伯顏大人！」

伯顏苦笑了一下，知道推辭不了，大有深意地看了一眼李清，笑對關興龍道：「本來還想節省一點的，如果當了主婚人，這份賀禮可就輕忽不得了！」

這話說得眾人都笑了起來。

李清笑對關興龍道：「好了，既然已經確定，你便先回定遠準備一下，我與伯顏大人等一行人隨後便到！」

第九章
此女只應天上有

傾城臉色微變，她沒有想到朝政已糜爛到這種地步，她早知自己下嫁李清是一樁赤裸裸的政治聯姻，聽陳西言如是說，只怕自己此去定州，身上的擔子會更重。此時她忽然明白，為什麼自己會帶上一半宮衛軍了。

關興龍的這場婚禮是極為盛大的，其實關興龍身無餘財，平時的幾個軍餉除了自己花用，大都補貼給士兵，或者因傷殘而退役的部下了，雖然身為將軍，當真窮得響叮噹。

金喜來雖然略有餘財，但也是辦不起這麼盛大的婚禮的，但因為李清和定州諸多大佬都要前來，金喜來也只有咬著牙，借了一大筆錢，雖然心中著實肉疼，但一想到獨生女兒過門便是正兒八經的將軍夫人，便也覺得值了，至於怎麼還這筆錢，暫時還不在他的議事日程上，好在自己也不算老，醫館辦下去，總有一日能還清的。

到了婚禮那一天，收到的禮金著實將這個老實的老大夫給嚇著了，不要說隨李清而來的那些人，便是定州城那邊的官員，也都派人專程送來了賀儀，便連統計調查司司長清風、軍府參軍尚清波也都派人送來了禮物。這些大人物，平時金喜來只是聽過而已。

要說送禮最重的卻是那些蠻族貴人，伯顏成了主婚人，所有的蠻族貴族們便也隨李清到了定遠，這些人現在別的沒有，窮得只剩下錢了，關興龍是李清看重的大將，馬上就要獨鎮一方，眼下結一個善緣也是好的。

不過這錢，金喜來就收得有些彆扭了，定遠以前也是抗蠻的第一線，金喜來救治的人，最多的便是在戰場上與蠻族作戰受傷的傷患了，現在眼睛一眨，老母雞變鴨，居然成了朋友了。

算一算這次收的，不但借來的錢都能還清，還大賺一筆，雙方算是各得其所，關興龍有了一場畢生難忘的婚禮，李清則成功地營造了定州蠻族一家親的和諧氣氛，蠻族眾人都落了心，既然李清做到這個份上，到了定州，便不用擔心定州人為難他們了，可說皆大歡喜。

定遠喜氣洋洋，而在定州城裡一處所在，一個人卻是愁腸百結。

呂照庭被王琦一行人擄來幾天了，一進入定州城，他與呂浩與呂正便被分開關押，也不知被關在哪裡，打量著自己住的房間，大概就是傳說中的統計調查司了。

幾天以來，呂照庭一個定州的重要人物都沒有見著，倒是每天來好幾撥審訊的，問是無非就是與盧州的秘密協義，呂照庭一概不加理會。這些人倒也好脾氣，呂照庭不說，他們也不著急，笑嘻嘻的來，笑嘻嘻的去，倒似一點也不著急。

呂照庭琢磨著應當有大人物出來了。說不定便是那個傳聞中厲害之極的統計調查司之主，白狐清風。

門猛然被推開，幾個彪形大漢進來，老鷹抓小雞般地提起呂照庭便走，呂照庭掙扎道：「你們想幹什麼？」

一個滿身橫肉，袒胸露乳，胸前一片黑毛的大漢獰聲笑道：「你個小白臉，給你臉不要臉，好生與你說話既然不肯，那今天爺就給你一個痛快的。」

呂照庭心裡打了一個突，別不是要動刑吧，雖然落入定州人手中，但他一直認為以自己的身分，對方然是絕不會用刑的。

被拖過長長的甬道，進了一間緊閉的石室，一看屋裡的設施，呂照庭的身子便冷了半邊，果然是刑房，三下五除二，他便被綁在呈十字架豎在房子正中的木頭上，幾個大漢不再理會他，而是專心致志地擺弄起各色刑具來。

一個大漢拿起烙鐵，塞進炭火中燒得通紅，再浸進水裡，哧哧聲中，陣陣水汽騰起，聽得呂照庭心中發毛，而那大漢不時回頭瞧著呂照庭的臉龐，似乎正在瞧哪邊臉更適合下手，另一側，熊熊燃燒的火上，一鍋水正被燒得咕嚕作響，已是滾開了，一人拿著一把尖尖的類似刷子一般的東西在水裡攪動著。

「黃四，待會兒你把這水澆在他的大腿上，我再用這刷子去刷，嘿嘿，一層層地將他的肉刷下來，直到露出骨頭，你說那小子會不會感到疼呢？」一人笑道。

黃四嘿嘿一笑，「疼個屁，一盆滾水上去，那小子早就麻木了，只不過看著肉一層層被刷了下來，恐懼而已，你忘了上次那個傢伙，只刷了一下就招了！」

「你說是小李子的鉻鐵管用，還是我們的刷子管用？」先前那人又道。

黃四瞄了一眼呂照庭，「那可說不準，咱刷的是腿，衣服一遮，別人也看不見，小李子可最喜歡烙人的臉，滋啦一聲，可就相伴終生了，這小白臉長得挺俊，說不定小李子那招管用。」

聽他們說得毛骨悚然，呂照庭覺得身上似乎有許多毛毛蟲爬來爬去，恐懼之意不由自主地生了出來，再也挺不住，大叫道：「不要再說了，找你們清風司長來，我有話跟她說。」

黃四嘿地一笑，「狗屁，你是啥子人物，居然想見我們司長大人，有話快說，有屁快放，爺爺們等得不耐，便要動手了。」

呂照庭心知這些粗人都是不可理喻的，所謂閻王好見，小鬼難纏就是這個道理，聲嘶力竭道：「我是呂氏族人，要與你們司長說的都是軍國大事，你們這些小人物哪裡有資格聽，快去找清風司長。」

幾人對視一眼，那個叫小李子的快步奔了出去，看到有人出去稟報，呂照庭這才鬆了口氣，最怕的就是他們不管三七二十一，先給他來一刷子那就慘了。

清風的書房。

紀思塵微笑著走了進來，「司長，那呂照庭的心理防線完全被攻陷了，您現在可以見他了！」

清風笑著放下書本，「那就請這位呂大公子過來。」

從刑房被帶出來，穿過甬道，一陣七轉八拐之後，一片刺目的陽光讓呂照庭不由自主地閉上了眼睛，等稍稍適應這才睜了開來，被關在那個陰暗潮濕兼有嚴重黴味的地方好幾天，總算重見光明了。

貪婪地呼吸幾口新鮮的空氣，呂照庭這才注意到身前是一條長長的迴廊，迴廊的兩側，種滿了合歡花樹，如今剛剛抽出新的枝條，老枝上也布滿了星星點點的嫩芽。在他的前方，一位儒生打扮的中年人正沿著迴廊緩緩行來。

「呂公子！」儒生衝他拱拱手。

「閣下是？」呂照庭疑惑道。

「賤名不足掛齒！」儒生笑道：「我們司長有請。」

一擺手，兩名押解的衛兵推推呂照庭，他不由自主地向前走去，那儒生卻沒有跟來，呂照庭回頭看去，卻見他仍然微笑著站在原地看著自己。

呂照庭心裡忽地有一種明悟，這個統計調查司內的規矩好嚴，從抓住自己的那個漢子，到眼前的這個儒生，一個是在大獲全勝之下，一個是在自己的大本營中，但自己卻連他們的名字都不知道。

一般而言，前者會在全勝之下得意忘形，不會介意敵手知道自己的姓名而加以炫耀，後者則會放鬆警惕，但顯然，這兩個人都不在此列，這表示對手在任何情況，任何時候都保持著足夠的警戒之心，這讓呂照庭悚然而驚，對於掌管這個龐大特務部門的白狐清風，心中更添好奇。

甬道盡頭，是一幢獨立的青磚紅瓦的樓房，似乎這裡的主人特別鍾愛合歡花，房子的四周也都種滿了合歡花，這房子還很新，牆上還看不見歲月的痕跡，但有些合歡花樹特別大，明顯是從別處移植而來。

穿過這些合歡花樹，便看見一個青衣女子站在門口，眼神凜冽，正在上下地打量著呂照庭。

這就是名震天下的白狐麼？呂照庭在心裡揣測道。

但馬上他就知道自己錯了，他身後兩名護衛同時躬身道：「鍾大人！」

鍾靜點點頭，「人交給我了，你們就在這裡候著。」

「是，大人！」兩名護衛道。

鍾靜向呂照庭一擺手，「請，呂公子，我家小姐已恭候多時了。」

呂照庭略微整理了一下衣裳，攏攏頭髮，身上略微有些酸氣，這讓他有些難堪，衝著鍾靜拱拱手道：「有勞了！」

本以為自己又將踏入一間森嚴的審訊室，但一跨進門檻，呂照庭就知道自己又錯了。這是一間布置得相當雅致的會客室，房子的正中央，一個低矮的茶几前，一身素衣的女子盤坐在厚厚的地毯上，正專心致志地在泡著茶。

呂照庭是大家出身，這些東西他自然也是熟練之極，此時看那女子的手法，相當老道和專業，顯然是受過高人指點過。

女子低著頭，看不清面目，只能看到那一頭烏黑的頭髮隨意地在頭上挽了一個髻，沒有任何的首飾，卻不知從哪裡採來一朵淡黃色的小花，別在頭上，纖纖十指，秀麗修長，指甲上卻塗著一層藍色的指甲油，與白衣黃花相映，顯出一種特別的妖異感。

鍾靜沒有動，呂照庭也靜靜地立在那裡，瞇著眼欣賞著那女子沖茶，屋子中有一股淡淡的檀香味。

眼見那女子端起玲瓏雅致的小壺，將茶水傾倒在面前的幾個小茶杯中，一股茶香四溢，將室內的檀香味也給蓋住，女子拍手道：「成了，成了！」這才抬起頭，看著呂照庭笑道：「是呂公子吧，請坐！」纖手一指茶几對面。

女子一抬頭，呂照庭頓時如受雷擊，他敢肯定，自己這一生已過的三十年中，還從來沒有見過如此國色天香的女子，他曾在腦中無數次地幻想著這個令人聞之色變的統計調查司的主人，但無論他的想像力如何出色，也不會想到**名震天下的清風居然是這樣一個我見猶憐的美人兒**。

俏麗若三春之桃，清素似九月之菊，呂照庭腦子裡驀地冒出這兩句話，不不不，桃菊如何能形容眼前女子顏色之十一，此女只應天上有，何以出現在人間？

看到呂照庭呆呆地看著自己不動，清風眼中閃過一絲慍色，鍾靜哂笑著在背後輕推了一下呂照庭，這才讓他猛地驚醒過來，畢竟是大家公子，想起剛剛的失態，不由面目通紅。

「呂公子，請坐！」清風再次出言相邀。

「多謝清風小姐！」呂照庭終於恢復了世家公子應有的風度，走到清風對面，盤膝而坐。

剛剛還在牢獄中被一幫獄卒恫嚇，轉眼間便被待為上賓，這地獄到天堂的轉化，讓呂照庭也是心旌神搖。

凝視著對面的女子，心裡卻想，如此女子，本應當輕衣素裘，手執團扇，翩翩於花叢之中撲蝶為戲，或是輕帶飄揚，悠然於鞦韆之上，或是伴歌起舞，直如九天仙女下凡，奈何世事不盡如人意，**如此佳人，居然是一個黑暗中的王者。**

「卿本佳人，奈何做賊！」一句話不由自主地脫口而出。

話一出口，便叫一聲糟，果然對面女子臉上微笑立斂，身後更是傳來腰刀離鞘之聲，呂照庭不由汗出如漿。

清風臉色稍變，瞬間又恢復了常態，將一杯茶推到呂照庭面前，淡然道：「子非魚，安知魚之樂。」

呂照庭戰戰兢兢端起茶杯，道一聲謝，舉到脣邊淺嘗一口，此時的呂照庭驚嚇之下，絲毫品不出一絲茶味了。

清風慢條斯理地舉起茶杯，一邊小口品飲，一邊緩聲道：「清風迫不得已以粗暴手段將呂公子請來，還要請呂公子恕罪。」

呂照庭放下茶杯，穩穩心神，竭力將清風的影子從自己的腦子裡趕出去，拱手道：「正要就此事請教小姐，想我北方呂氏與定州李帥一向井水不犯河水，甚至還可以說一向交好，不知為什麼小姐要綁架我來此，此舉於你我雙方的關係可是有害無益。」

「是麼？當真是井水不犯河水？」清風道：「如果真是井水不犯河水，呂公子到盧州做什麼？你與盧州徐大帥三次會談，可莫要說只是在敘舊情。」

「這個……」呂照庭不由一陣語塞。

「盧州是你我雙方的緩衝地帶，盧州存，則你我雙方相安無事，盧州倒向任何一方，另外一方必然會大大不安，我說得對嗎，呂公子？」清風道：「我敬呂公子也是大家之子，這才以禮相待，如果呂公子仍然想欺瞞於我，哼哼，三木之下，何供不可得？便算呂公子死在我這統計調查司，無憑無據，你呂氏又能如何？」

呂照庭悚然而驚，這才想起來，眼前這個傾國傾城的女子另外的身分，豔如桃花，心如蛇蠍，手段狠辣，翻臉無情，立馬呂照庭又給了清風另一段評語。他明白，清風絕不是在嚇唬他，而是真正說得出，做得到，先前在刑室看到聽到的那一段，想必就是給自己的警示了。

頹然道：「清風司長，我北方呂氏對定州的確是沒有惡意的。」

「有沒有惡意，便需要呂公子將你來盧州的使命說出來，由我們自行來判斷。」清風淡淡地道。

看一眼對面冷若冰霜的清風，呂照庭心裡一陣發冷，只怕一言不合，對方便會將自己交給外面那些粗手大腳的衛兵，咬咬牙，也只能將真相說出來了，一想起自己要將家族的戰略意圖透露給對方知道，呂照庭不由暗恨不已。然而此時此刻，還是保命要緊，君子報仇，十年不晚。如果有朝一日，你落在我的手中……

似乎看透了對方的想法，清風笑道：「呂公子，你可是在想君子報仇，十年不晚，我卻是小人報仇，只爭朝夕?!」

這一擊之下，呂照庭的精神徹底垮了下來，眼神都有些渙散了。

「清風司長，我說過，我呂氏對定州實沒有惡意，我到盧州，的確是想拉攏徐宏偉，但也只是未雨綢繆，防著定州罷了，因我呂氏已經決定對東方曾氏大舉用兵，戰略重心完全轉移到東方，擔心定州在此期間對我們動手，所以拉攏徐宏偉投靠我們，這樣我們呂氏只需在盧州布置少量兵力，加上盧州軍隊，就可以防備定州的任何舉動。」

呂照庭一語道破了呂氏接下來的戰略意圖。

清風在心中斟酌著對方這番話有幾分可信。

見清風似有不信之意，呂照庭急道：「清風司長，我說的都是實情，千真萬確，沒有一句虛言。」

清風問道：「徐宏偉答應了？」

「他當然答應了，以定州實力與我呂氏相較，還是我呂氏更占上風，更何況定州剛剛結束草原之戰，實力大損，他焉能拒絕我呂氏？」呂照庭急急道。

清風冷笑一聲，站了起來，對鍾靜道：「阿靜，送呂公子回去，給呂公子安排一個好點的地方，他的兩個護衛也還給他吧。」

「呂公子，還要委屈你在這裡住一段時間了，我想用不了多久，你就會回去的！」

「多謝清風司長！」呂照庭雖然不知道清風這話有幾分是真，幾分是假，但此時也只能拱手相謝。

定遠盤恆兩日之後，李清等人便直赴上林里。

趕到上林里的當天，李清便接到了清風與尚海波的密件。瞭解了事件的真相之後，李清毫不猶豫地下達了佔領盧州羅豐、長琦兩縣的命令。

既然盧州徐宏偉已倒向呂氏，失去了他緩衝地帶的作用，那麼定州就必須將這兩個戰略重鎮搶到手中，占據戰略主動權。同時在回信中，他指示清風，想辦法將呂氏的這一意圖迅速轉達給東方曾氏，讓曾氏能有充分的時間來準備與呂氏的這場大戰。

準備得再充分一些，打得再激烈一些吧！李清冷笑道。

定州重臣們曾分析過中原大戰的各種可能，**呂曾交惡也是其中一項**，眾人都普遍認為，呂氏實力要高出一籌，如無外力加入，曾氏必敗無疑，縱然是必敗，李清也希望他們抵抗得更堅決一些。

駱道明的確是個能吏，從接到擔任西域東都護府都護一職不過一個多月，上林里已是模樣大變，隔著上林里主城不遠，一排排的房屋如雨後春筍一般拔地而起，雖然說不上如何精緻，卻也能遮風擋雨。

而且為了適應蠻族的生活習性，這些房屋大都是模仿蠻族習慣的帳篷的格局修建，外面還為他們配備了牲口圈棚，所以每一戶的占地面積都比本地人要來得大一些。

最妙的是，這些剛剛建成的村落星羅棋布在上林里周圍廣袤的大地上，中間卻又夾雜著一個個原來上林里人居住的村落，形成了一個混居的大型聚居地。

第一批內遷移民已經入住，都護府的官員和吏從們正忙著給他們分配土地，依照李清的命令，這些內遷的蠻族將以農墾為主，牧業為輔，眼下正是春耕季節，正所謂爭分奪秒，一刻也耽誤不得。

巴顏喀拉城附近的一些蠻族原住民也有不少是棄牧為墾的，這些人適應速度要更快一些，不同的只是在巴顏喀拉種植的作物與這裡種植的不同而已。

而那些原本以放牧為生的蠻族則要麻煩一些，對於地裡的農活，他們是基本不會的，所以都護府的吏員們在為他們分配了田地之後，還要找來人手替他們春耕，他們則在一旁當學徒，不管他們情不情願，眼下是人在屋簷下，不得不低頭，你要不學，就準備餓肚子吧！

上林里在短短一個多月的時間裡，突然多了將近二十萬人，二十萬，對一個現代城市來說算不了什麼，但在當時的大楚，這絕對是一個恐怖的數字，所幸定州準備充分，現在上林里的物資比起當年準備大戰之前更多，用堆積如山來形容是一點也不為過，光是將這些物資分派下去，就是一個浩大的工程。

「駱都護，草原各族移來上林里後，上林里的情況比起信陽可要複雜許多，你對治理上林里可有什麼打算？」

剛剛下過一場春雨，策馬走在有些泥濘的道路上，李清在駱道明、楊一刀等人的陪同下，視察著一個個剛剛落成的村落和遷來的移民，對駱道明的工作，相當滿意。

「大帥，我是這樣想的，上林里想要大治，至少需要三年的時間，也就是說，我需要大帥給我三年的時間。」駱道明道。

「哦，三年？為什麼這麼說？」李清感興趣地問道。

「第一年，我所求的是穩定！」駱道明眺望著遠處星羅棋布的村落，「草原一族背井離鄉東來，又被迫放棄他們習慣的生活方式，心中肯定有怨氣，習俗不同，習性不同，他們與本地原住民肯定存在摩擦，因之第一年，我只能保證不出亂子。」

「嗯，說得有道理，那第二年呢？」李清問。

「交融！」駱道明道：「有了第一年的基礎，第二年我的工作重心是要讓雙方互相認同，交相融會，這其中有些工作其實在第一年便已展開，不過想得到效果，卻在第二年，甚至是第三年之後，我會在這裡推行定州新政，模仿崇縣，成立農業互助組，牧業互助組，大帥，草原善牧，我族善農，正好互補。開辦學堂，讓兩族的子弟一起入學，數年之後，他們就有了同窗之誼，有這樣一些相應的措施，我相信兩族之間，會慢慢地互相認同，融會為一個大家庭。」

「嗯，接下來便是你想要的大治了！」李清笑道：「對此你有什麼構想呢？」

駱道明笑道：「其實大帥，本來我還挺撓頭的，但這些日子以來，我卻有了主意。三年過後，我想像中的上林里應當是糧食自給自足，商業不斷外拓。」

「這麼有信心？」李清道。

「這些蠻族居民來了之後，我發現他們出售最多的是毛皮，有些還是硝好的熟皮，說實話，這些牧民硝好的皮子比我們本地人做得要好得多，價錢卻便宜得很，我準備將這個行業組織起來，統一收集，統一發賣，這樣就能將價格提起來，上林里別的沒有，這些牲口皮毛可多得很，上林里將成為定州甚至是整個大楚的皮草交易中心，大人，這就是滾滾財源啊！我們上林里只需壟斷這一行業，想不發財都難啊！」駱道明兩眼放著光道：「而且上林里自然條件也極好，這裡土地肥沃，稍加開墾便是上好的熟地，上林里河又讓這裡不缺水源，只要沒有大的天災人禍，我敢說，三年之後，上林里將會繁榮起來。」

李清出神地看著駱道明，自己選他來這兒，還真是沒有看錯人啊，壟斷就是財富，不錯，上林里只要壟斷這一行業，必然會迅速崛起。駱道明在安置牧民的時候，便已替他們想到了日後的生計，這份精明的確是人所難及。

可以想像，多年以後，上林里皮草店林立，牧民們棄牧從商，他們越富有，對定州的依附性就會越大，當一個人不需要依靠蠻力就能獲取大量財富的時候，誰願意拿刀拿槍，冒著性命危險去搶去殺呢！

看到大帥目不轉睛地看著自己，駱道明不由有些惴惴不安，不知道自己的想法合不合大帥的心意，但他再三揣摩，也只有這個方法能讓上林里在短時間內不再成為定州的包袱，這不正是大帥所期盼的嗎？

「你的想法很好！」聽到李清給出的結論，駱道明不由舒了口氣，這代表自己的執政思路得到了最高統帥的認同。

「但是有一點你要注意！」李清若有所思地道。

「請大帥明示！」駱道明拱手道。

「法！」李清簡單地吐出一個字。「我們大楚人與蠻族，生活習性不同，處理事情的方式也不一樣，初期，不宜套用定州現在已有的法規定制，而應因時因地，靈活處理，在不知不覺中間讓他們慢慢地接受定州法規。」

駱道明吃驚地看著李清，在他看來，法規的體系應當一脈貫之，即便上林里蠻族居多，也不應有所例外。

「我準備給上林里特殊的地位！」李清石破天驚地道：「除了在軍事上由定州統一安排管理之外，其他諸如民生、法規、商業等等，由你們自行決定。最高統帥府不加干涉。嗯，我們姑且稱之為**自治**吧！」

「這，這怎麼可以？」駱道明有些慌了，這該不是大帥對自己的試探吧，什麼自治，難道大帥懷疑自己會自立不成？

「大帥，這萬萬不可啊！」

李清哈哈一笑，知道對方心中的惶恐，笑道：「駱都護，你不用慌，你這自治，當然是在最高統帥府領導下的自治，你們官吏的任命權還是在最高統帥府，我不過是給你在治理地方上更大的自由，讓你能更加靈活一些而已。至於具體怎麼做，嗯，我也沒有想好，你慢慢琢磨吧，有什麼想法，可以告訴我。」

看著李清打馬奔向下一個村子，駱道明一邊追趕，一邊在心裡反覆琢磨著李清的話。

李清自上林里返回定州城時，常勝營與旋風營兩營各六千騎兵，和剛剛返回定州，氣都沒有喘上一口的啟年師兩個步兵營旋即踏上征程，撲向他們各自的目標：盧州的羅豐縣與長琦縣。

這兩個步兵營雖說是步兵，但為了能夠跟上兩個騎兵營的步伐，都配備了馱馬，與蠻族打了多年的仗，這些步卒雖說不能騎在馬上作戰，但騎馬趕路卻是沒有什麼問題的。

定州精銳已直撲盧州邊境，此時的盧州，卻絲毫沒有意識到邊界衝突將起。因為呂照庭的失蹤，在盧州引起了軒然大波，呂然遍尋呂照庭不著，已知大事不妙，一邊遣人向盧州大帥徐宏偉告急，一邊派人飛馬趕回呂氏統治核心燕州，向呂氏族長呂逢時與呂照庭的爹爹呂逢春告急。

徐宏偉聞訊亦大驚失色，呂照庭身分貴重，要是在他的地盤上出了事，呂氏遷怒起來，可就大禍臨頭，一邊急急命人封鎖道路，設立關卡，一邊在盧龍及周邊派出大量人手實施地毯式搜索，忙亂了幾天，除了將盧龍的一些地痞無賴掃蕩了一番之外，一無所獲。

殊不知王琦一行人當夜便出了城，一出得城去，這些訓練有素的特勤便天高任鳥飛，海闊憑魚游，又哪裡還能找到他們的蹤跡，盧龍這邊還在徒勞無功的搜尋時，呂照庭早已被帶到了定州統計調查司的小黑屋裡了。

呂逢春是在呂照庭失蹤第十天趕到盧龍的，他的到來更讓徐宏偉有些誠惶誠恐，呂逢春是呂氏的核心人物，輕易不會走出燕州，他的到來說明了呂氏對此事的重視。

「呂大人，照庭在我這裡出了事，我十分的抱歉。」徐宏偉真心誠意地道。

呂逢春五十出頭，保養得極好的皮膚和那種世家子弟特有的氣質，使他看起來更年輕一些，雖然兒子無故失蹤讓他心急如焚，但深厚的養氣之功卻讓他面上不露絲毫聲色，看到徐宏偉惶恐之極，呂逢春反倒過來安慰道：「徐帥不要著急，能不動聲色綁去照庭的人，背景必然深厚，這樣的人物做事自有分寸，想必不會隨意傷害照庭的性命，否則需知天下沒有不透風的牆，一旦讓呂氏知曉，給予他們的必定是雷霆一擊，報復之慘烈不是他們能承受的，所以我敢斷言，照庭雖然失蹤，短時間內是不會有性命之憂的。」

「話雖如此說，但照庭在我這裡失蹤，我總是難脫保護不周之責，累呂大人痛失愛子，我心裡實在難安啊！」徐宏偉歉疚地道。

呂逢春笑道：「徐帥放寬心吧，不管對方是出於什麼目的，如今這麼多天過去，我想也該有消息了，不知徐帥這裡可有什麼眉目？」

徐宏偉搖頭道：「說來難以置信，照庭公子出事的古司玉器店是我盧龍赫赫有名的一家名店，店主陳功在盧龍也是長袖善舞之輩，出事之後，我扣查此人名下產業，不算他這幾年買下的那些僕使美婢，僅僅是那些不動產，便值數十萬兩紋銀之巨，到底此人是誰，居然能放下如此巨額財產斷然離去，徐某是想破腦袋也想不出來，他們綁架照庭公子的目的也令人費解。」

呂逢春聞之，心中更驚，如此巨額財產說不要就不要了，對方斷然不是求財，那麼便只剩下一個可能，**政治綁架！**

誰會綁架他？呂逢春腦子裡立時轉過了幾個勢力，最怕的便是東方曾氏，如果曾氏綁架兒子的話，那兒子的性命可就難保了，呂氏軍隊已是蓄勢待發，隨時都有可能發動攻擊，絕不會因為自己的兒子落入對方手中便就此罷手，雙方戰事一開，第一個死的一定是照庭。心中憂慮，臉上卻不動聲色，起身向徐宏偉告辭，「還要請徐帥多多費心了！」

徐宏偉起身送客，「請呂大人先去驛館歇息，我一有消息，馬上便來告知大人。」

回到驛館，呂逢春馬上召來呂照庭的貼身護衛呂然。

「照庭到底是為了什麼事，要瞞下所有人去那玉器店的？」

此時的呂逢春已渾然沒有先前的從容，鐵青的臉色以及陰鬱的眼神預示著他隨時都會爆發。

呂然跪倒在呂逢春的面前，從懷裡摸出一張紙，道：「老爺，當天我們陪公子去店裡購買玉器，那老闆陳功對公子說他有這個東西，卻一直不敢出手，如果公子有意，可晚上去找他，他願意以本錢賣給公子，還說千萬不能讓徐大帥知曉，公子看了這圖之後，便在晚上帶了呂浩和呂正二人出門，只留下我扮作公子模樣，留在房中迷惑驛館官員，哪知……公子這一去就再也沒有音訊了！」

從呂然手裡接過那張圖紙，瞄了一眼，呂逢春也是大吃一驚，「騰龍佩？」

「老爺也知道此物？我只知道當時公子看了一眼之後，也是臉色大變，匆匆便返回了！」

呂逢春嘆道：「難怪照庭會上當，原來是用騰龍佩作為誘餌，只怕換作是我，也會情不自禁，算了，你起來吧！」呂逢春頹然坐倒。

「老爺，公子怎麼辦啊？」呂然哭喪著臉。

「怎麼辦？如今只能等。不論對方出於什麼目的，都會透出消息來的。」呂逢春森然道。

沒有多久，呂逢春便等來了讓他大驚失色的消息，定州悍然出兵，攻擊了盧州的邊境兩縣：羅豐與長琦。

呂逢春急匆匆地趕到徐宏偉的大帥府時，正巧碰上從羅豐與長琦逃回來的知縣及一幫官員。

「大帥饒命啊！」幾名逃官跪地哭訴道：「定州騎兵突然襲擊，我們實在是猝不及防啊，大帥！」

徐宏偉哼聲道：「好一個猝不及防，數千騎兵攻擊，馬蹄聲在數里之外都可以聽到，你們在幹什麼，連城門都不會關嗎？他們的馬能爬上城嗎？還是他們都長了翅膀，飛上了你們的城牆，貪生怕死之輩，分明是聞風而逃，將兩縣拱手相讓，居然還敢再我這裡厚顏求活，來人啊，拖出去砍了！」

如狼似虎的衛兵撲上來，將一眾癱軟在地的官員抓起來，徐宏偉餘怒難消，恨恨地一腳踢番大案，看著呂逢春，「呂大人，讓你看笑話了！」

呂逢春問：「定州出了多少兵馬？」

徐宏偉恨恨地道：「這幫廢物，看到定州騎兵撲來，爬上馬便先逃了，連對手有多少人馬，什麼番號都沒有搞清楚，我已派人出去打探，相信在後面逃出來的人應當多少瞭解一些。」

「徐帥有什麼打算？」

徐宏偉仰天長嘆，「還能有什麼打算，別人打上門來，徐某總不能裝作看不見，我已下令全州部隊集結，開往羅豐、長琦，定州鐵騎雖然精銳，但我盧州士卒保衛家園，想必也不是不堪一擊。」

說到這裡，狠狠一拍桌子罵道：「李清小兒，欺人太甚，無故犯我邊境，是可忍孰不可忍。」

呂逢春冷眼看著徐宏偉的表演，心道這傢伙倒有做戲的天分，看自己在這裡，便做出一副大義凜然的模樣，他心中自然知道呂氏是絕不會袖手旁觀李清進犯盧州的，因為這完全不符合呂氏自身的利益，更何況照庭剛剛與他簽定了合約。

「徐帥少安勿躁，先將情況摸清楚了再說吧，如果李清果然想侵犯盧州的話，那我呂氏是絕不會坐視不救的，徐帥放心，只消一聲令下，我呂氏十萬鐵騎自會滾滾而來，將那李清小兒輾為齏粉。」

回到驛館，呂逢春默默地計算了一下時日，定州出兵與自己兒子被劫的時間只不過相差了數天而已，心中已有明悟，看來兒子到盧州之事洩露，這才被定州擄去，定州出兵，自然是因為從兒子那裡得知了呂氏與盧州簽定的合約之事。

想通了這一切，呂逢春驚嘆不已，三年前，李清才剛剛崛起不久，他的釘子居然就放到了盧州這個在當時看來絲毫不重要的地方，三年後果然起了大作用，而且一旦知悉此事，出手乾淨俐落，毫不拖泥帶手，僅僅這一手，便讓呂氏全面陷入被動。

怎麼辦？與盧州剛剛簽下合約，如果助盧州，勢必陷入與定州的戰爭泥淖，進攻東方曾氏的目標將無可能實現；但放任李清不管，真讓李清佔領了盧州，則無疑是自己後背處被頂上了一把鋒利的尖刀，任誰也不敢掉以輕心。

呂逢春一時陷入兩難，唯一讓人欣喜的是，兒子應當是沒有性命之憂的。

三天後，呂逢春終於從徐宏偉那裡得知了自己所要的情報，定州兵佔領羅豐、長琦之後，便沒有再前進一步，也沒有後續部隊跟上，而是靜靜地待在那裡，而定州一片平靜，絲毫沒有再打一場大戰的跡象。

呂逢春明白了，**他們這是在等待，等待著呂氏去人談判**，至於徐宏偉，李清從來就沒有將他視為談判的對手，看來，自己的談判對手也要換了。

被幽居十數日之後，呂照庭終於重見天日，與他的兩名護衛呂浩和呂正被帶出了統計調查司，大門外，一輛標有統計調查司標誌的馬車正等在那裡。

「呂公子，請上車吧！」一手將他從盧州劫持到定州的王琦笑瞇瞇地站在馬車旁，請呂照庭上車。

「我們這是要去哪裡？」呂照庭冷著臉，看著王琦道。

王琦笑道：「能去哪裡，送公子回家啊！哦，公子是不是覺得我們這定州風土人情與北方迥然大異，還有心盤桓幾日不成？」

呂照庭在心裡呸了一口，對王琦的話卻有些不大相信，「送我回家？」

王琦點頭，「當然，公子的父親呂逢春老大人已到了羅豐，我們正是送公子去那裡與老大人會合啊。」

「我父親怎會到了羅豐？」呂照庭大奇。

「好叫公子得知，如今盧州的羅豐、長琦已落入我定州之手，呂老大人在盧州遍尋公子不得，便請我們定州幫忙，我們這不是應老大人所請，將公子送回去麼？」

呂照庭臉色發苦，自己一招不慎，落在下風，可真是丟臉至極，也不知父親和家族付出了什麼代價才讓定州答應釋放自己，一臉黑線的他不再言語，默不作聲地跨進了馬車。

王琦嘿嘿笑著一揮手，馬車得兒一聲，緩緩啟動。

在羅豐，尚海波與呂逢春兩人的談判可以說進行得相當順利，彼此都清楚對方底牌的兩人，沒有在細微末節上進行太多的糾纏，直接進入最為核心之處。

定州占據了羅豐、長琦，到了嘴的肥肉肯定是不會吐出來的，而作為補償，呂氏亦可以佔有盧州靠近北方的兩個縣府，雙方在盧州的地盤上，駐軍分別不得超過萬人，盧州其他地方都將維持現狀，呂氏與定州均不得插足。

雙方只是就現狀進行一番和解，對於未來，兩方都心知肚明，沒有一個人提出這個問題，其實都很清楚，無論是誰先緩過勁來，雙方的戰爭便將開始。

如果呂氏在東方進展順利，不費力氣地便將曾氏一口吞下，回過頭來，便會對付定州；而定州打的算盤，則是呂氏最好在東方陷入泥沼不能自拔，待定州從平蠻之戰中恢復過來，則毫不介意從呂氏的後腰上插上一刀。時間對雙方都顯得格外重要。

至於盧州，這個時候，誰還會顧忌盧州的什麼利益，能讓它苟顏殘喘幾年，雙方都覺得盧州是大賺了。任誰騰出手來，盧州都是到了嘴邊的肉，焉有不吃的道理?!

眼下雙方在盧州達成了一個微妙的平衡，倒讓徐宏偉還可以做幾年安穩的盧州大帥，等時間一過，**盧州立刻便會成為雙方較量的第一戰場。**

先北後南，遠交近攻，便是李清制定的馬踏中原的大戰略。

就在尚海波在羅豐與呂逢春兩人皮笑肉不笑地簽定條約的時候，剛剛回到定州不久的李清便迎來了來自洛陽昭慶皇帝的特使。

對於李清平蠻大獲全勝，成功地將草原和關外白山黑水全部納入到大楚的版圖之內，昭慶皇帝不吝讚美之詞，將李清誇得是天上少有，地上絕無，稱其為大楚史上自英武皇帝以來第一名將，各類獎賞不計其數，一大堆頭銜堆到李清頭上，雖然沒有什麼實質性的東西，但在名義上的確是恩寵至極了。

對這些虛銜，李清一笑帶過，相較於宮中來的特使，他更看重的是隨同特使而來的那位蕭氏族人，對李清而言，他帶來的東西對自己更有作用。

接完聖旨，當特使低聲告訴李清還有皇帝陛下的私信要交予傾城公主的時候，李清雖然略感詫異，仍示意將其帶到後院，讓這位太監去見傾城公主，自己則留下來會見這次來使中真正的重頭人物，蕭氏核心人物之一，蕭浩然的族弟蕭浩天。

「見過李大帥！」雖然蕭浩天年紀一大把了，鬚髮皆白，但地位使然，仍是不得不向李清施以大禮。

李清擺擺手道：「蕭大人，我們就不用來這些虛禮了，直接進入正題吧，蕭國公給我帶來了什麼？」

蕭浩天有些尷尬，很不習慣李清這種開門見山的談話方式，完全摒棄官場上的那套虛禮，雖然看似很痛快，其實卻讓人極不自在。

但蕭浩天畢竟是胸中溝壑的人物，稍微調整了一下心態，便已恢復自然，「李大帥，我來實在是為兩件事，其一，便是化解兩家舊怨！」

李清冷笑道：「舊怨？蕭大人，當年我位卑言輕，不過是一小小營官，蕭遠山將軍費盡心思想要置我於死地，最後要不是呂大臨將軍深明大義，此刻的李清只怕只剩下白骨一堆，這舊怨可還真是不輕，我當年可是以德報怨，將蕭將軍完好無損地送還給了你們。」

蕭浩天苦笑道：「李大帥，如此說可就太不厚道了，當年你與遠山之事，說起來不過是互相算計而已，遠山棋差一著，輸得口服心服，我們蕭氏也是認賭服輸，如今李大帥如此說，不是得了便宜還賣乖，打我們臉了嗎？」

李清聽他說得有趣，不禁大笑起來，看不出這老頭子還挺幽默的。

「好了好了，當年舊事也不必提了，你且說第二件事吧！」

蕭浩然振奮精神道：「這第二件事，便是我蕭氏欲與李帥結盟一事！」

「結盟？」李清眨巴著眼睛，「我為什麼要與你們結盟，就算我不提當年舊怨，也沒有必要與你們結盟吧！」

蕭浩然笑道：「為什麼，當然是為了利益。」

「利益？」李清笑道：「我定州大可穩坐定復兩州，坐看你們在中原打生打死，不管誰是最後的贏家，到時候難道還能少了李清一個高位，我又何必去沾你們這蹚渾水？」

蕭浩然嘿嘿冷笑，「李大帥，此話可就言不由衷了，如今明眼人都知道，大楚實際上已幾近崩塌，有實力的豪門世家，哪個對那個高高在上的位子不是虎視眈眈？李大帥你可不要跟我說，你沒有逐鹿天下的野心。臨走之前，國公曾與我煮酒論英雄，國公言道，大楚天下，能稱為英雄，能與他較量一二的人，僅有兩三人而已，一個是寧王，另一個則是你李大帥了。」

「多謝國公高看我，既然如此，我又為何一定要與你家結盟呢？如果說為了利益，我與寧王結盟豈不更佳？其一，我與他從無舊怨，其二，我倒是覺得他的勝算更大！」

蕭浩然搖頭，「李大帥絕不會跟寧王結盟，如果說沒有舊怨，這話是瞞不了人的，但略過此節不提，李大帥必然要跟寧王起衝突的，定州與呂氏存在利益衝突，而呂氏想對東方曾氏下手，定州必然要支援曾氏，將呂氏拖住戰事泥沼，但定州與曾氏相隔甚遠，陸路不通，想要支援曾氏，唯有海路一途，但走海路必然會通過寧王控制的海域，雙方水師焉能不起衝突？更何況寧王還指望呂氏迅速收拾了曾氏之後，回頭來對付定州，好減輕定州給他的壓力呢！」

李清的神色嚴肅起來，看來蕭氏的確是下了大功夫研究定州所處的態勢，將定州的戰略意圖摸了一個八九不離十。

「即便如此，那又如何，就算我與你家結盟，等到某一天，你我兩家還不是要兵戈相見，一決勝負？」

蕭浩天大笑：「未來之事，誰又能說得清呢，還是先將眼前顧好，李大帥，真到了那一天，你我兩家自然也不必廢話，現在，我們卻是合則兩利，分則兩害，以大帥之能，當能知曉這其中的利害關係。」

「你倒也坦白，說得不錯，真到了那時候，你我兩家還是要靠拳頭說話，誰得拳頭硬，誰就能笑到最後。」

「不錯，但在此之前，我們卻要聯手將那些小丑掃進垃圾堆中去。」蕭浩然微笑。

李清把玩著案上的玉如意，「蕭國公能給我什麼？」

蕭浩然反問：「李大帥想要什麼？」

李清將玉如意丟在案上，發出清脆的撞擊聲，「我要並州！」

蕭浩然臉色一變，「李大帥，你這個胃口太大了吧，你奪去奇霞關，我們已準備捏著鼻子將這顆苦果吞下去，但你想要整個並州，這太過分了吧！」

「一點也不過分，你我兩家結盟，你強我弱，沒有足夠的實力，如何分享足夠的利益？我需要並州這個糧食產區，你們將並州給我，我不僅從海路上給予寧王的水師以打擊，甚至可以派出陸軍牽制寧王的部分兵力，蕭大人，你知道，我軍平蠻之後，兵力嚴重不足，能做到這一點，已足顯我方誠意了！」

蕭浩然一陣默然，「茲事體大，我需要向國公請示之後才能作主！」

李清點點頭，「倒也不急在這三兩日，不過你也要快一點，我估計寧王的特使這幾日也就要到了。」

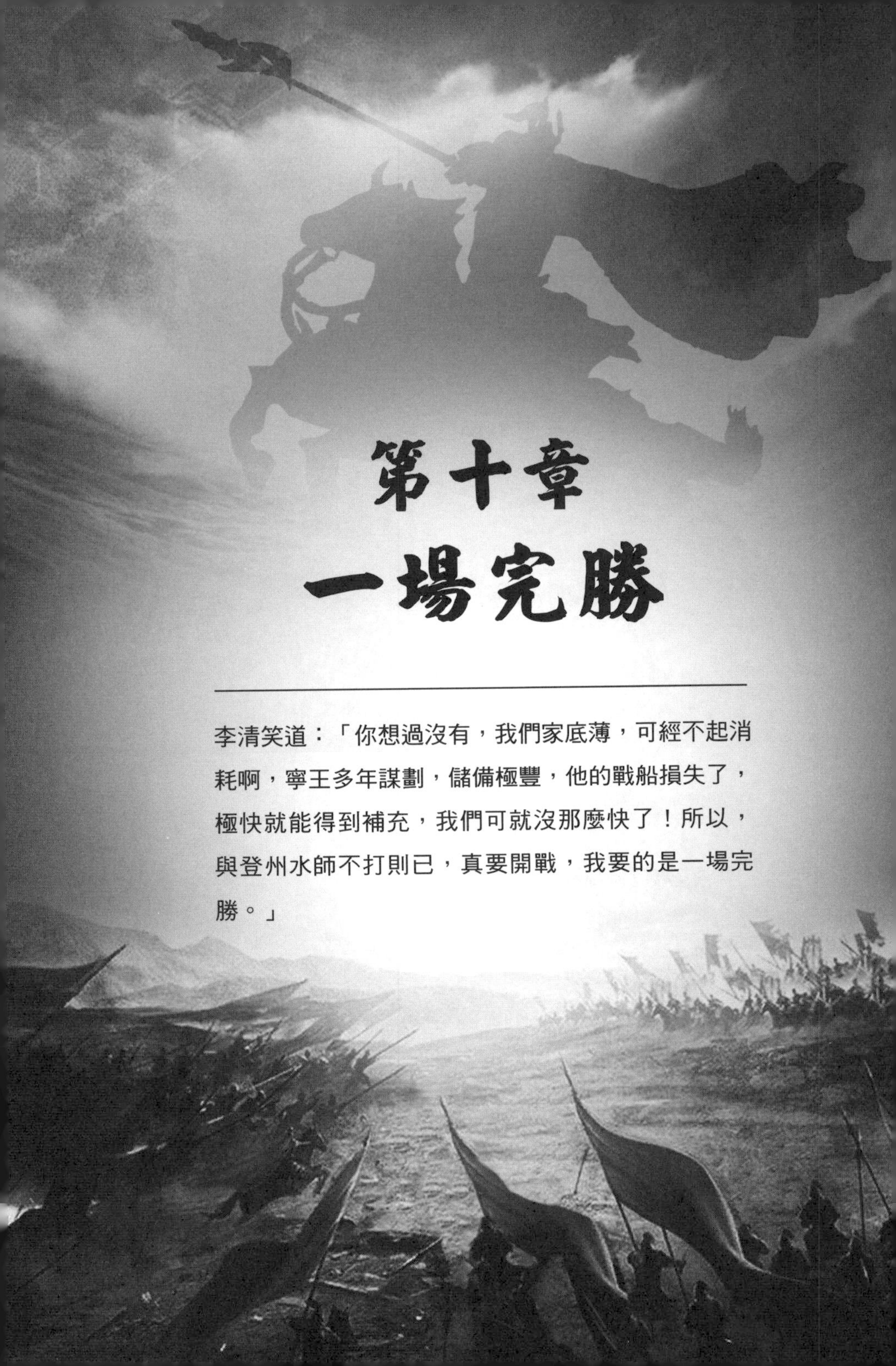

第十章

一場完勝

李清笑道：「你想過沒有，我們家底薄，可經不起消耗啊，寧王多年謀劃，儲備極豐，他的戰船損失了，極快就能得到補充，我們可就沒那麼快了！所以，與登州水師不打則已，真要開戰，我要的是一場完勝。」

送走蕭浩天，李清在書房靜坐了一會兒，想起蕭浩然的「天下英雄只二三人」的論調，不由有些失笑。

這讓他想起了曹操「青梅煮酒論英雄」的故事，他可不會因為蕭浩然的理論而特別高興，如同劉備聽聞曹操如此說後，連酒杯也給嚇掉的心態一樣，被人這麼重視，這讓想低調一點的李清相當的不爽。

被人重視，便意味著別人對你的提防也會升級，這就斷了自己渾水摸魚的機會了，接下來的中原爭鬥，比起平蠻之戰來說更加複雜，也更加艱巨了。

回到內院，卻見傾城正哭得稀里嘩啦，李清好奇地走過去，一邊的宮娥見李清的目光瞄向自己，趕緊上前小聲道：

「駙馬，是宮裡來的公公給公主帶來一封信，公主看了，就變成這個樣子，已經有好一會兒了。」

李清皺著眉，拿起那封被傾城淚水浸濕的信，一目十行地看了起來。

李清沒有見過昭慶皇帝，應當還只是一個十來歲的小孩子，正常人家的孩子，這個年齡正是倚在父母跟前撒嬌弄癡的年華，他卻要穿著龍袍，坐在龍椅上扮端莊，作傀儡，想必沒意思得很。

信很長，有好幾頁，李清看了兩頁，噗地一聲笑了起來。這一笑不要緊，立即引來了傾城的怒目而視。

李清搖著信紙，笑道：「傾城，你這侄子今年多大了？」

傾城怒目道：「夫君，他年紀是不大，但他是大楚的皇帝。」

李清笑道：「好，那這位皇帝陛下今年不過十來歲吧，你覺得這封文情並茂，引經據典，催人淚下的家書，真是他能寫得出來的麼？」

「你這是什麼意思？」

「我是說，這封信大概是朝中哪位飽學之士熬更打夜寫出來的，然後請你這位皇帝侄兒照抄一遍，從你的傷心程度來看，這位捉刀之人還真是才情不凡啊！以後有機會，我一定要見上一見！」李清笑道。

傾城迷惑地抬起頭，看著李清。

李清放下信紙，道：「蕭浩天也來了，你知道他來幹什麼？」

傾城霍地站起來，大步便去摘牆上掛著的刀，把李清嚇了一跳，一把拉住她，「你想幹什麼？」

「蕭家人我見一個，宰一個！」傾城怒目道。

李清一把奪下她手裡的刀，道：「胡鬧！他是想殺就能殺的麼？你也不想想，為什麼會有這麼一封家書給你？這是在提醒你，如今坐在皇帝位子上的仍然是你家，當今皇帝還是你的侄兒，告訴你，蕭浩天此來的目的還要你大力協助，方可保你那位侄兒無虞。」

傾城恍然之下，不禁頹然坐倒，蕭氏如今控制中樞，想要再製造一起皇帝暴斃的事也不難，想到侄兒處於虎狼之窩中，不禁又是潸然淚下。

「蕭家想幹什麼？」

「他們想與我結盟，共同對付寧王！」

「你答應了？」

「為什麼不答應，蕭家會把並州讓給我。」李清把玩著傾城的腰刀，漫不經心地道。

「並州？」傾城驚訝地道：「蕭家肯付這麼大的價錢？」

李清笑道：「有什麼好稀奇的，蕭浩然只不過是覺得捨不得孩子套不著狼，在他看來，並州只不過暫時讓我經營兩年，等他擊敗寧王，回過身來，還怕我不乖乖地聽話麼？」

「你有這麼聽話？」傾城忽地笑了起來。

「走著瞧吧！」李清也笑了起來，「對了，晚上我在你這兒吃飯，吃完飯我還得去見一個很重要的人。」

兩人雖是夫妻，但要說起能坐在一起吃上一頓飯的次數卻是屈指可數，聽李清這麼說，傾城有幾分歡喜，順口問道：「去哪裡見人啊，搞得這麼神秘，招到大帥府來不就成了。」

李清搖搖頭，「這個人是此次隨蕭浩天一起來的使臣中的一個，他是清風早年埋下的釘子，如今在蕭氏勢力中發展的不錯，有些情況我要向他瞭解一下，但他可不能堂而皇之地與我見面的。」

一聽到清風兩個字，傾城臉色一沉，沒好氣地道：「原來是要去調查司啊，你去那裡吃飯吧，想必清風司長歡喜得緊，我這裡可沒有準備。」

看到傾城垮著俏臉，李清伸著鼻子在屋裡嗅來嗅去。

李清的怪樣，讓傾城不禁嗔道：「你幹什麼，難不成我這屋子還有什麼怪味不成？」

「怪味沒有，卻有一股酸味，酸酸的！」李清取笑道。

傾城一下子紅了臉，沒好氣地道：「什麼酸味，你是說我吃醋麼？清風有資格讓我吃醋麼？」

李清正色道：「好了，不要鬧了，快點讓他們將飯菜送上來，我可真是有點餓了，再說，這可是大事，此人很可能知道一些關於你哥哥當時遇難的情況。」

傾城的神色也鄭重起來，一邊吩咐下面快點送上飯菜，一邊追問道：「此人是誰，能知道這樣的重大事件，他在蕭氏那邊的地位應當不低吧？」

李清點點頭，「三年前，恰好逢大楚大比之年，清風便將此人安排去參加科舉，通過一連串的操作，徹底抹去了他與定州和李氏的所有聯繫，三年來，此人刻意接近蕭氏，慢慢地取得了對方的信任，雖然現在還說不上委以重任，在朝中品級也不高，但手中卻握有實權，是我們在蕭氏最得力的一枚棋子。你說，此人機緣巧合，隨蕭浩天到了定州，清風為了安排他與我見一面，可是費盡了心思，才讓他有機會單獨出來，你說我能不去嗎？」

李清說得輕鬆，但傾城聽得卻是動容不已，對於清風，倒是又多了一分瞭解，**此女當真心機深沉啊，三年前便布下若干棋子**，現在一一開始發揮作用，對清風的警戒又升了一級。

李清卻沒有想到這番話還有這樣一個效果，一邊大口吃飯，一邊對正在為他倒酒的傾城道：「傾城，我想跟你要一個人。」

傾城漫不經心地道：「你要誰啊，是要秦明嗎，秦明武功高強，精通兵法，在我身邊當個侍衛統領的確屈才了，下去帶兵倒是正好。」

李清笑道：「秦明有才我知道，但現在定州不但不會擴軍，還會縮減部分兵力，秦明一時沒有位置，等到我們準備出擊的時候，我一定會向你要他的，這次我要的是另一個！」

「另一個？」傾城挾了一筷子豆芽放在嘴邊，驚愕地看著他。

「我說的是燕南飛！」李清笑道。

定州城。

離官驛不遠處，有一家很不錯的酒樓，二樓一間雅座裡，謝科正坐在靠窗的一個角落裡，獨酌獨飲。處在他這個位置，一眼便可以看清房裡任何一個位置，如有危險，他第一時間便可以躍下窗戶。

考中進士，做了文官，但當年在戰場上，在統計調查司學到的一身功夫卻一刻也不敢落下，說不定什麼時候就能用上。

隔著窗縫，他偶爾也能看到穿有統計調查司服飾的人走過，他很羨慕這些人可以正大光明地行走到陽光之下，而自己，看似風光，內心卻總是繃得緊緊的，甚至連睡覺也不能放鬆，生怕自己在夢中說出什麼不該說得話，他知道，在自己的府上便有蕭氏的探子。

官越做得大，手中的權力越大，謝科便知道**自己在定州的分量就越重，便越**

不容易早點脫離這一邊，回到定州調查司那些兄弟中去。

這便是代價吧！雖說步步荊棘，但謝科卻又很驕傲，**自己可能是統計調查司中最出色的一枚釘子了。**

雅座一側的牆上傳來叮的一聲輕響，謝科立刻坐直了身子，等了片刻，又是叮的一聲，隨即牆上驀地開了一扇小門，兩個身披斗篷的人彎腰走了進來。

掀開斗篷，謝科瞪大了眼睛，一躍而起：「大帥，司長！」

今天他得到密信，讓他來此間見一個人，但他萬萬沒有想到來的會是李大帥和清風司長本人。

李清笑著一把抓住謝科準備跪倒的身子，拍拍他的肩膀道：「辛苦你了！」

便是這一句簡簡單單的話，便讓謝科熱淚盈眶，覺得有了這句話，什麼都值了。

「大帥救我出水火，給了我新的生命，為大帥赴湯蹈火，謝科在所不辭！」

「好，很好！」李清道：「來，坐下吧，你出來一趟不容易，我們抓緊時間說正事吧。」

「大帥想要知道什麼？」謝科問。

「我想知道當日宮廷之變的詳細情況。」李清道。

謝科定定神，理了理頭緒，竭力回憶當時的每一個細節，詳細地說給李清與清風二人，小半個時辰後，終於說完。

「你是說當你們進入到宮廷中，天啟皇帝已退入內宮，並縱火焚燒了寢宮？」李清問：「也就是說，你們並沒有見到天啟皇帝真正斃命的場面？」

「當時火太大了，無法進去，滅火之後，我們找到了數具屍體，雖然燒得焦黑不能辨認，但其中一具頭戴金冠，手指骨上還佩著天啟皇帝的盤龍戒，皇后也仔細確認了的確是天啟無疑。」謝科道。

李清點點頭，「既然如此，那天啟皇帝應當是死了。」

清風奇道：「將軍，這事早有定論了，難道你還懷疑天啟未死麼，以蕭浩然的精明，怎麼會犯這樣的錯誤！」

李清重重地吐了口氣，「我見過天啟數面，感覺此人不應當是那麼糊塗之人，怎麼會在這次政變中毫無所覺呢？因而有些奇怪而已，既然謝科這麼說，皇后也承認了，那肯定是我多心了。」

謝科已經走了好一會兒了，李清與清風卻還坐在這間僻靜的雅座裡。清風拍拍手，外間門拉開，幾個夥計模樣的人走進來，撤下先前的酒菜，又流水般地換上新的熱騰騰的菜肴。

清風提起酒壺，替李清倒滿，將酒杯放到李清面前，道：「怎麼啦，難不成你還懷疑天啟皇帝還活著？這也太扯了吧？」

李清抿了一口酒，「我只是有些不解而已，天啟裡外都透著精明，怎麼就這樣死了呢？」

清風笑道：「聰明人有時犯起糊塗來，常會讓正常人目瞪口呆，感到不可思議，因為**聰明人更偏執，認定的事情很難讓他們更改自己的看法！**」

李清失笑道：「可能是這段時間太累，我都有些疑神疑鬼起來了。」

說著話，李清發現清風除了給自己倒了一杯酒之外，其餘的時間都在自斟自飲，沒一會兒功夫，一壺酒已被她喝了個底朝天，臉蛋上兩砣嫣紅在燈光下更是有些顯得驚心動魄。

看著清風又提起另一壺酒給自己滿上，李清伸手按住她的酒杯，道：「清風，你今天怎麼啦，喝得有點多了！」

清風吃吃笑著撥開李清的手，道：「將軍，你不知道，這些日子你帶兵在外，我在家裡撐得很辛苦，很吃力，生怕出一點岔子，開始還有尚先生和路一鳴在，後來他們兩人也走了，我更擔心了，現在你回來了，我就放鬆了，也只有在你的面前，我才能這麼放鬆，不用面對滿案的文件，也不用面對下屬，今天，你就讓我徹底放鬆一回吧。」

李清默默地鬆開手，看著清風一仰脖子，將這杯酒又倒了下去，看著有些疲乏的清風，忽地感到一陣愧疚，**這個女人，自己的確是虧欠她了。**

「清風，只要你願意，你可以不必這麼辛苦，哪怕為此我會付出一些代價，我也願意。」李清開口道。

清風如果撒手統計調查司，那麼這個強力機構的運行必然會因為她的離去而陷入短時間的混亂，對現在的定州其實有很大的危害。

清風微微一怔，看著李清，半晌才道：「是啊，我也很想撒手，但我不能。」

「為什麼？」

清風迷濛的眼睛慢慢顯得清亮起來，「將軍，一直以來，尚先生都很猜忌我，我知道他擔心什麼，但總有一天，我會讓他明白，他的擔心是多餘的，我也知道，將軍的心裡未嘗沒有這種擔心，所以從很早起，我就開始為統計調查司培養接班人了。將軍，你知道這個人是誰麼？」

李清想了片刻，若有所思地道：「紀思塵？」

「將軍果然厲害，一猜就中！」清風笑道：「可是將軍知道我為什麼選他麼？」

「紀思塵此人才能是有的，但在德行上可就不那麼乾淨了！」李清道：「你為什麼選中他，而不是另外的人，比方說鍾靜，或者王琦？」

清風搖搖頭，「將軍，你要的統計司應當是一個**有力的爪牙**，而不是什麼道德君子，說起來，我做事為達目的，還不是一樣不擇手段！**紀思塵有才，德行卻有虧，這樣將軍將來更容易掌控他**，他投靠我們定州，看中的是我們的發展前景，想的是將來的前程，所以，他是最適合掌管這個部門的人，他會成為將軍手中的一把利刃，鍾靜、王琦身上則有太多我的烙印了，不適合成為這個機構的掌門。」

李清靜靜地看著清風。「清風，你這是何苦？」

「將軍，你知道嗎，我一直想恢復本姓，想對人說我叫林雲汐。」

「只要你願意，隨時都可以，如果林家說三道四，我自有方法讓他們閉嘴！」李清道。

清風搖搖頭，「那有什麼意思，我要的是將來林家族人爬到我的面前，哭著求我回到林家，也許我那位爺爺是看不到了，但我真想他能活到那個時候，能看到這一幕啊！」

「清風，在這一點上，你太偏執了，不管怎麼樣，他們都是你的親人，血濃於水啊！」李清勸道。

清風淒淒地看著他，「將軍，你知道心死的感覺麼？我知道，哀莫大於心死，林家的那一幕，便讓我的心死了。心死了，便只剩下仇恨與偏執了，先前我不是跟你說過麼，聰明人更偏執，更會讓正常人目瞪口呆的。」

李清震驚地看著清風，「清風，那你為什麼要與霽月鬧翻，而且那麼強烈地反對她與我在一起？」

清風提起酒壺，對著壺嘴猛灌幾口，道：「將軍，我雖是女兒家，但從小遍讀史書，諳熟朝堂故事，像我這樣在黑暗中行走的人，自古以來，又有幾個有好下場?! **我讓霽月恨我，就是要與她做出切割，讓所有人都知道，她恨我，只有這樣，有一天當我倒下時，她還會活下來。**霽月太單純，是不會想明白這其中的關竅的，我也不願意讓她想明白。」

李清惱怒起來，「你是說我將來會對付你？還是說我將來無能力保護你？」

清風笑了起來，「將軍，現在你可以這樣說，但當有一天，你成了皇帝，穿上龍袍，坐上了龍椅，就不見得會這樣說了。**自古帝王多無情**，有情的帝王都死得很快，而且有時候，帝王也是身不由己的。」

李清看到清風已是有些醉意，懊惱地道：「若是連自己喜歡的人也保護不了，那這皇帝做了又有什麼意思，我還不如就做這定州的草頭王。」

清風瞇著眼睛，眼波流轉，站了起來，搖搖晃晃地走到李清面前，將身子貼在李清的後背上，紅唇貼在他的耳邊，輕輕地道：「可是我喜歡看你穿著龍袍，戴著皇冠坐在那張高高的椅子上的樣子，為了這一點，我即便是粉身碎骨也心甘情願。」

李清還想說些什麼，但感到後背上的清風正在沉沉地向下滑去，心知她已醉倒，苦笑著反手將她摟住，打橫放在自己的膝上，看著那張沉沉睡去的絕美臉龐，心裡一時間百感交集。

他將清風抱了起來，從那扇小門鑽了出去，門外一條巷道，鍾靜和唐虎正候在哪裡，看到李清抱著清風出來，都是吃了一驚。

「清風喝醉了！」李清道。

鍾靜看了一眼李清，道：「大帥，去小姐那裡麼？」

李清點點頭，「嗯！」

鍾靜臉上微微露出喜色，拍拍手，轉角處立即駛來一輛馬車，李清抱著清風鑽進了馬車裡。

統計調查司自搬家之後，李清還一次都沒有來過，隨著鍾靜自秘道進入到清風獨居的小院，不由一呆，滿園子的合歡花樹讓他不禁回想起當年在那棵盛開的合歡花樹下發生的一幕。

「清風，原來你還是在乎的！」李清喃喃地道，抱著清風走進了那幢青磚紅瓦的小樓。

一臉鬱悶的燕南飛從復州被召了回來，見到傾城公主的時候，滿臉的羞慚。當時在洛陽，自己曾是多麼的意氣風發，似乎自己一出，天下英雄概莫能擋，但現實是殘酷的，莫說是定州，便是在復州，一個許雲峰便讓自己一籌莫展，一個統計調查司的分部便讓自己寸步難行，真正讓他體會了一把孤家寡人的滋味。

在復州，他幾乎成了萬人嫌，誰沾著自己都要倒楣，看到自己一出現，便作鳥獸散，弄得他只好將自己關在行轅內，整日以酒澆愁。

當他出現在傾城面前時，傾城幾乎認不得這個不修邊幅的中年書生便是去年陪自己西來的燕南飛了。

「你怎麼變成了這個樣子？」傾城不滿地道，當初皇帝哥哥讓他隨自己來時，可是說他滿腹才華的，現在看來倒似酒鬼一個。

燕南飛苦笑，「有負公主重託，慚愧之極，南飛來定州數月，一事無成，反而快成過街老鼠，當真是沒有臉面來見公主了。」

傾城沉默片刻，「這些事我都知道了，今天召你來，是大帥要見你，你收拾一下再去見大帥吧。」

燕南飛訝然道：「李大帥要見我？」

傾城點頭道：「我聽他的意思，是想要重用你，你這樣子，讓人怎麼放心交付重擔給你？」

燕南飛睜大了眼睛，「公主，您沒有聽錯吧，這怎麼可能？李大帥怎麼可能重用我？」

傾城不滿地道：「我怎麼知道，他就是這麼說的。至於怎樣安排你，我也不知道，快去沐浴更衣，收拾清爽了去見大帥，這是一個難得的機會。馬上並州便要歸到大帥手裡了，說不定大帥手裡一時之間找不到合適的人手，讓你去並州也說不定！」

滿腹狐疑的燕南飛邊走邊搖著頭，雖然他很鬱悶，但並不代表他的智商下降，李大帥要將並州弄到手讓人吃驚，但絕不會將並州交給自己來管理，如果真要用自己的話，其實自己能去的地方有限。

他忽地明白了。

騰騰冒起的水氣中，燕南飛赤身裸體地泡在水中，提起水瓢有一下沒一下地舀起水，從頭上淋下來，任由熱水穿過髮梢，流過臉龐，再從保養得極好的肌膚上滑落，臉色卻十分的糾結。

公主還沒有想明白自己要去的地方，但自己卻是清清楚楚了。只消想想之前定州發布的一連串命令，就知道李清準備讓自己去的地方。

去，還是不去呢？他陷入兩難之中。

「見過大帥！」將自己收拾得清爽了些的燕南飛一揖到地。

正在批閱公文的李清聞聲抬起頭來，看到燕南飛，哈哈一笑，放下手中的公文，抬手虛扶了一下，道：

「燕先生，好久不見了，坐，請坐！虎子，上茶！」

「多謝大帥！」燕南飛再行了一禮，側身坐在下首，唐虎端上茶來，看唐虎的臉色，就知道那杯子裡就沒幾根茶葉。

李清上上下下地打量著燕南飛，大楚首輔教出來的弟子氣度自然不凡，在洛陽官場浸淫了這麼長的時間，治事才能，手腕心機也是不差，奈何隨著傾城到了定州，卻是踢到了鐵板，四處碰壁，撞得滿頭包，半年下來，終於將他原有的稜角磨得平了，心態也平和了。

大楚政局的劇變更讓他看清了形勢，**這樣的人不用是可惜的**，更何況現在李清可算是求賢若渴，但此人用卻也有用的難處，只怕到現在，他還沒有完全死心，如果真能得他死心塌地的相助，李清覺得自己不啻又得到一個尚海波或者路一鳴之類的頂梁柱。

李清肆無忌憚地逼視著燕南飛，燕南飛正襟危坐，不動聲色。

「說起來燕先生到定州已有半年了，但我們卻沒有見過幾面，李清很是遺憾，燕先生的大名，李清久仰了。」

「賤名有辱清聽！」燕南飛欠聲道。

李清微笑道：「在這裡，燕先生過得可好，可還習慣？」

「承蒙大帥相詢，南飛過得還好，也挺習慣。」燕南飛違心地答道，看著李清似笑非笑地看著他不作聲，臉色不由慢慢地變紅，終於在喘了一口粗氣後道：「大帥見笑了，其實南飛過得很不好，很不開心！」

李清哈哈大笑，「這才是大實話，燕先生，你知道為什麼你不論在定州還是在復州，都過得不開心，處處碰壁麼？」

燕南飛心道：這還不是承蒙你大帥的關照！但這話卻說不出口，只能默不作聲，以示抗議。

李清盯著燕南飛的眼睛，一字一頓地道：「**那是因為燕先生有一件事沒有搞清楚，這件事錯了，你在這裡做什麼都是錯的。**」

燕南飛拱手道：「燕某愚鈍，還請大帥指點迷津。」

「無論是定州還是復州，或是馬上就將併入我治下的並州，再或者是草原，**他們都只需要一個主人，一個聲音**，你想在裡面另起灶爐，發出不同的聲音，自然不可能實現。」李清昂起頭：「不論是誰，只要他違反了這一鐵律，就絕不可能有所作為。」

聽到李清霸氣十足的話，燕南飛很想反駁，無論是定州、復州還是並州，在你李清之上都還有一個更高的存大，那就是當今的大楚皇帝，但這話還沒有出口，他自己就先洩氣了，如今的大楚，還有皇帝發話的份嗎？天啟暴死，自己的老師身陷詔獄，生死不明，大楚已經完了。

「燕先生才能卓越，應當不難想明白這個道理，或是你根本不願面對這個局面？」李清看著臉色蒼白的燕南飛，追問道。

「我……」燕南飛欲言又止。

「你身負重託，不欲背信棄義，我自然是明白的，但燕先生，我想問你一句，**你甘不甘心讓你一身所學就此磋砣**，每日龜縮在家中，借酒澆愁，醉生夢死，**任由天下風雲變幻，你卻只是這場大潮之中的一個看客，然後淹沒在歷史的浪花之中，了無聲息？**」李清連聲問道。

「自然不願意，但此時此景，又能如何？」燕南飛洩氣地道。

「所以我給你尋了一個地方。」李清誠心道：「如果把你放在定州任何一個地方，都會讓很多人心生幻想，而讓你處於兩難之境，也會讓我難以放心，更會讓其他僚屬對你心生猜忌，**外敵並不可怕，最怕的就是禍起蕭牆之內**。燕先生，我惜你才華，欲借重於你，說句實話，我手下可用之才，特別是在文治之上有才能的人不多，甚至很難挑出幾個獨當一面的人，這也是我看重你的原因所在。你去這個地方，一來可以避開一些複雜的事情，二來也可以靜下心來看一看，想一想，將來該怎麼做。如何？」

燕南飛心中掙扎，「大帥是想我去西都護府？」

「不錯，較之東都護府，西府治理難度尤其之大，非大才者不能任之。燕先生是我心目中最為理想的人選，當然，我不會為難燕先生，如果你願意便去，不願意我也不想勉強！」

李清端起茶杯，喝了一口茶，說了這麼多，嗓子卻是乾得厲害。

燕南飛額上微微浸出汗來，答應李清，基本上就意味著背叛了傾城，背叛了當初出京城之時給老師的承諾；但李清給出的位子卻是極其誘人，西府治下，跨地千里，雖然一窮二白，但正是這樣的地方，卻更易做出成績，**如果自己能將室韋人歸化，那自己的名字必將載入史冊，這不是每一個讀書人夢寐以求的事嗎？不是每一個人都有名垂青史的機會的。**

「公主會答應放我去嗎？」掙扎之中，燕南飛終於還是找到了自己的答案。

聽聞燕南飛如此一問，李清不由大喜，這便是答應自己了。

「我跟傾城打過招呼，她已同意了！」李清微笑道，其實傾城只同意讓李清使用燕南飛，至於怎麼用，根本不知道。

燕南飛低頭沉思片刻，站了起來，整整衣裳，向著李清行禮道：「屬下燕南飛，見過大帥！」

李清哈哈大笑，「燕大人無需多禮，以後就是一家人了，我想燕大人知道我有用你的消息後，就一定猜到了我要把你派到什麼地方去，對西都護府的治理可曾有過什麼想法？」

燕南飛道：「倉促之間，沒有什麼良策，但南飛想來，只需做到三件事，便可讓西都護府長治久安。」

「那三件事？」

「其一為**平叛**。定州與室韋之間，室韋與草原蠻族之間，結怨頗深，必有心懷叵測之輩聚眾作亂，所以西都護府第一件事便是平叛。

「其二為**歸化**。叛亂初平，便是要讓室韋對中原心生歸化之心，這其中就涉及到了民生，文化等等一系列政策，說來容易，做起卻難。

「其三則是**大治**。其實完成前兩件事後，第三件事就簡單了，在定州的大力支持下，我想，西都護府很快就會繁榮起來，成為定州有力的臂助！」

李清微微點頭，自己的確沒有看錯人，在如此短的時間內，燕南飛就已想透了如何治理西都護，確是有大才之人。

「既如此，你需要多長時間？」李清問道。

燕南飛嘴張了張，又猶豫了一下，道：「五年！」

「三年可否？」李清道。

「很難！」燕南飛回答得乾淨俐落。

李清站了起來，走到堂間，來回踱了幾個圈子，沉吟道：「我希望是三年，燕大人，如果三年你完成了這一壯舉，我便調你回來，有更重要的位子等著你，相信三年之後，你也想明白了，看清楚了，那個時候心中再無牽掛。可盡心竭力為我效力。」

燕南飛道：「屬下竭盡所能。」

「如此甚好，在巴顏喀拉，關興龍部下一萬餘部騎正在整訓，你下去之後，便收拾東西，帶人去巴顏喀拉與他會合，共同出關。同時在室韋港口，我還會布署一支水師予以臂助。」

「多謝大帥，既然如此，南飛就告退了！」燕南飛躬身道。

李清點點頭，「你去吧，去和傾城告個別，另外再去找一下統計調查司清風司長，在她那裡，有你老師府上逃出來的一個家人，和你老師給你的一封信。」

「老師？」燕南飛大驚。

「不錯，一個月前，此人歷盡千辛萬苦才逃來定州，現在人在清風司長那裡！」

燕南飛心掛陳西言安危，當下匆匆向李清一揖，慌慌張張地便向外跑去，險些被門檻絆了一跤。李清嘴角露出微笑，那封陳西言的信他已經看了，相信有這一封信，燕南飛會想得更清楚一些。

送走燕南飛，唐虎走了進來，道：「大帥，復州水師統領鄧鵬已經到了，正在外面等候大帥召見！」

李清大喜，「他倒來得快，快請！」

鄧鵬自從歸順李清之後，諸事大順，多年心願一朝得償，人顯得年輕了好幾歲，不復當初李清見他時，那一副老農模樣。

「鄧鵬見過大帥！」一見李清，鄧鵬立刻推金山，倒玉柱，大禮參拜。

李清攙起鄧鵬，「你遠來辛苦，坐慣了船，騎馬還習慣？」

「多承大帥關懷，鄧鵬習慣得很。」

李清開心地道：「聽說你將家小都安置到定州城了？」

鄧鵬點頭道：「正是，屬下已在定州買了宅子，將家小都安置在定州城，以後還要拜託大帥多多看顧了！」

李清不禁莞爾，鄧鵬是一個非常小心的人，李清將水師託付給他，沒有一絲的猜忌，如今鄧鵬麾下已聚集了一支強大的水師，再加上一支數千人的水師陸戰隊，可以說，鄧鵬在不聲不響之中，已躍身為定州軍隊之中的實力派人物，將家小安置在定州城，也是從另外一個方面向李清表示忠心。

「說說你的家底吧！」李清隨意找了一張椅子坐下來，指著身邊另一張椅子對鄧鵬道：「坐，坐下說！」

鄧鵬側著身子，看著李清道：「這哪是我的家底啊，分明都是大帥您的家底，我只不過替大帥看著呢！」

李清大笑，卻也不禁說道：「鄧鵬啊，你這人什麼都好，就是未免太小心了一些，作為一名將領，你這性格可不太好，做起事來瞻前顧後，這要是在戰場上，可是要誤事的。」

鄧鵬臉色肅然，「多謝大帥指點，末將記得了。該擔當時末將絕不會退縮。」

「嗯！」李清滿意地點點頭，將領小心避嫌是好的，但過於唯唯諾諾卻也不是一件好事，長期下來，就算是一頭猛虎也會變成一隻病貓了。

「復州水師目前有五千料以上戰艦十艘，三千料以上戰艦十五艘，千料以上的小戰船三十艘，五千料的大型戰艦每艦配備約有五百人，而三千料戰艦配備三百人，千料戰艦大都在百人上下，水兵統共約有兩萬餘人，再加上大帥特別要我們配備的水師陸戰隊五千人，復州水師加上岸上基地，合計共有三萬餘眾。」

鄧鵬向李清解釋著目前水師的規模。

「我還以為你五千料以上的戰船也搞了個幾十艘了呢？」李清失望地道。

鄧鵬失笑，「大帥，這三年來，要是論船廠的造船能力，打造個幾十艘五千料戰船那是沒問題的，但是原料得配得齊啊，不說別的，光是造船的大木便難以集齊，想要造出好的戰艦，這大木必須陰乾兩年以上方可使用，否則在大海裡一經風浪，不出一年，鐵定要散架的。」

李清奇道：「還有這個說法？我倒是不知。」

鄧鵬道：「大帥日理萬機，這些小事自然無暇理會。以前復州水師有五千料戰船，現在已經有了十艘，三年前，我便下令海陵船廠大規模地蓄集木材，一到兩年內，我們便可再添十到二十艘五千料戰艦。」

「能不能造個一萬料的戰艦出來？」李清看著鄧鵬。

這年頭，五千料的戰艦便算是極大的了，但在李清的眼裡，實在不算什麼，但他這話卻將鄧鵬嚇了一跳，「大帥，一萬料，這，這海陵船廠從來沒有造過，整個大楚有名的船廠，誰也沒有造過如此大的戰艦啊！」

「沒有造過，可以摸索嘛！」李清道：「鄧統領，你想想，如果你手裡有這麼幾艘萬料戰艦，海戰起來又會如何？」

鄧鵬倒還真沒有想過這事，主要是大楚如今還沒有一艘萬料戰艦，聽李清這麼一說，眼睛不由發亮，「大帥，您這一說，倒還真有道理，如今海戰，大船勝小船，人多勝人寡，如果真有這麼幾艘大艦，復州水師可就天下無敵，可關鍵是這造船的技術……」

李清笑道：「先讓他們摸索，試驗，總有成功的一天嘛！」

「是，大帥！」鄧鵬道。

「船的事先不說了，知道我找你來什麼事嗎？」李清道。

鄧鵬笑道：「大帥肯定是要用我們復州水師，現在陸軍暫時沒事做，正該我們水師出馬，大顯我定州軍威了！」

「你知道你要面對的是誰嗎？」李清問道。

鄧鵬興奮地從懷裡摸出一張地圖，拖過桌子，將圖攤在桌上，道：「大帥，平蠻之戰大局已定的情況下，我就琢磨著我們下一個敵人是誰，從大帥不遺餘力發展水師，我已大概知道，**大帥的第一個假想敵定然是南方**。」

李清盯著鄧鵬攤開的地圖，看到上面的標記，不禁嘆道：「你有心了。」

「大帥，東方曾氏雖有水師，但只局限於內河，船小人少，規模不大，在內河還有些威力，一旦到了海上，那完全就是一盤菜，基本可以忽略不計；而蕭氏地處內陸，陸軍雖強，但水師等於零，只有南方才是我們的敵人，南方寧王控制著沿海地區，手裡有三支水師艦隊，規模很大，三支水師合計兵力超過十萬人，是我們復州水師控制海權的頭號大敵。」

李清手指著海圖，道：「登州，臨州，勃州，分別駐紮著寧王的三支水師，尤其以登州水師規模最大，戰力也最強，登州水師統領龐軍是水師老將，麾下水師久歷戰陣，登州水師控制區域內，海匪被清掃一空，借著這些戰鬥，龐軍也讓其水師經歷了戰鬥，可以說，我們的最大的敵人就是他。」

鄧鵬點頭道：「不錯，龐軍是水師元老，末將是極佩服他的。但登州水師有一個缺點，就是五千料以上大型戰艦不足，僅僅有兩艘，其他都是三千料的戰艦，真要打起來，如果復州水師全員齊出，而其他兩支水師又不參與的話，末將還是有把握擊敗他的。」

李清笑道：「你倒挺有信心的，但你想過沒有，我們家底薄，可經不起消耗啊，寧王多年謀劃，儲備極豐，他的戰船損失了，極快就能得到補充，我們可就沒那麼快了！所以，與登州水師不打則已，真要開戰，我要的是一場完勝。」

鄧鵬皺起眉頭，「龐軍海戰經驗豐富，說實話，我是不如他的，想要完勝，末將一點把握也沒有。」

「所以說，我們要極其小心。」李清指著地圖道：

「鄧鵬你看，我們復州水師前期的主要目標是支援東方曾氏，將呂氏拖入戰爭泥沼，從復州到東邊曾氏控制的海港，我們幾乎要繞過大半個大楚，這其中的航程之遠，才是我們的第一個敵人。

「所以，第一步，我們要極力避免與南方水師的正面戰鬥，而繞行遠海，雖然這樣將航程拉得更遠，卻安全得多。在這個過程之中，我們要在遠海找到適宜建立基地的海島，建起一系列的補給基地。」

李清的手沿著深藍色的海域畫了一個半弧，道：「通過這些遠海島域，我們建立起的補給基地或者說軍事基地，將成為一道鎖鏈，不動聲色地將南方水師給鎖定在近海地區。」

鄧鵬眼睛發亮，「大帥高招，這些遠海島域適宜設立基地的，大都為海匪佔領，我們通過打這些海匪，也可以讓我們的水師獲得極大的鍛鍊，佔領這些遠海島域，建立軍事基地，讓我們的水師能及時得到補給，同時通過這些基地對南方水師不停地予以打擊，慢慢地磨死他們。」

「不錯！」李清道：「我們姑且稱它為海上游擊戰，不與對方進行正面的大規模的戰鬥，而是尋找戰機，逮著機會就去咬他們一口，只要他們找不到我們的主力所在，我們就可以倚仗著船大速度快的優勢，一擊就走，讓他們在後面吃屁！如果他們分兵追擊，我們則可以迅速調集優勢兵力，聚而殲之。這就叫敵進我退，敵退我追，敵駐我擾，敵疲我打。」

鄧鵬大笑，「大帥總結得精妙，到時卻要看是寧王補給得快，還是我們將他們擊沉得多。」

收起海圖，鄧鵬佩服地看著李清，「今日與大帥一席談，鄧鵬勝讀十年兵書啊，有了大帥的這番籌謀，鄧鵬現在是信心滿滿，恨不得馬上就揚帆出海，乘風破浪！」

李清鼓勵道：「快了，我們與蕭氏馬上就要結盟，結盟之後，依照盟約，我們在陸上要出兵牽制寧王陸上部分兵力，在海上，你們先行主動出擊，占據這些遠海島域，儘快修建海島基地，儲備物資。記住，一定要秘密進行，寧可多繞道，也不要過早地與對方發生衝突，等到東方曾氏在與呂氏的戰事中感到吃力了，我們再去支援他。」

「大帥這是要？」鄧鵬有些不解，「要是讓呂氏三下五除二就把曾氏給打垮了怎麼辦？」

李清搖搖頭，「哪有這麼容易，曾氏畢竟也是百年世家，多年積累，沒有這麼快就會失敗，而且我們已給他們送去了情報，他們現在已在積極備戰了，等到他們支持不住再去支援他們，是錦上添花，遠不如雪中送炭啊，而且借這個機會，我們也可以從他們那裡得到更多的東西，特別是他們控制的順安港口，更是我想要的。」

鄧鵬笑了，笑得如同一隻老狐狸，「大帥的意思我明白了。」

在官場上混了這麼久的鄧鵬當然想得很清楚，李清支援曾氏，但可不想讓曾氏在打敗了呂氏之後成為定州新的敵人，在東方戰場上徹底擊敗呂氏，而曾氏也必須要元氣大傷，如此一來，定州兵出北方，占據呂氏地盤，而東方曾氏就算委屈，也只能在定州之後做一個小弟了。

李清的算盤打得很精明，到了那時，曾氏力量被大大削弱，而在定州水路兩面的壓力之下，只能臣服於定州，李清與蕭氏聯手擊敗寧王，最後與蕭氏兵戈相見的時候，蕭氏幾乎處在定州勢力範圍三面包圍之中，這場爭鬥，定州集團便已占據了上風。

定州的戰略方針是在中原戰爭初期，絕不介入其中，而是全力積蓄內功，發展定、復兩州，以及草原和剛剛到手的並州的經濟民生，休養生息，養精蓄銳。

可以想見，一旦定州發動，或者時局的發展超出控制，逼使定州提前進入，則很有可能面臨兩線作戰，一是對北方呂氏的戰爭。如果呂氏勢頭強勁，而曾氏金玉其外，敗絮其中，無力抵擋，兵敗如山倒的話，那麼定州必然會提前出兵。二是寧王勢頭大盛，蕭氏節節敗退，這也將導致定州不得不提前進入。

為了應付有可能出現的意外情況，定州在接下來的時間裡，在軍事上進行了一連串的調整。

定州現在總體兵力約有十萬。關外關興龍西都護府橫刀營，加上景東部屬萬餘人，東都護府楊一刀選鋒營與紅部五千騎兵，呂師三萬餘人，啟年師二萬餘人，過山風的移山師兩萬餘人，再加上常勝營、旋風營兩營騎兵，和一直駐守定州城的馮國的磐石營。而現在在名義上納入定州統治之下的諾其阿部，尚餘的一萬多騎兵還不能放心地使用，再有就是富森手中紅部精銳也還剩下萬餘人的隊伍。

李清的第一步，就是成立了第四支師級隊伍，將常勝營、旋風營和從啟年師調出的兩個步兵營兩萬人整編成第四師常勝師，由姜奎擔任主將；從呂大臨部調出兩個步兵營和一個騎兵營併入啟年師，如此一來，呂大臨的呂師縮水一半，李清直接將紅部富森一萬多精銳劃歸給呂大臨指揮，讓富森進入呂師，擔任呂大臨的副手，有呂大兵這個潤滑劑在，再加上呂大臨的威望，壓住富森，有效地整合這支紅部騎兵不在話下。

過山風的移山師駐紮在復州境內，當年西渡的三萬士卒歷經大戰，如今活著回來的，還剩下兩萬餘人，但毫無諱言，這兩萬人都已是百戰之師，在這一次軍隊大整編中，過山風部不僅沒有動一人，反而得到了極大的加強，李清給過山風撥了兩營新兵，另外將諾其阿的一萬蠻族精銳也劃歸給過山風指揮，過山風的移山師兵員一下子達到四萬餘人，一躍成為李清集團內最大的部隊，而且其駐紮復州，兵鋒所向，不言自明。

這一次定州大勝，各將都有封賞，以前除了呂大臨是副將品級之外，其餘的大將，包括過山風、王啟年等，都是參將品級，而此時，他們的部下，各營級指揮官也都是參將銜了，大楚如今名存實亡，李清在戰後酬功，一口氣將過山風、王啟年、姜奎、馮國、關興龍、楊一刀等人全部提為副將銜，呂大臨則更進一步，成了振威將軍。

而李清根本懶得理會洛陽的反應，只是後來與蕭氏結盟，這才做個樣子，寫了一封拜表送到洛陽，從名義上確認一下而已。

馮國自從李清集團占據定州之後，就一直沒有上過戰場，一向留守在大本營定州城坐鎮，這也讓他沒有更多的機會立下功勞，但定州城的重要性不言自明，能讓李清放心地將定州城的安危交給他，就說明了李清對他的絕對信任。

馮國不僅擔任定州城的守備，而且他還將成為即將在定州成立的尉官訓練學校的副總訓練官，總訓練官是李清。

當然李清只是掛個名字而已，具體的工作將全部交由馮國來完成，這樣，馮國訓練軍官卻不指揮這些軍官，而這些軍官與馮國有著師生之誼，卻又分在其他各級將軍手下任職。如此一來，李清將在最大程度上限制手下將領勢力的擴張，使這些軍隊能掌握在他手中，任何時候都不會成為某一個將軍的私產。

大楚是如何崩塌的，李清可看得清清楚楚，一旦有人能徹底掌握一支強大的軍隊，那就是禍亂的開始，就算他沒有什麼野心，但他的繼任者呢？必須從根本上將這種可能消除掉。

「各位將軍，接下來的兩到三年中，我們的任務就是準備戰鬥，而且有可能是雙線作戰，但毫無疑問，我們的首要作戰目標是北方呂氏！姜奎！」

姜奎霍地站了起來：「大帥！」

「你的部隊集結了我定州軍最有戰鬥力的精銳，分別駐紮在羅豐，長琦，你可知道其中的含義？」

「部下明白，一旦時機成熟，我們便要像一把利刃捅破盧州的心臟，一舉殺入北方幽燕之地，徹底擊敗呂氏，占據北方。」

李清笑道：「百足之蟲死而不僵，呂氏即便遭遇重大挫折，也不是你部兩萬人能夠說滅就滅的，我要的是你在這兩三年中，精兵勵馬的同時，搞清楚北方的地形以及山川河流，並據此制定不同的作戰方案，一旦開戰，你們必須打亂呂氏的所有布署，在你的身後，啟年師、呂師的定州主力部隊將隨即開進，你是開路先鋒，他們才是滅殺呂氏的主力！」

「我明白了，大帥！」姜奎點頭道。

「這些事情，你與軍情司多多協調配合，如果力有未逮，人手不足的時候，也可向統計調查司求援，調配人手！」李清命令道。

茗煙與清風同時回道：「一定配合姜將軍！」

李清轉頭看向過山風，「過將軍的部隊將開拔到駐紮復州，屯兵與襄州接壤處，有你這四萬軍隊往那裡一站，寧王至少也要布署四五萬部隊才敢放心，但是，我讓你在那裡，可不是讓你去尋釁滋事，率先挑起磨擦的。」

過山風笑道：「大帥放心，末將在那兒也就是練練兵而已，絕不會與對方起衝突，當然，如果對方的統兵大將願意，我甚至可以與他們就軍隊的管理訓練來一番友好交流也是沒有問題的。」

過山風俏皮的回答讓緊張的軍事會議略微輕鬆了一下。

李清也笑了起來：「你也不要過於大意，小心對方趁你不備，敲打一下你！」

過山風道：「大帥，末將原來是幹土匪的，像這種偷雞摸狗的事，本就是我最擅長的，如果對方不夠意思，我也不介意與他就此『交流』一番。」

「不管做什麼，你一定要把握分寸，我可不想與寧王發生大規模的衝突，如此豈不是讓蕭浩然偷偷笑掉大牙，反正，我們與蕭氏的盟約也只是替他牽制部分寧王軍隊，我們做到這一點已夠了。」李清道。

「諾將軍！」李清看向諾其阿。

諾其阿是第一次參加定州如此高級別的軍事會議，一直有些心神不寧，渾身猶如長了刺一般的不自在，總覺得定州諸將看他的眼神一個個都怪怪的，驀地聽到李清叫他，不由嚇了一跳，霍地站起來，「末將在！」聲音格外的響亮，倒讓眾將都奇怪地看向他。

「諾將軍請坐，第一次參加我們的軍事會議，有些不習慣吧！」李清體貼地道。

「還好，還好！」諾其阿欠身道。

「諾將軍，你部一萬騎兵併入過山風的移山師，此去復州，仗暫時是沒得打，但一定要注意與過將軍的部隊的配合訓練！你們草原軍隊馬上野戰的確很有一套，但在步騎配合、以騎破步這些戰術方面還差得很遠，以後我們將要踏上中原戰場，那裡的軍隊以步卒為主，裝備精良，訓練有素，如果不在這上面有所提高，以後你們會吃苦頭的。」李清很是誠墾地對諾其阿道。

「多謝大帥提點，末將一定服從過將軍的指揮，加強訓練！」諾其阿大聲回道。

「嗯！」李清點點頭，「你們族人在上林里過得還好吧？定州配屬給他們的糧食及日常用具可有短缺？當地官吏可有欺壓他們的行為？」

諾其阿猶豫了一下，「大帥，糧食和土地都已到了族民手中，官吏也很友善，但，但，但……」

「有什麼話就直說。」李清令道。

「大帥，就是我族族民與本地人發生了多起磨擦，雙方處得不是很融洽！」諾其阿囁嚅道。

李清明白，在表面上，自己的命令能得到很好的貫徹，但數百年，定州邊民與蠻族的仇恨是根深柢固的問題，很難因為官府的一紙命令就放下這些仇恨，加之定州作為勝利者，面對這些內遷來的蠻族尋釁滋事，趁機羞辱一定是少不了的，這事說大也不大，但就怕長期不理會，慢慢積累到一定程度，就會變成大事了，看來要就此事專門知會一下駱道明，一定要抓幾個典型趁機震懾一番，接下來要做的就是同化他們，要做到這一點，首先便要給他們同等的地位，同樣的尊嚴。

在定州，他絕不允許出現族群衝突。

「這件事我知道了，我會專門就此事發文給駱道明，凡是以後起了衝突，不要私下解決，更不要忍氣吞聲，直接上衙門去告狀嘛！如今你族也是我定州子民，要理直氣壯地上衙門去理論！」李清教訓道。

諾其阿苦笑道：「族民們只怕去了衙門後也無用，還另起波折，所以大都選擇忍氣吞聲。」

蠻族內遷之後，大都是覺得人在屋簷下，不得不低頭，如果選擇告官，很可能這些定州官員一樣偏向本地人，在向本族那些德高望重之人申訴時，得到的多是忍氣吞聲的告誡後，大都這樣的事便都不了了之了。

「告訴你的族民，再有這樣的事，大膽上衙門去告，我倒想看看那些官員們敢不秉公辦理？清風，你關注一下這件事！」李清冷笑道。

「是！」清風點點頭。「我會安排上林里的調查司分部就此事進行調查！」

「多謝大帥，多謝清風司長！」諾其阿抱拳道謝。

四月初，北呂呂氏鐵騎突破邊境，對曾氏集團控制下的順州展開突襲，提前得到情報的曾氏調集重兵，雙方熬戰於順州，一時之間難以分出勝負。

曾氏家主曾慶緒一面指責呂氏興不義之師，無端犯境，實為大逆不道，一邊向洛陽昭慶皇帝遞表表示臣服，同時請求援兵。

但此時在蕭氏控制下的洛陽中樞，正集中全部的精力準備在秦州與寧王的大戰，對於曾慶緒的臣服除了表示讚賞，並表示道義上的幫助之外，在其他方面則愛莫能助。

南方寧王更是派出一支偏師，直接占領了曾慶緒轄境內的渚水縣，隨時有深入對方境內的打算，如此惡劣的情況之下，氣急敗壞的曾慶緒也顧不得定州與他有多遙遠了，立即派人不辭萬里趕到定州，向李清求援，請李清出兵攻打呂氏，以緩曾氏之危，並許出重諾。此時對於曾慶緒而言，就算只是溺水者撈到的一根稻草，也要拼命抓住。

曾氏使臣不算是沒有收穫，李清雖然表示定州剛剛經歷平蠻大戰，戰力損耗極大，實在無力出兵，只能從海路運送一些武器軍械來表示支援，同時願意讓水師為曾氏提供力所能力的支援。

李清的回覆雖然與曾慶緒所希望的相差甚遠，但總聊勝於無，更何況定州軍械舉世聞名，所出產一品弓、百發弩犀利無比，如果能大量得到，對於曾氏抵抗呂氏侵略也不算是不無幫助。

曾氏使臣抵達定州之時，順州已丟掉大半，呂氏軍隊在呂逢春的指揮下，已迫近順州的州府重地，在李清的府第看到統計調查司剛剛獲得的情報，曾氏使臣一咬牙，答應了**李清唯一的要求，便是定州水師有權使用曾氏控制下的順安港，這也是曾氏唯一的一個不凍港口。**

簽署下這個文件之後，李清立即下令鄧鵬水師自復州滿載軍械開始起航。環繞大半個大楚，向著東方出發。

此時，位於秦州的寧王與蕭氏軍隊已是一觸即發，蕭遠山親臨秦州，指揮對南方軍隊的作戰。

相比於中原大地處處烽火的景象，此時的定州處處一片繁忙景象，前段時間因為大戰而耽擱下來的農活，正在與老天爺爭奪天時，趕種糧食。

剛剛移交給李清的並州則處於交接時期，人心倒不是那麼穩，一片惶惶之象，不過李清倒也不慌，有路一鳴前往主理此事，再加上呂大臨麾下一萬士卒進駐，出不了什麼大事，聽說有不少並州權貴收拾東西跑路了，李清倒是歡喜得緊，沒有這些傢伙礙手礙腳了，定州新政在並州的推廣更易展開。

至於老百姓，也就慌這一陣子，得民心者得天下，一旦定州新政開始，得到實惠的他們只會對新的主人舉起雙手擁護。

眼下李清正在巡視著各縣，春耕大事容不得半點疏忽，定州復州本身不是產糧區，全州所得根本不足以供養本州百姓，需要外地大量輸入，雖然將並州弄到了手，但剛剛入手，不好隨即從並州大量調入糧食進並復兩州，否則在並州引起誤解和恐慌，那也不是好玩的，待得明年，並州完全納入自己掌控之中，三州合力，或可解決三州糧食問題。

眼下中原各地烽煙四起，糧食已成為戰略物資，想要大量購買屯集已是越來越難，好在與蕭家簽定了盟約，從蕭氏那裡還能解決大部分的問題，但狗日的蕭氏不要銀子，就要軍械來換，讓李清不得不降低自己對糧食的貯備要求。

希望打通海路之後，能從曾氏那裡搞到糧食，那邊可也是主要的產糧區啊！李清邊走邊想。

「大帥，這就是年前您交給我的那些棉種，我們這邊從來沒有種過這玩意兒，我找了好幾個侍候了數十年莊稼的老把式，小心翼翼地照料，終於育出了苗，大帥您看，眼前這上萬畝土地，可都是種的這珍貴的棉苗啊！」隨侍在一邊的龍四海興高采烈地道。

如今的龍四海可不是當初那個靜安縣的土財主了，因為第一個掏出大筆真金白銀購買李清的債券而得到李清青睞，如今已是定州治下炙手可熱的商會執事，不僅成了李清指定的軍用品供應商，而且獲得了唯一的試種棉花資格。

當然，獲得重用也便承擔了更重的責任，從李清慎重其事的交代，龍四海便可以看出這個新東西在大帥心裡的重要性，戰戰兢兢地等待幾個月後，看到一株株幼苗破土而出，瘦了好幾斤的龍四海終於長出了一口氣，隨著更多的幼株成活，龍四海知道，這個新物種算是成功了。

李清下馬走到田邊，欣喜地看著一株株綠油油的幼苗，撫摸著略帶著細細絨毛的葉片，抬起頭對龍四海道：

「你知道嗎？再過幾個月，它們就將開花，紅的，白的，遍布田野，那美麗的花朵，就是我們要收穫的東西，龍先生，你開闢了一個新的時代，用它做成的東西將風靡四海，你要發財了！」

龍四海笑得眼睛瞇成了一條縫，「這全是大帥的功勞，要不是大帥，小人哪敢種這東西，即便以後發財了，這些財富也都是大帥的。」

李清哈哈大笑，「是你的就是你的，怎麼，你還怕我搶你的東西麼，只要你照章納稅，就不會有人找你的麻煩。龍先生，像你這樣熱愛定州的商人，李某希望越多越好啊！」

龍四海彎腰道：「大帥這話可錯了。」

「哦，我怎麼錯了？」李清好奇地看著他，很是奇怪這傢伙居然有膽子反駁自己。

「大帥，這種子是大帥你弄來的，沒有它們，就沒有這些棉苗，這是源，小人不能不飲水思源啊；再者，這以後怎麼辦，小人是一點也不知道，還要煩請大帥指點，所以說，這玩意兒以後產生的效益，大帥不占大頭，怎麼說得過去啊！這要傳出去，小人在定州商界裡面就不能混了！」

李清大笑著翻身上馬，道：「龍先生很會說話，不過這玩意以後怎麼做，嗯，你可以來大帥府找我，我們商量商量。說實話，我雖然知道一點點，但也不大詳實，一起研究吧！」

龍四海大喜，與財富比起來，他更希望與大帥的關係親近一點，與大帥關係好了，財富舉手可得，當初自己只不過掏了十萬兩銀子，可這一年多來，自己早就賺了回來，還大有盈餘，有了這個理由，自己可以名正言順地登堂入室，出入大帥府，有了這層關係，自己在定州，不，還有復州、並州，自己那就是披上了虎皮，出入暢通啊！

「龍先生，發了大財後，準備做些什麼啊？」李清笑問。

龍四海想也沒想，「當然是支持大帥的大業！」

「嗯！」李清看了一眼龍四海，**什麼叫大業，這可是有考究的，難不成自己的心思連這些商人都瞭解得一清二楚麼？**臉色不由一沉。

龍四海話剛一出口，看見李清的臉色，就恨不得扇自己一巴掌，這些事，老百姓或許不知，但對他們這些精明的走南闖北的商人來說，豈有看不出來的，而且龍四海在初時就決定在李清身上投資，這兩年也獲得了巨大的回報，從他內心來講，李清走得越遠，他便也走得越遠，但這些事卻要深深的埋在心裡，縱使大家都明白，也不能講出來啊。

策馬走了一段路，龍四海頭上的汗一滴滴地落下來，隨著李清沉默的時間越長，龍四海的臉色就越蒼白。

眼看這個胖子在馬上已是搖搖欲墜的時候，李清倒是想明白了，**眼下大楚如此亂局，但凡是個明白人都已看出這是個群雄割據的時代，像龍四海這樣的精明人豈會看不出來？**倒是自己欲蓋彌彰，落了下乘了。

李清瞄了一眼龍四海，不由奇怪地道：「龍先生，你怎麼啦？」

龍四海像一條被摔上岸的魚，大口大口地喘著粗氣，聽到李清的問話，趕緊道：「沒，沒什麼。」

再看了一眼龍四海，李清這才恍然他是被自己嚇的，不由失笑，龍四海這樣的人，有能力，有眼力，膽子卻又不大，倒是值得自己扶持一番。

「龍先生，嘯天在大帥府做得很不錯，不愧是中過秀才，又得過你教誨，很是幹練，是個有才之人。」李清誇讚道。

龍四海大喜，聽大帥這話，便是要提拔自己兒子了，趕忙謙遜地道：「大帥謬讚了，犬子當年中了秀才之後屢試不第，實在當不得大帥的稱讚！」

「中不了舉人並不代表他沒有才華，中了舉人也不見得便能做得好官，這是兩個概念，嘯天很有才幹，我很欣賞。我準備將他外放到崇縣擔任知縣。」

龍四海一下子呆了，險些被巨大的歡喜擊昏過去，崇縣是什麼地方，那可是大帥的發跡之地啊！能在那裡去任上一任知縣，基本上就算是踏上了飛黃騰達之路啊！

「原崇縣知縣揭偉，我已準備讓他出任並州知州，讓嘯天去崇縣當知縣歷練一番吧！」李清道。

果然是這樣，崇縣先後兩任知縣，許雲峰先在是復州知州，而揭偉馬上就要出任並州知州，那以後大帥的地盤一大，我家嘯天豈不是也有封鎮一方的機會了?!

龍四海再也支撐不住，咚的一聲從馬上摔了下來。弄得馬隊一陣雞飛狗跳。

幸好他肉多，落地之後不用人扶，一個鯉魚打挺便翻了起來，深深地躬身道：

「小人多謝大帥對犬子的提攜，龍家滿門，願為大帥赴湯蹈火，在所不辭！」

請續看《馬踏天下》9 驚天大局

馬踏天下 卷8 十面埋伏

作者：槍手一號
發行人：陳曉林
出版所：風雲時代出版股份有限公司
地址：10576台北市民生東路五段178號7樓之3
電話：(02) 2756-0949
傳真：(02) 2765-3799
執行主編：朱墨菲
美術設計：吳宗潔
行銷企劃：林安莉
業務總監：張瑋鳳

初版日期：2021年2月
版權授權：閱文集團
ISBN：978-986-352-890-6

風雲書網：http://www.eastbooks.com.tw
官方部落格：http://eastbooks.pixnet.net/blog
Facebook：http://www.facebook.com/h7560949
E-mail：h7560949@ms15.hinet.net
劃撥帳號：12043291
戶名：風雲時代出版股份有限公司

風雲發行所：33373桃園市龜山區公西村2鄰復興街304巷96號
電話：(03) 318-1378
傳真：(03) 318-1378
法律顧問：永然法律事務所 李永然律師
北辰著作權事務所 蕭雄淋律師

行政院新聞局局版台業字第3595號 營利事業統一編號22759935

定價：270元

國家圖書館出版品預行編目資料

馬踏天下 / 槍手一號著. -- 初版. -- 臺北市：
風雲時代, 2020.07-2020.08 冊； 公分

ISBN 978-986-352-890-6（第8冊：平裝）--

857.7 109007434